RAVENCLAW

재치

배움

지혜

해리 포터 시리즈

읽는 순서:
해리 포터와 마법사의 돌
해리 포터와 비밀의 방
해리 포터와 아즈카반의 죄수
해리 포터와 불의 잔
해리 포터와 불사조 기사단
해리 포터와 혼혈 왕자
해리 포터와 죽음의 성물

라틴어로도 읽을 수 있는 책:
해리 포터와 마법사의 돌
해리 포터와 비밀의 방

웨일스어, 고대 그리스어, 아일랜드어로도 읽을 수 있는 책:
해리 포터와 마법사의 돌

함께 읽을 책
신비한 동물 사전
퀴디치의 역사
(코믹 릴리프와 루모스를 돕고자 출간되었음)
음유시인 비들 이야기
(루모스를 돕고자 출간되었음)

이 세 권은 또한 다음의 시리즈로 출간되었습니다:
호그와트 라이브러리
(코믹 릴리프와 루모스를 돕고자 출간되었음)

일러스트 에디션
짐 케이 일러스트
해리 포터와 마법사의 돌
해리 포터와 비밀의 방
해리 포터와 아즈카반의 죄수
해리 포터와 불의 잔

올리비아 L. 길 일러스트
신비한 동물 사전

크리스 리델 일러스트
음유시인 비들 이야기

J.K. ROWLING

해리포터

HARRY POTTER

혼혈 왕자

2

J.K. 롤링 지음 | **강동혁** 옮김

RAVENCLAW

🆀 문학수첩

HARRY POTTER & THE HALF-BLOOD PRINCE

First published in Great Britain in 2005 by Bloomsbury Publishing Plc
This edition Published in October 2021
Text © J.K. Rowling 2005
Cover and interior illustrations by Levi Pinfold © Bloomsbury Publishing Plc 2021
Wizarding World is a trade mark of Warner Bros. Entertainment Inc.
Wizarding World Publishing and Theatrical Rights © J.K. Rowling
Wizarding World characters, names and related indicia are TM and © Warner Bros.
Entertainment Inc. All rights reserved.
Korean translation copyright © 2022 by Moonhak Soochup Publishing Co., Ltd.

나의 아름다운 딸 매켄지에게,

잉크와 종이로 된

쌍둥이를 바칩니다.

CONTENTS

9장

혼혈 왕자

다음 날 아침, 해리와 론은 식사를 하러 내려가기 전 휴게실에서 헤르미온느를 만났다. 누군가 한 사람은 자기 생각을 지지해 주기를 바랐던 해리는 지체하지 않고 헤르미온느에게 호그와트 급행열차에서 엿들은 말포이의 말을 들려주었다.

"하지만 파킨슨 앞에서 허세 부린 게 뻔하잖아?" 헤르미온느가 뭐라고 말할 새도 없이 론이 재빨리 끼어들었다.

"글쎄." 헤르미온느가 머뭇거렸다. "모르겠어⋯⋯. 무슨 대단한 사람이라도 된 것처럼 구는 게 말포이답긴 한데⋯⋯ 하지만 그런 것치고 너무 큰 거짓말이잖아."

"내 말이 그 말이야." 해리가 말했다. 하지만 그는 핵심을 더 밀어붙일 수 없었다. 너무도 많은 아이들이 그를 쳐 다보며 손으로 입을 가리고 귓속말을 해 대는 것은 물론 그의 말을 엿들으려 하고 있었기 때문이다.

"손가락질하는 건 무례한 행동이야." 초상화 구멍으로 나가려고 줄을 선 자리에서 론이 유난히 조그만 1학년생 에게 쏘아붙였다. 입을 가리고 친구에게 해리에 관한 말을 수군거리던 소년이 놀라서 얼굴을 확 붉히더니 초상화 구 멍 밖으로 곤두박질쳤다. 론이 낄낄거렸다.

"6학년으로 사는 거 참 좋아. *게다가* 올해에는 비는 시간 도 있어. 한 시간 내내 앉아서 쉬어도 된다고."

"론, 우린 그 공강 시간에 공부를 해야 해!" 복도를 걸어 가며 헤르미온느가 말했다.

"그래, 그런데 오늘은 아니야." 론이 말했다. "오늘은 정 말 설렁설렁 보내야 할 것 같아."

"잠깐만!" 헤르미온느가 팔을 뻗어 연두색 원반을 손에 쥔 채 그녀를 밀치고 지나가던 4학년 남학생을 멈춰 세웠 다. "송곳니 원반은 금지 품목이야. 이리 내." 그녀가 엄격 하게 말했다. 그는 불만스러운 눈으로 그녀를 보며 으르렁 거리는 프리즈비를 건네더니 고개를 숙이고 헤르미온느의 팔 밑으로 빠져나가 자기 친구들을 쫓아갔다. 론은 남학생이 사라지기를 기다렸다가 헤르미온느의 손에서 원반을 낚아챘다.

"좋다, 전부터 하나 갖고 싶었는데."

헤르미온느의 잔소리는 시끄럽게 킥킥거리는 소리에 묻혔다. 라벤더 브라운은 론의 말이 굉장히 재미있다고 생각한 듯했다. 그녀는 그들을 지나쳐 가면서도 계속해서 웃으며 어깨 너머로 론을 힐끔힐끔 돌아보았다. 론은 우쭐한 표정이었다.

대연회장 천장은 잔잔한 푸른색이었고 가느다란 구름 몇 가닥이 길게 이어져 있었다. 높은 창문 너머로 보이는 네모난 하늘과 똑같은 모습이었다. 해리와 론은 포리지, 달걀, 베이컨에 달려들면서 헤르미온느에게 어젯밤 해그리드와 나눴던 당혹스러운 대화를 들려주었다.

"하지만 아무리 해그리드라고 해도 어떻게 우리가 계속 마법 생명체 돌보기 수업을 들을 거라고 생각할 수 있지?" 그녀가 괴로운 표정을 지으며 말했다. "내 말은, 우리 중 누구도 보여 준 적 없잖아…… 그…… 열정 같은 것 말이야."

"난 그게 문제 같은데?" 론이 달걀프라이를 통째로 꿀꺽 삼키며 말했다. "학생들 중에서 가장 노력을 기울인 사람이 우리잖아. 왜냐면 우리는 해그리드를 좋아하니까. 하지만 해그리드는 우리가 그 끔찍한 과목을 좋아해서 그런 줄 안다고. N.E.W.T. 단계까지 계속 듣는 사람이 한 명이라도 있을까?"

해리도, 헤르미온느도 대답하지 않았다. 그럴 필요가 없었다. 6학년 학생 중 누구도 마법 생명체 돌보기를 계속 듣고 싶어 하지 않는다는 것을 그들은 너무도 잘 알고 있었다. 그들은 해그리드의 시선을 피했고, 10분 뒤 그가 교직원 식탁을 떠나면서 기분 좋게 손을 흔들었을 때도 떨떠름하게 마주 손을 흔들 뿐이었다.

식사를 마친 그들은 자리에 그대로 남아 맥고나걸 교수가 교직원 식탁에서 내려오기를 기다렸다. 모두들 각자가 선택한 N.E.W.T. 과목을 계속 듣기 위해 필요한 O.W.L. 성적을 받았는지 맥고나걸 교수에게 확인받아야 했으므로 올해 시간표를 나눠 주는 일은 전보다 복잡했다.

헤르미온느는 단번에 일반 마법과 어둠의 마법 방어법, 변환 마법, 약초학, 숫자점, 고대 룬문자 연구, 마법약 수업을 계속 들을 수 있다는 확인을 받고 지체 없이 1교시 고대 룬문자 연구를 들으러 뛰쳐나갔다. 네빌은 확인하는 데 좀 더 시간이 걸렸다. 맥고나걸 교수가 신청서를 내려다보며 O.W.L. 성적을 살피는 내내 네빌의 동그란 얼굴은 불안에 떨었다.

"약초학은 괜찮구나." 그녀가 말했다. "네가 O.W.L. '출중함'을 받아 갖고 온 걸 보시면 스프라우트 교수님도 기뻐하실 거다. '기대 이상'을 받았으니 어둠의 마법 방어법을 들을 자격도 되고. 한데 문제는 변환 마법이야. 미안하지만 롱보텀, '그럭저럭 괜찮음'은 N.E.W.T. 수준을 계속하기에는 사실 충분하지 않다. 네가 교과 과정을 따라갈 수 있을 거라는 생각이 들지 않는구나."

네빌은 고개를 축 늘어뜨렸다. 맥고나걸 교수는 정사각형 안경 너머로 그를 바라보았다.

"그건 그렇고, 어째서 변환 마법을 계속 듣고 싶어 하는 거지? 내가 느끼기에 넌 이 과목을 특별히 좋아한 것 같지도 않은데."

네빌은 비참한 표정으로 "할머니가 그러길 바라세요"라고 들릴 듯 말 듯하게 웅얼거렸다.

"흠." 맥고나걸 교수가 콧방귀를 뀌었다. "너희 할머니도 꿈속의 손자보다는 현실 속의 손자를 자랑스럽게 여기는 법을 배우실 때가 됐다. 특히 정부에서 그런 일이 있었으니 말이야."

네빌은 얼굴이 새빨개진 채 당황한 듯 눈을 깜빡였다. 여태껏 맥고나걸 교수가 그를 칭찬한 적은 한 번도 없었던 것이다.

"미안하지만 롱보텀, 너를 N.E.W.T. 수업에 받아 줄 수는 없다. 하지만 일반 마법에서 '기대 이상'을 받은 게 보이는구나. 일반 마법 N.E.W.T.를 들어 보는 건 어떠냐?"

"할머니는 일반 마법이 너무 쉬운 선택이라고 생각하세요." 네빌이 웅얼거렸다.

"일반 마법을 들거라." 맥고나걸 교수가 말했다. "내가 오거스타한테 편지를 보내서 본인이 일반 마법 O.W.L.에서 낙제했다고 해서 그 과목이 꼭 쓸모없는 건 아니라는 사실을 일깨워 줘야겠구나." 맥고나걸 교수는 네빌의 얼굴에 믿을 수 없어 하면서도 즐거워하는 표정이 떠오르는 것을 보고 살짝 미소 짓더니 마법 지팡이 끝으로 빈 시간표를 두드리고 그에게 건네 주었다. 시간표에는 네빌이 듣게 될 새 수업들이 상세히 적혀 있었다.

맥고나걸 교수는 이어서 파르바티 파틸에게 돌아섰다. 파르바티 파틸의 첫 질문은 잘생긴 켄타우로스인 피렌지가 계속 점술을 가르치느냐는 것이었다.

"이번 학기에는 피렌지와 트릴로니 교수님이 수업을 나

뭐 가르치실 거다." 맥고나걸 교수가 목소리에 약간 마뜩잖은 기색을 띠고 말했다. 그녀가 점술 과목을 경멸한다는 것은 모두가 아는 사실이었다. "6학년은 트릴로니 교수님이 맡으실 거다."

파르바티는 5분 뒤 약간 풀 죽은 표정으로 점술 수업을 들으러 떠났다.

"자, 포터, 포터……." 맥고나걸 교수가 해리에게 고개를 돌리고 서류를 들여다보면서 말했다. "일반 마법, 어둠의 마법 방어법, 약초학, 변환 마법…… 모두 괜찮구나. 이 말은 해야겠다, 포터. 네가 변환 마법 성적을 잘 받아서 기쁘구나. 정말 기뻐. 근데 왜 마법약은 신청하지 않았지? 오러가 되는 게 네 장래 희망인 줄 알았는데?"

"맞아요. 하지만 교수님이 전에 O.W.L.에서 '출중함'을 받아야 한다고 하셔서요."

"스네이프 교수님이 그 과목을 가르칠 때는 그랬지. 하지만 슬러그혼 교수님은 O.W.L.에서 '기대 이상'을 받은 학생들도 기꺼이 받아 주신다. 마법약을 계속 듣고 싶으냐?"

"네." 해리가 말했다. "하지만 책도, 마법약 재료도, 아무것도 안 샀는데……."

"분명 슬러그혼 교수님이 빌려주실 수 있을 거다." 맥고 나걸 교수가 말했다. "좋아, 포터. 여기 시간표 받거라. 아, 그건 그렇고, 그리핀도르 퀴디치 팀에 벌써 스무 명의 지원자가 이름을 적어 냈다. 나중에 명단을 줄 테니 네가 편한 시간에 선발전을 준비하면 되겠구나."

몇 분 뒤 론은 해리와 똑같은 과목을 들을 수 있다는 확인을 받았고, 둘은 함께 식탁을 떠났다.

"봐." 론이 자기 시간표를 들여다보며 즐거워했다. "지금은 공강 시간이야. 그리고 쉬는 시간이 지난 다음에도…… 점심 먹고 나서도…… 훌륭한데!"

그들은 휴게실로 돌아갔다. 한산한 휴게실에는 7학년생 대여섯 명만이 있었는데, 그중에는 해리가 1학년 시절 처음 그리핀도르 퀴디치 팀에 들어갔을 때부터 함께 뛰었던 선수 중 유일하게 남아 있는 케이티 벨도 있었다.

"네가 받을 줄 알았어. 잘했어." 그녀가 해리의 가슴에 달린 주장 배지를 가리키며 소리쳤다. "선발전 할 때 알려 줘!"

"바보 같은 소리 하지 마." 해리가 말했다. "너는 선발전 치를 필요 없어. 5년 동안 경기하는 모습을 내가 봐 왔는데……."

"그런 식으로 시작하면 안 되지." 그녀가 경고하듯 말했다. "누가 알아, 저 밖에 나보다 훨씬 잘하는 사람이 있을지. 주장들이 익숙한 사람들만 데리고 있으려 하거나 친한 애들을 들여보내려 하다가 팀이 망가진 경우는 예전에도 많았어……."

론은 약간 불편한 표정을 짓고 헤르미온느가 4학년생에게서 압수한 송곳니 원반을 갖고 놀기 시작했다. 원반은 으르렁거리는 소리를 내며 휴게실 안을 빠르게 붕붕 날아다니다가 태피스트리를 물어뜯으려고 했다. 크룩섕스는 노란색 눈으로 원반의 움직임을 좇다가 그것이 너무 가까이 오면 캬악 소리를 냈다.

한 시간 뒤, 그들은 내키지 않는 듯 햇빛이 드는 휴게실을 떠나 네 층 아래에 있는 어둠의 마법 방어법 교실로 향했다. 헤르미온느가 무거운 책들을 한 아름 들고 잔뜩 시달린 표정으로 이미 교실 앞에 줄을 서 있었다.

"룬문자 숙제가 너무 많아." 해리와 론이 다가오자 그녀가 걱정스럽게 말했다. "40센티미터 분량의 작문 숙제에 번역 숙제도 두 개나 있고, 수요일까지 이것들을 읽어야 해!"

"안됐네." 론이 하품을 했다.

"너도 기다려 봐." 그녀가 분노하며 말했다. "스네이프도 틀림없이 숙제를 잔뜩 내줄걸."

그 말이 끝나기 무섭게 교실 문이 열리더니 스네이프가 복도로 나왔다. 누르께한 얼굴이 언제나 그렇듯 기름진 검은 머리카락에 가려져 있었다. 줄을 선 학생들이 일순간 조용해졌다.

"들어오도록." 그가 말했다.

해리는 들어가면서 교실을 둘러보았다. 교실에는 이미 스네이프의 취향이 반영되어 있었다. 창문은 커튼으로 가려져 있고 촛불만 켜 놓은 실내는 전보다 음산했다. 벽에는 새로운 그림들이 걸려 있었는데, 대부분이 끔찍한 상처나 기이하게 뒤틀린 신체 부위를 내보이며 고통스러워하는 사람들의 모습을 담고 있었다. 그 어둡고 섬뜩한 그림들을 보며 자리에 앉는 동안 누구도 입을 열지 않았다.

"책을 꺼내라는 말은 하지 않았다." 스네이프가 문을 닫고 교탁 뒤로 돌아가 학생들을 마주 보며 말했다. 헤르미온느는 《얼굴 없는 자들과 대결하는 법》을 가방에 집어넣고 가방을 의자 밑으로 밀어 넣었다. "너희에게 할 말이 있으니 귀 기울여 듣길 바란다."

자신을 올려다보는 학생들의 얼굴을 둘러보던 스네이프의 검은 눈동자가 해리에게 한순간 더 머물렀다.

"내가 알기로, 지금까지 너희는 다섯 명의 교수에게서

이 과목을 배웠다."

'내가 알기로? 그 사람들이 왔다 가는 걸 못 봤다는 거야, 스네이프? 그걸 지켜보면서 다음번에는 그 자리를 차지하기를 원했잖아.' 해리가 속으로 거침없이 내뱉었다.

"당연히 그 교수들 모두 저마다의 방식과 우선시하는 바가 있었을 것이다. 그런 혼란을 고려해 볼 때, 아무리 턱걸이라지만 너희 중 여럿이 O.W.L.을 따냈다는 게 놀라운 일이다. 너희 모두가 N.E.W.T. 수준의 학업을 따라갈 수 있다면 더욱 놀라운 일이겠지. 이건 훨씬 어려운 고급 과정이니까."

스네이프는 교실 가장자리를 돌아다니며 더욱 낮은 목소리로 말했다. 학생들은 목을 길게 빼고 그를 주목했다.

"어둠의 마법은……." 스네이프가 말했다. "종류가 많고 다양하며 끊임없이 변화하고 영원하다. 어둠의 마법과 싸운다는 건 머리가 여럿 달린 괴물, 목 하나가 잘리면 전보다 더 사납고 영리한 머리가 돋아나는 괴물을 상대하는 것과 같다. 너희는 형태가 분명하지 않고 수없이 바뀌며 파괴할 수 없는 것과 싸우는 것이다."

해리는 스네이프를 빤히 쳐다보았다. 어둠의 마법을 위험한 적으로 인정하는 것과, 지금 스네이프가 하는 것처럼 목소리에 애정을 담아 말하는 것은 다른 문제 아닐까?

"너희의 방어는" 하고, 스네이프가 목소리를 약간 더 높이며 말했다. "따라서 너희가 해제하려는 마법보다도 유연하고 창의적이어야 한다. 이 그림들은……." 그는 지나가면서 그림 몇 점을 가리켰다. "예컨대 크루시아투스 저주를 맞았거나(그는 고통 속에 울부짖는 것이 분명한 여자 마법사 쪽을 가리켰다) 디멘터의 입맞춤을 받았거나(이번에는 벽에 기대 주저앉은 채 멍한 눈을 하고 웅크린 한 남자 마법사를 가리켰다) 인페리우스에게 싸움을 건 사람들에게 어떤 일이 일어났는지를 잘 보여 주고 있다(땅 위에 핏덩어리가 있었다)."

"그럼 인페리우스가 목격된 적이 있다는 건가요?" 파르바티 파틸이 목소리를 높여 물었다. "그자가 인페리우스를 쓰고 있는 게 확실한가요?"

"어둠의 왕은 과거에 인페리우스를 활용한 적이 있다." 스네이프가 말했다. "그 말은 다시 쓸 수도 있다고 가정하는 편이 현명하다는 뜻이지. 자……."

그는 다시 맞은편에 있는 교탁을 향해 교실을 빙 돌아가기 시작했다. 학생들은 이번에도 검은색 로브를 펄럭이며 걸어가는 그를 지켜보았다.

"너희는 아마 무언 주문 마법을 사용하는 데서는 초보자와 다름없을 것이다. 무언 주문 마법의 장점은 뭐지?"

헤르미온느의 손이 머리 위로 번쩍 올라갔다. 스네이프는 다른 학생들을 둘러보며 잠시 시간을 끌었다. 선택의 여지가 없다는 것을 확인한 뒤에야 그가 간단히 말했다. "어쩔 수 없군. 그레인저 양?"

"어떤 마법을 쓸 것인지 적이 미리 알 수 없습니다." 헤르미온느가 말했다. "그러면 아주 짧은 시간이나마 유리해집니다."

"《마법 주문에 관한 표준 교과서: 6학년용》을 토씨 하나 안 틀리고 베낀 대답이군." 스네이프가 경멸을 담은 말투로 말했다(저쪽 구석에서 말포이가 히죽거렸다). "어쨌든 본질적으로는 맞다. 그래, 주문을 소리 내어 말하지 않고 마법을 사용하는 데까지 나아간 사람들은 주문을 걸 때 상대를 놀라게 만들 수 있다. 물론 모든 마법사가 이런 걸 할 수 있는 건 아니다. 이건 집중력과 정신력의 문제다. 몇몇 사람에게는……." 그의 악의적인 눈길이 다시 한 번 해리에게 머물렀다. "결여된 자질이지."

해리는 스네이프가 재앙과도 같았던 지난 학기의 오클루먼시 수업을 떠올리고 있다는 것을 알았다. 그는 시선을 거두지 않고 오히려 스네이프가 눈을 돌릴 때까지 그를 쏘아보았다.

"이제……." 스네이프가 말을 이었다. "둘씩 짝을 짓는다. 한쪽이 말을 하지 않고 상대방에게 저주 마법을 걸도록 한다. 상대방은 똑같이 말없이 그 마법을 방어하도록. 실시."

스네이프는 몰랐지만 지난 학기에 해리는 적어도 이 교실에 있는 학생 절반에게(D.A. 회원이었던 모든 사람에게) 방패 마법을 거는 방법을 가르쳐 주었다. 하지만 그중 누구도 말을 하지 않고 마법을 걸어 본 적은 없었다. 자연스럽게 이런저런 속임수가 뒤따랐다. 큰 소리로 말하지 않을 뿐 주문을 속삭이는 아이들이 많았다. 늘 그렇듯 수업이 시작되고 10분이 지나자 헤르미온느는 네빌이 중얼거린 흐느적 다리 저주를 한 단어도 소리 내어 내뱉지 않고 물리치는 데 성공했다. 하지만 스네이프는 그것을 못 본 척했다. 이성적인 교수라면 그리핀도르에 20점을 줬을 만큼 출중한 실력이었다는 생각에 해리는 분한 마음이 들었다. 스네이프는 연습하는 학생들 사이를 평소와 다름없이 거대한 박쥐처럼 빠르게 지나다니다가 해리와 론이 이 과제로 씨름하는 모습을 잠시 지켜보았다.

해리에게 저주를 걸어야 하는 론은 얼굴이 퍼래져서 주문을 웅얼거리고 싶은 유혹을 참느라 입을 꽉 다물고 있었다. 해리는 마법 지팡이를 들어 올린 채 마음을 졸이며, 절대 올 일이 없어 보이는 저주 마법에 대비했다.

"한심하군, 위즐리." 잠시 후 스네이프가 말했다. "자, 잘 봐라."

그가 해리에게 마법 지팡이를 겨눴다. 그 움직임이 너무 빨라서 해리는 본능적으로 반응했다. 무언 주문 마법에 관한 것은 싹 잊은 채 그가 소리쳤다. "프로테고!"

해리의 방패 마법이 어찌나 강력했는지 스네이프는 중심을 잃고 쓰러져 책상에 부딪히고 말았다. 학생 모두의 시선이 쏠렸다. 그들은 이제 스네이프가 자세를 바로잡으며 해리를 쏘아보는 모습을 지켜보고 있었다.

"우리가 연습하고 있는 게 무언 주문 마법이라는 말을 했을 텐데. 기억하나, 포터?"

"네." 해리가 뻣뻣하게 말했다.

"네, 교수님."

"저를 '교수님'이라고 부르실 필요는 없는데요, 교수님."

해리는 자기가 무슨 말을 하는지도 깨닫지 못하고 그렇게 내뱉었다. 헤르미온느를 비롯한 몇몇 학생이 깜짝 놀라

헉 소리를 냈다. 그러나 스네이프 뒤에서는 론, 딘, 셰이머스가 감탄 어린 얼굴로 씩 웃었다.

"방과 후 징계다. 토요일 밤, 내 연구실." 스네이프가 말했다. "나는 그 누구라도 무례한 행동은 용납하지 않는다, 포터. ……선택받은 자라 해도 말이지."

"정말 끝내줬네, 해리!" 잠시 후, 쉬는 시간이 되어 스네이프한테서 벗어나자마자 론이 킬킬거렸다.

"정말 그런 말은 하지 말았어야 했어." 헤르미온느가 론을 향해 얼굴을 찌푸리며 말했다. "왜 그런 거야?"

"너는 못 본 모양인데, 그 인간이 나한테 저주를 걸려고 했다고!" 해리가 씩씩댔다. "오클루먼시 수업을 받는 동안 당한 것만으로도 충분해! 스네이프도 가끔은 나 말고 다른 실험쥐를 쓸 것이지, 대체 왜 그러는 거야? 아무튼 저 인간한테 어둠의 마법 방어법을 가르치게 하다니 덤블도어 교수님은 무슨 생각이지? 저 인간이 어둠의 마법에 대해 지껄이는 거 들었지? 아주 사랑에 *빠졌던데! 끊임없이 변화하고 영원하며 어쩌고저쩌고*……."

"글쎄." 헤르미온느가 말했다. "나는 스네이프가 너랑 비슷하게 말한다고 생각했어."

"나랑 비슷하다고?"

"응, 볼드모트를 마주하는 게 어떤 기분인지 우리한테 말해 줄 때랑 말이야. 너도 그게 주문을 잔뜩 외워서 될 일은 아니라고 했잖아. 머리랑 배짱의 문제라고. 글쎄, 스네이프가 한 말이 그거 아니었을까? 사실은 용기와 민첩한 사고의 문제로 귀결된다는 것 말이야."

해리는 헤르미온느가 그의 말을《마법 주문에 관한 표준 교과서》만큼 외울 가치가 있는 것으로 생각한다는 사실에 마음이 누그러져 반박하지 않았다.

"해리! 야, 해리!"

해리는 뒤를 돌아보았다. 지난 학기 그리핀도르 퀴디치 팀 몰이꾼 중 한 명인 잭 슬로퍼가 양피지 두루마리를 들고 허겁지겁 다가왔다.

"자, 받아." 슬로퍼가 양피지를 건네며 헐떡였다. "저기, 네가 새 주장이라는 말을 들었어. 선발전은 언제야?"

"아직 잘 모르겠어." 해리는 내심 슬로퍼라면 아주 운이 좋아야 팀에 들어올 수 있을 거라고 생각하며 말했다. "정해지면 알려 줄게."

"아, 그래. 이번 주말이면 좋겠는데……."

하지만 해리는 듣지 않았다. 그는 양피지에 적힌 가늘고 기울어진 글씨체를 지금 막 알아보았다. 뭐라 말을 하는

25

슬로퍼를 뒤로한 채 그는 론, 헤르미온느와 함께 서둘러
그 자리를 떠나면서 양피지를 펼쳤다.

> 해리에게,
>
> 이번 토요일부터 개인 수업을 시작했으면 좋겠구나. 저녁 8시에 내
> 연구실로 와 다오. 학교로 돌아온 첫날을 즐겁게 보내고 있길 바란다.
>
> 알버스 덤블도어
>
> 추신: 나는 산성 사탕을 좋아한단다.

"산성 사탕을 좋아한다고?" 해리의 어깨 너머로 편지를
읽은 론이 어리둥절한 표정을 지었다.

"교수님 연구실 앞에 있는 가고일을 지나갈 때 필요한
암호야." 해리가 나직이 말했다. "하! 스네이프는 기분이
별로겠네. 내가 방과 후 징계를 받으러 갈 수 없어서!"

해리, 론, 헤르미온느는 쉬는 시간 내내 덤블도어가 해
리에게 무엇을 가르칠지 추측해 보았다. 론은 죽음을 먹는
자들도 모르는 멋진 저주 마법과 공격 마법일 가능성이 높
다고 추측했다. 헤르미온느는 그런 건 불법이라며, 덤블도
어가 해리에게 가르치려는 건 고급 방어 마법일 가능성이
훨씬 높다고 말했다. 쉬는 시간이 끝나자 그녀는 숫자점

수업을 들으러 갔고 해리와 론은 휴게실로 돌아가 마지못해 스네이프의 숙제를 시작했다. 숙제가 얼마나 어려운지, 점심시간이 지나고 공강 시간에 헤르미온느가 돌아왔을 때까지도 다 마치지 못했다(물론 그녀 덕분에 속도가 상당히 빨라지긴 했다). 그들은 오후에 있는 마법약 연강을 알리는 종이 울릴 즈음에야 간신히 숙제를 마칠 수 있었다. 셋은 꽤 오랫동안 스네이프의 교실로 쓰였던 지하 감옥 교실을 향해 익숙한 길을 나아갔다.

복도에 도착한 그들은 N.E.W.T. 수업을 계속 듣는 사람이 겨우 열두 명뿐이라는 사실을 알아차렸다. 크래브와 고일은 필요한 O.W.L. 성적을 받지 못한 게 틀림없었지만 말포이를 포함한 슬리데린 학생 네 명은 성공한 모양이었다. 래번클로 학생 네 명과 후플푸프 학생 한 명도 와 있었다. 후플푸프 학생은 어니 맥밀런이었는데, 해리는 젠체하는 태도에도 불구하고 그를 좋아했다.

"해리." 해리가 다가가자 어니가 거들먹거리며 손을 내밀었다. "오늘 아침 어둠의 마법 방어법 시간에는 말할 기회가 없어서 말이야. 좋은 수업이라는 생각은 들었지만 우리 옛 D.A. 동기들한테는 방패 마법쯤이야 구닥다리잖아. 너희는 어떻게 지냈어, 론, 헤르미온느?"

"잘 지냈어"라는 말 외에 무슨 말을 더 할 겨를도 없이 지하 감옥 문이 열리고 슬러그혼의 배가 불쑥 문밖으로 뛰어나왔다. 학생들이 교실로 줄지어 들어가자 활짝 웃는 그의 입술 위에서 거대한 팔자 콧수염이 곡선을 그렸다. 그는 해리와 자비니를 유독 열렬하게 환영했다.

지하 감옥은 평소와 다르게 벌써부터 증기와 이상한 냄새로 가득했다. 해리, 론, 헤르미온느는 부글거리는 커다란 솥단지들을 지나가면서 흥미로운 듯 코를 킁킁거렸다. 슬리데린 학생 넷과 래번클로 학생 넷이 각각 책상 하나씩을 차지하고 앉았다. 그래서 해리, 론, 헤르미온느가 어니와 책상을 같이 쓰게 되었다. 그들은 근처 황금색 솥단지 옆에 있는 책상에 앉았다. 해리가 지금껏 맡아 본 냄새 중 가장 유혹적인 향이 뿜어 나오고 있었다. 어쩐지 당밀 타르트나 빗자루 손잡이의 나무 냄새, 그리고 버로에서 맡았던 것 같은 꽃향기를 떠올리게 하는 냄새였다. 해리는 자기도 모르게 아주 느리면서도 깊은 숨을 들이마시고 있었다. 마법약의 향기가 술처럼 그를 가득 채우는 것 같았다. 엄청난 만족감이 그를 사로잡았다. 해리가 맞은편에 앉은 론에게 씩 웃자 론도 느긋하게 마주 미소 지었다.

"자, 자, 자." 슬러그혼이 말했다. 자욱한 연기 속에서 그의 거대한 실루엣이 어른거렸다. "다들 저울을 꺼내거라. 마법약 세트도 꺼내고.《고급 마법약 제조》책도 잊지 말아라."

"교수님?" 해리가 손을 들며 말했다.

"왜 그러니, 우리 해리?"

"저는 책도, 저울도, 아무것도 없는데요. 론도 그렇고요. 그게, N.E.W.T.를 수강할 수 있을 줄은 몰라서요……."

"아, 그래. 맥고나걸 교수님이 말씀해 주셨다. 걱정 마라, 우리 해리. 전혀 걱정할 것 없어요. 오늘은 비품 저장고에 있는 재료들을 쓰면 된단다. 저울도 빌려주마. 예전에 쓰던 책 몇 권 가지고 있으니 플러리시 앤 블러츠에 편지를 보낼 때까지는 그걸 쓰면 될 거다."

슬러그혼이 교실 구석으로 성큼성큼 걸어가 저장고를 잠시 뒤지더니 아주 오래돼 보이는 책 두 권을 가지고 왔다. 리바티우스 보리지가 쓴《고급 마법약 제조》였다. 슬러그혼은 변색된 저울 두 개와 함께 그 책을 해리와 론에게 건네주었다.

"자, 그럼……." 슬러그혼이 교실 앞으로 돌아와서 말했다. 이미 불룩 튀어나온 가슴을 앞으로 더욱 내밀자 조끼 단추들이 터질 듯했다. "그냥 흥미로울 것 같아서 너희에게 보여 줄 마법약을 몇 가지 준비해 두었단다. N.E.W.T. 과정을 마친 뒤에는 너희도 만들 줄 알아야 하는 마법약이야. 아직 만들어 보진 못했겠지만 들어는 봤을 게다. 이게 뭔지 아는 사람?"

그는 슬리데린 학생들이 앉은 책상 가까이에 있는 솥단지를 가리켰다. 해리는 자리에서 약간 몸을 일으켜 솥단지 안에서 끓고 있는 맹물 같은 액체를 바라보았다.

헤르미온느의 숙련된 손이 다른 누구보다도 먼저 공중에 치솟았다. 슬러그혼이 그녀를 가리켰다.

"베리타세룸입니다. 색깔도 향기도 없는 마법약으로, 그것을 마시는 사람에게 억지로 진실을 실토하게 합니다." 헤르미온느가 말했다.

"잘했다, 아주 잘했어!" 슬러그혼이 흐뭇해하며 말했다. "자." 그는 래번클로 책상 옆에 놓인 솥단지를 가리키며 말을 이었다. "여기 있는 이건 꽤 잘 알려져 있는 거다……. 최근에는 정부 전단지에도 실렸지. 누가……?"

이번에도 헤르미온느의 손이 가장 빨랐다.

"폴리주스 마법약입니다, 교수님." 그녀가 말했다.

해리도 두 번째 솥단지 안에서 천천히 끓어오르는 진흙 같은 물질이 무엇인지 알아보았다. 하지만 헤르미온느가 이 질문에 대답하고 점수를 받은 게 분하지는 않았다. 어쨌든 2학년 때 그 마법약을 만들어 낸 사람은 헤르미온느였으니까.

"훌륭해요, 훌륭해! 자, 여기 이건…… 그래, 얘야?" 헤르미온느의 손이 다시 공중으로 치솟자 슬러그혼이 이제는 살짝 어리둥절한 표정으로 말했다.

"아모르텐시아입니다!"

"정답이다. 묻는 내가 바보 같구나." 굉장히 감명받은 표정으로 슬러그혼이 말했다. "이 마법약의 효능도 알고 있겠지?"

"세상에서 가장 강력한 사랑의 마법약입니다!" 헤르미온느가 말했다.

"정확하게 맞혔다! 이 자개 같은 독특한 광택으로 알아본 모양이지?"

"이 마법약 특유의 나선형을 그리면서 피어오르는 증기로도 알아볼 수 있었습니다." 헤르미온느가 열정적으로 말했다. "또 이 마법약은 사람들에게 저마다 다른 냄새를 풍깁니다. 각자를 매혹시키는 게 무엇인지에 따라서요. 저는 막 깎은 잔디 냄새랑 새 양피지 냄새랑 또……."

하지만 헤르미온느는 얼굴을 살짝 붉히더니 말을 끝맺

지 못했다.

"이름을 물어봐도 될까, 우리 학생?" 헤르미온느가 부끄러워하는 모습을 못 본 체하며 슬러그혼이 물었다.

"헤르미온느 그레인저입니다, 교수님."

"그레인저? 그레인저라? 어쩌면 최고 마법약사 학회를 설립한 헥터 대그워스 그레인저와 친척일지도 모르겠구나?"

"아뇨, 아닐 것 같습니다, 교수님. 저는 머글 태생이거든요."

해리는 말포이가 노트 쪽으로 몸을 기울이고 수군거리며 낄낄거리는 모습을 보았다. 하지만 슬러그혼은 전혀 실망감을 드러내지 않았다. 오히려 그는 활짝 웃으며 헤르미온느에게서 그 옆에 앉아 있던 해리에게로 눈길을 돌렸다.

"오호! '제 단짝 친구 중에도 머글 태생이 있어요. 그 아이는 우리 학년 수석이에요'라더니! 이 아이가 바로 네가 말한 그 친구구나, 해리?"

"네, 교수님." 해리가 말했다.

"이런, 이런. 그리핀도르에 마땅히 20점을 줘야겠다, 그레인저 양." 슬러그혼이 상냥하게 말했다.

말포이는 헤르미온느가 그의 얼굴을 후려쳤을 때와 똑같은 표정을 지었다. 헤르미온느가 환하게 웃는 얼굴로 해리를 돌아보더니 속삭였다. "정말로 교수님한테 내가 우리 학년 수석이라고 말씀드렸어? 아, 해리!"

"그게 뭐가 그렇게 대단한데?" 무슨 이유에서인지 짜증이 치민 얼굴을 하고 있던 론이 작은 소리로 말했다. "넌 실제로 우리 학년 수석이잖아. 누가 나한테 물어봤더라면 나도 똑같이 대답했을걸!"

헤르미온느는 미소를 지으면서도 슬러그혼 교수의 말을 들어야 하니 조용히 하라는 듯 손가락을 세우며 '쉿' 했다. 론은 약간 불만스러운 표정이었다.

"물론 아모르텐시아는 실제로 *사랑*을 만들어 내지는 못한다. 사랑을 제조하거나 모방하는 건 불가능하지. 그래, 이 약은 그저 강력한 상사병이나 집착을 만들어 낼 뿐이다. 아마도 이 교실에 있는 것 중 가장 위험하고 강력한 마법약일 거야. 아니, 정말이다." 그는 냉소적으로 피식거리던 말포이와 노트에게 진지하게 고개를 끄덕이며 말했다. "나처럼 인생을 두루 겪었다면 너희도 극단적인 사랑의 힘을 과소평가하지 않을 거다. 자, 이제……." 슬러그혼이 말했다. "공부를 시작할 시간이구나."

"교수님, 저기 들어 있는 게 뭔지 말씀해 주시지 않았는데요." 어니 맥밀런이 슬러그혼의 책상 위에 놓인 작은 검은색 솥단지를 가리키며 말했다. 그 안에서 경쾌하게 찰랑거리는 마법약은 황금을 녹인 물 같은 색깔을 띠고 있었다. 액체 표면 위로 커다란 방울들이 금붕어처럼 뛰어오르는데도 밖으로 튀지 않았다.

"오호." 슬러그혼이 다시 입을 열었다. 해리는 슬러그혼이 그 마법약을 결코 잊은 게 아니며, 오히려 극적인 효과를 노리고 누가 질문을 던지기만 기다리고 있었던 거라고 확신했다. "그래, 저거. 신사 숙녀 여러분, *저건* 말이지, 펠릭스 펠리시스라는 가장 신비로운 마법약이지요. 내 생각엔……." 그는 미소를 지으며 헤르미온느에게로 고개를 돌렸다. 그녀가 다 들리도록 헉하고 숨 들이켜는 소리를 냈기 때문이었다. "그레인저 양이라면 펠릭스 펠리시스의 효과를 알 것 같은데?"

"펠릭스 펠리시스는 액체로 만들어진 행운입니다." 헤르미온느가 들뜬 목소리로 말했다. "행운을 가져다줘요!"

학생들 모두가 허리를 곧게 펴고 앉는 듯했다. 이제 해리의 눈에는 말포이의 매끄러운 금발 뒤통수만 보였다. 마침내 그가 딴짓을 하지 않고 온전히 슬러그혼에게 집중하고 있었기 때문이었다.

"정확하게 맞혔다. 그리핀도르 10점 더 받거라. 그래, 재미있는 마법약이란다. 이 펠릭스 펠리시스 말이야." 슬러그혼이 말했다. "만들기가 지독하게 까다롭고, 잘못 만들었다간 재앙을 일으키지. 하지만 여기 보이는 것처럼 제대로만 끓여 낸다면 너희가 기울인 노력이 모두 성공을 거두게 될 거야. 적어도 효과가 없어질 때까지는 말이다."

"그럼 사람들이 왜 그걸 항상 마시지 않는 거죠, 교수님?" 테리 부트가 열의에 넘치는 목소리로 물었다.

"그야 너무 많이 마시면 현기증과 무모함, 위험할 정도로 과도한 자신감이 생기기 때문이지." 슬러그혼이 말했다. "좋은 일을 너무 많이 겪는다, 그 말이야. 지나치게 마시면 오히려 독이 돼요. 하지만 아주 가끔 조금씩만 마시면……."

"교수님도 마셔 보신 적 있나요?" 마이클 코너가 엄청난 관심을 보이며 물었다.

"지금껏 살면서 딱 두 번 마셔 봤지." 슬러그혼이 말했다. "스물네 살 때 한 번, 쉰일곱 살 때 한 번이었다. 아침 식사를 할 때 두 숟가락 마셨지. 정말 완벽한 이틀을 보냈단다."

그는 꿈꾸듯 먼 곳을 바라보았다. 연기를 하는 건지 아닌지는 모르겠지만 어쨌든 해리의 눈에는 그럴듯해 보였다.

"그리고 이 약을……." 확실히 현실로 되돌아온 슬러그혼이 말했다. "이 수업에서 상으로 주마."

침묵이 흘렀다. 주위 곳곳에서 마법약이 끓어오르고 부글거리는 소리가 열 배는 커진 것처럼 느껴졌다.

"펠릭스 펠리시스를 한 병 주마." 슬러그혼이 코르크 마개로 밀봉해 놓은 조그마한 유리병을 주머니에서 꺼내 모두에게 보여 주며 말했다. "열두 시간 정도 행운을 가져다 줄 거다. 해 뜰 때부터 해 질 녘까지, 너희가 하려는 모든 일에서 행운을 누리게 될 거야. 자, 미리 경고하는데 공식적인 경쟁에서 펠릭스 펠리시스는 금지 약물이란다. 예컨대 운동경기나 시험, 선거 같은 것에서 말이야. 그러니까 이걸 상으로 받는 사람은 평범한 날에만 이 약을 써야 한다. 그리고 그 평범한 날이 어떻게 비범해지는지를 보면 돼!" 슬러그혼이 갑자기 활기차게 말을 이었다. "그럼, 어떻게 하면 이 기막힌 상품을 탈 수 있을까? 자, 《고급 마법약 제조》 10페이지를 펼치는 거예요. 한 시간이 좀 넘게 남아 있는데, 이 정도면 너희가 '살아 있는 죽음의 물약'을 제대로 만들어 볼 만한 시간이지. 예전에 만들어 본 어떤 마법약보다도 복잡할 거라는 건 나도 알고 있단다. 누구한테도 완벽한 마법약을 기대하지는 않는다. 하지만 가장 잘 해내는 사람은 여기 이 작은 펠릭스 펠리시스를 받게 될 거야. 시작!"

모두가 솥단지를 자기 앞으로 끌어다 놓느라 바닥 긁히는 소리가 들리고 저울에 재료의 무게를 달기 시작하면서 시끄럽게 쿵쿵거리는 소리도 조금 났지만 입을 여는 사람은 아무도 없었다. 교실 안의 집중력은 거의 손에 만져질 듯했다. 해리는 말포이가 《고급 마법약 제조》를 미친 듯이 뒤적거리는 모습을 보았다. 말포이가 운 좋은 하루를 진심으로 원한다는 것이 너무나도 분명했다. 해리는 서둘러 슬러그혼이 빌려준 낡은 교과서 위로 고개를 숙였다.

짜증 나게도 교과서의 이전 주인이 페이지마다 뭔가를 빼곡히 적어 놓은 게 보였다. 여백마저 글자가 인쇄된 곳만큼이나 새카맸다. 해리는 어떤 재료가 필요한지 보려고 낮게 허리를 구부렸다가(예전 주인이 이 부분에까지 설명을 달고 몇 가지 내용을 찍 그어 두었던 것이다) 필요한 것을 찾기 위해 서둘러 비품 저장고로 갔다. 다시 솥단지로 달려왔을 때 그는 말포이가 아주 다급한 손놀림으로 쥐오줌풀 뿌리를 자르는 모습을 보았다.

모두가 다른 학생들이 뭘 하는지 보려고 끊임없이 옆을 힐끔거렸다. 자기가 하고 있는 일을 숨길 수 없다는 것이 마법약 과목의 장점이자 단점이었다. 10분이 지나기도 전에 푸르스름한 증기가 교실을 가득 채웠다. 당연히 헤르미온느가 진도를 가장 많이 나간 듯했다. 그녀의 마법약은 이미 이상적인 중간 단계로 언급된 '블랙베리 색깔의 맑은 액체'와 비슷해 보였다.

뿌리를 다 자른 해리는 교과서 위로 다시 깊숙이 허리를 숙였다. 예전 주인이 멍청하게 휘갈겨 놓은 낙서들에 가려진 조제법을 해독하려니 몹시 짜증이 일었다. 예전 주인은 무슨 이유에서인지 소포러스 콩을 자르라는 지시 사항을 문제 삼으며 대안으로 삼을 만한 내용을 적어 두었다.

자르는 것보다 은제 단검의 옆면으로 으깨는 게 즙이 잘 나옴.

"교수님, 아브락사스 말포이를 아시죠? 저희 조부님이신 데요."

해리는 고개를 들었다. 슬러그혼이 막 슬리데린 책상을 지나고 있었다.

"그래." 슬러그혼이 말포이 쪽을 보지 않은 채 말했다. "그분이 돌아가셨다는 얘기를 듣고 안타까웠다. 물론 예상치 못한 일은 아니었다만, 그 연세에 용 천연두를 앓다니……."

그는 멀어져 갔다. 해리는 피식 새어 나오는 웃음을 참으며 솥단지 위로 허리를 숙였다. 그는 말포이가 해리 자

신이나 자비니 같은 대우를 받고 싶어 한 거라는 사실을
알았다. 아마 스네이프한테 받았던 특별 대접을 원했을 것
이다. 하지만 말포이가 펠릭스 펠리시스를 얻으려면 그 자
신의 능력에만 의존해야 할 것 같았다.

알고 보니 소포로러스 콩은 자르기가 매우 어려웠다. 해
리는 헤르미온느에게 고개를 돌렸다.

"은제 칼 좀 빌려줄래?"

그녀는 마법약에서 눈도 떼지 않고 못 참겠다는 듯 고개
를 끄덕였다. 교과서에 따르면 그녀의 마법약은 지금쯤 밝
은 라일락 빛깔로 바뀌어야 했지만 아직도 짙은 보랏빛을
띠고 있었다.

해리는 단검의 옆면으로 콩을 으깼다. 놀랄 정도로 한순
간에 많은 즙이 나왔다. 쪼그라든 콩에 그토록 많은 즙이
들어 있을 수 있다는 사실이 믿어지지 않을 지경이었다.
해리는 재빨리 국자로 즙을 떠서 솥에 넣었다. 신기하게도
마법약은 교과서에서 설명한 그대로 순식간에 라일락 빛
깔로 바뀌었다.

예전 주인에 대한 짜증이 대번에 사라졌다. 해리는 눈을
가늘게 뜨고 이제 조제법의 다음 줄을 읽었다. 교과서에
따르면 마법약이 물처럼 투명해질 때까지 반시계 방향으

로 저어야 했다. 하지만 책의 예전 주인이 덧붙인 내용에 따르면 일곱 번 반시계 방향으로 저은 다음 시계 방향으로 한 번 저어야 했다. 이번에도 옛 주인의 말이 맞을까?

해리는 마법약을 반시계 방향으로 저은 뒤 호흡을 멈추고 시계 방향으로 한 번 저었다. 효과는 즉각 나타났다. 마법약은 아주 옅은 분홍색으로 변했다.

"어떻게 하는 거야?" 솥단지에서 나오는 증기 때문에 머리카락이 점점 부스스해지면서 헤르미온느가 벌게진 얼굴로 물었다. 그녀의 마법약은 아직도 단호하게 보랏빛을 띠고 있었다.

"시계 방향으로 한 번 저어."

"아냐, 아냐. 교과서에는 반시계 방향이라고 적혀 있잖아!" 그녀가 쏘아붙였다.

해리는 어깨를 으쓱하고 하던 작업을 계속해 나갔다. 반시계 방향으로 일곱 번, 시계 방향으로 한 번, 잠시 멈추고…… 반시계 방향으로 일곱 번 젓고, 시계 방향으로 한 번 젓고…….

책상 건너편에서는 론이 숨을 죽인 채 욕을 줄줄 쏟아 내고 있었다. 그의 마법약은 감초를 달인 물처럼 보였다. 해리는 주위를 힐끔 둘러보았다. 보아하니 누구의 마법약도 그의 것만큼 옅어지지 않았다. 어깨가 저절로 으쓱했다. 이 지하 감옥에서 한 번도 경험해 본 적 없는 일이었다.

"그리고 시간…… 다 됐다!" 슬러그혼이 소리쳤다. "그만 젓거라!"

슬러그혼은 천천히 책상 사이를 움직이며 솥단지들을 들여다보았다. 그는 아무 말 없이 가끔씩 마법약을 저어 보거나 냄새를 맡기만 했다. 마침내 그는 해리, 론, 헤르미온느, 어니가 앉아 있는 책상에 이르렀다. 그는 론의 솥단지에 담긴 타르 같은 물질을 보고 유감스럽다는 듯 미소 지었다. 어니의 남색 혼합물은 그냥 지나쳤다. 헤르미온느의 마법약을 보고는 만족스럽다는 듯 고개를 끄덕였다. 그런 다음 해리의 마법약을 본 순간, 그의 얼굴에는 믿을 수 없다는 기쁨의 표정이 가득 번졌다.

"의심의 여지 없는 우승자로구나!" 그가 지하 감옥이 울릴 만큼 큰 소리로 외쳤다. "훌륭하다, 훌륭해. 해리! 세상에, 네 어머니의 재능을 물려받은 게 틀림없구나. 네 어머니는 마법약의 달인이었단다, 릴리 말이야! 자, 여기 있다, 여기 있어. 약속한 대로 펠릭스 펠리시스를 주마. 잘 쓰거라!"

해리는 황금색 액체가 든 작디작은 병을 안주머니에 집어넣었다. 슬리데린 학생들의 분노한 표정을 보니 통쾌하기도 하고 헤르미온느의 실망한 표정을 보니 죄책감이 들기도 하면서 이상한 기분이 느껴졌다. 론은 그저 얼떨떨한 표정을 짓고 있었다.

"어떻게 한 거야?" 지하 감옥 교실을 나서며 그가 해리에게 속삭였다.

"운이 좋았나 봐." 말포이가 엿들을 수 있는 거리에 있었기 때문에 해리는 그렇게 대답했다.

하지만 저녁을 먹으러 그리핀도르 식탁에 자리를 잡고 앉자 친구들에게 말해 줘도 괜찮겠다는 생각이 들었다. 그가 한 마디 한 마디 말할 때마다 헤르미온느의 얼굴은 점점 굳어졌다.

"내가 반칙을 했다고 생각하는 거지?" 그는 그녀의 표정을 보고 기분이 상해서 말을 마쳤다.

"어쨌든 엄밀히 말하면 네 실력은 아니었잖아?" 그녀가 뻣뻣하게 말했다.

"해리는 그냥 우리랑 다른 지시를 따랐을 뿐이야." 론이 말했다. "완전히 망쳤을 수도 있잖아? 하지만 해리는 위험을 감수했고 그만한 보답을 받은 거야." 그는 한숨을 쉬었다. "슬러그혼이 그 책을 나한테 건네줬을 수도 있었는데, 아니었지. 나는 아무것도 적혀 있지 않은 책을 받았어. 52페이지

42

에 누가 토한 것 같은 흔적이 있긴 하더라만……."

"잠깐만." 해리의 왼쪽 귓가에서 어떤 목소리가 말했다. 해리는 슬러그혼의 지하 감옥 교실에서 맡았던 그 꽃 냄새 비슷한 향이 갑자기 훅 끼치는 것을 느꼈다. 뒤돌아보니 지니가 옆에 와 있었다. "내가 제대로 들은 거 맞아? 누가 책에 써 놓은 지시 사항을 따랐다고, 해리?"

그녀는 몹시 놀라고 화가 난 것 같았다. 해리는 그녀가 무슨 생각을 하는지 단번에 알아차렸다.

"그런 거 아냐." 그는 목소리를 낮추고 그녀를 안심시켰다. "뭐랄까, 리들의 일기장하고는 달라. 그냥 누가 교과서에 낙서를 해 놓은 것뿐이야."

"하지만 거기에 쓰여 있는 대로 했다며?"

"그냥 여백에 적힌 팁 몇 가지를 시도해 봤을 뿐이야. 진짜야, 지니. 이상한 건 전혀 없었……."

"지니 말에도 일리가 있어." 헤르미온느가 금방 생기를 되찾으며 말했다. "이상한 게 없는지 확인해 봐야 돼. 내 말은, 이 온갖 이상한 지시 사항이라니. 혹시 알아?"

"야!" 그녀가 해리의 가방에서 《고급 마법약 제조》를 꺼내고 마법 지팡이를 들어 올리자 화가 난 해리가 소리쳤다.

"스페시알리스 리빌리오!" 그녀가 앞표지를 빠르게 두드리며 외쳤다.

아무 일도 일어나지 않았다. 책은 그냥 그 자리에, 낡고 더럽고 페이지 귀퉁이가 여기저기 접힌 모습 그대로 놓여 있었다.

"이제 됐냐?" 해리가 짜증스럽게 말했다. "아니면 기다렸다가 이 책이 공중제비라도 도는지 지켜봐야 해?"

"괜찮은 것 같네." 헤르미온느가 아직도 의심스럽다는 듯 책을 바라보며 말했다. "내 말은, 이건 정말…… 그냥 교과서처럼 보인다고."

"좋아. 그럼 다시 가져갈게." 해리가 식탁에서 책을 휙 낚아채며 말했지만 책은 그의 손에서 미끄러지더니 바닥에 떨어져 펼쳐졌다.

어느 누구도 보고 있지 않았다. 해리는 책을 집어 들려고 몸을 숙이다가 뒤표지 맨 아래 휘갈겨 써 있는 글씨를 보았다. 지금은 위층 짐 가방 양말 안에 안전하게 보관되어 있는 그 펠릭스 펠리시스 병을 손에 넣게 해 준 조제법의 글씨와 똑같은, 작고 **빽빽**한 손 글씨였다.

이 책의 주인은 혼혈 왕자다.

10장

곤트의 집

그 주의 나머지 마법약 수업에서도 해리는 리바티우스 보리지와 혼혈 왕자의 조제법이 다를 때마다 계속 혼혈 왕자의 것을 따랐다. 그 결과 네 번째 수업 시간쯤 되자 슬러그혼은 이렇게 뛰어난 학생은 가르쳐 본 적이 없다며 해리의 능력을 극찬했다. 론도, 헤르미온느도 기뻐하지 않았다. 해리는 둘에게 자기 교과서를 같이 보자고 제안했지만 론은 해리보다 더 손 글씨를 읽기 힘들어했고, 계속 소리 내어 읽어 달라고 하면 의심스러워 보일까 봐 그러지도 못했다. 한편 헤르미온느는 자기가 '공식적'이라고 부르는 조제법을 결단력 있게 따라갔지만 그 조제법이 혼혈 왕자의 것보다 떨어지는 결과를 내놓자 점점 더 성질을 부렸다.

해리는 혼혈 왕자가 누구일지 은근히 궁금해졌다. 숙제가 너무 많아서 《고급 마법약 제조》를 다 읽을 수는 없었지만 대충 훑어본 것만으로도 혼혈 왕자가 메모를 남기지 않은 페이지가 단 한 장도 없다는 것만은 알 수 있었다. 모든 메모가 마법약 제조에 관한 것만은 아니었다. 여기저기에 혼혈 왕자가 직접 만든 것처럼 보이는 주문에 관한 설명이 적혀 있었다.

"남자가 아닐 수도 있어." 토요일 저녁, 해리가 휴게실에서 그런 주문 몇 가지를 론에게 짚어 주는 것을 옆에서 듣고 있던 헤르미온느가 짜증이 깃든 목소리로 말했다. "여학생이었을 수도 있어. 글씨를 보아하니 남자애가 아니라 여자애일 것 같던데."

"혼혈 왕자라잖아." 해리가 말했다. "여자애들 중에 왕자가 된 사람이 몇이나 되겠냐?"

헤르미온느는 대꾸할 말이 없는 듯했다. 그녀는 그냥 노려보기만 하다가 론에게서 자신의 '재물질화의 원칙' 작문 숙제를 휙 끌어왔다. 론이 뒤집힌 상태로나마 헤르미온느의 작문 숙제를 보려 하고 있었던 것이다.

해리는 손목시계를 보더니 서둘러 낡은 《고급 마법약 제조》를 가방에 집어넣었다.

"8시 5분 전이야. 그만 가 봐야겠다. 덤블도어 교수님 수업에 늦겠어."

"아아아, 그러네!" 헤르미온느가 화들짝 놀라며 고개를 들었다. "행운을 빌어! 안 자고 기다릴게. 덤블도어 교수님이 뭘 가르쳐 주시는지 듣고 싶어!"

"잘됐으면 좋겠다." 론이 말했다. 둘은 해리가 초상화 구멍을 나가는 모습을 지켜보았다.

해리는 인적 없는 복도를 걷다가, 모퉁이를 돌아 나오는 트릴로니 교수를 보고 얼른 조각상 뒤로 물러났다. 그녀는 걸어가면서 더러워 보이는 카드 한 벌을 섞으며 중얼거리고 있었다.

"스페이드 2라, 갈등이군." 그녀는 해리가 움츠린 채 숨어 있는 곳을 지나며 웅얼거렸다. "스페이드 7, 불길한 징조야. 스페이드 10, 폭력. 스페이드 잭, 검은 머리카락의 젊은 남자라. 어쩌면 곤란에 빠져 있을 수도 있고, 질문자를 싫어하는……."

그녀는 해리가 숨어 있는 조각상 바로 앞에 우뚝 멈춰 섰다.

"으음, 그럴 리가 없지." 그녀가 신경질적으로 말했다. 해리는 그녀가 다시 걸음을 옮기면서 카드를 힘차게 섞는 소리를 들었다. 이제 그 자리에는 요리용 셰리주 냄새만 맴돌 뿐이었다. 해리는 그녀가 완전히 사라질 때까지 기다렸다가, 가고일 하나가 벽에 기대어 서 있는 8층 어느 지점까지 재빨리 걸어갔다.

"산성 캔디." 해리가 말했다. 가고일이 옆으로 펄쩍 비켜섰다. 그 뒤의 벽이 양옆으로 스르르 갈라지더니 움직이는 나선형 돌계단이 나타났다. 해리가 올라서자 계단은 부드럽게 곡선을 그리며 덤블도어 연구실의 놋쇠 고리가 달린 문으로 그를 데려다주었다.

해리가 문을 두드렸다.

"들어오세요." 덤블도어의 목소리가 들렸다.

"안녕하세요, 교수님." 해리가 교장의 연구실로 들어서며 인사했다.

"아, 잘 지냈느냐, 해리. 앉거라." 덤블도어가 미소를 지으며 말했다. "학교에 돌아온 첫 주는 즐겁게 보냈니?"

"네. 고맙습니다, 교수님." 해리가 말했다.

"벌써 방과 후 징계를 받은 걸 보니 틀림없이 바빴던 모양이로구나!"

"그건……." 해리가 당황하며 입을 열었지만 덤블도어는 그렇게 엄격한 표정을 짓고 있지 않았다.

"대신 다음 주 토요일에 방과 후 징계를 받도록 내가 스네이프 교수와 이야기해서 조율해 두었단다."

"네." 해리가 말했다. 스네이프의 방과 후 징계보다 급한 문제들을 생각하고 있던 그는 덤블도어가 오늘 저녁 그와 함께하려고 계획해 놓은 것이 무엇인지 짐작할 만한 단서를 찾아 주위를 슬쩍 둘러보았다. 둥근 연구실은 평소와 다름없는 모습이었다. 섬세한 은제 기구들이 다리가 가느다란 탁자에 놓인 채 웅웅거리며 연기를 뿜어냈다. 역대 교장들은 초상화 액자 안에서 졸고 있었다. 덤블도어의 아름다운 불사조 폭스가 문 뒤의 횃대에 앉아 초롱초롱한 눈으로 해리를 유심히 지켜보고 있었다. 덤블도어는 결투 연습을 하기 위한 공간조차 만들어 놓지 않은 것 같았다.

"자, 해리." 덤블도어가 사무적인 목소리로 말했다. "내가 이…… 좀 더 나은 단어가 있으면 좋겠다만, 이 수업에서 뭘 가르칠 계획인지 분명 궁금했겠지?"

"네, 교수님."

"그래, 나는 네가 볼드모트 경이 15년 전 왜 너를 죽이려 했는지 그 까닭을 알게 된 만큼 이제 너에게 어떤 정보를 알려 줄 때가 됐다고 판단했다."

잠깐 침묵이 흘렀다.

"지난 학기가 끝날 무렵 저한테 모든 걸 알려 줬다고 하셨잖아요." 해리가 원망하는 기색을 감추지 못한 목소리로 말했다. "교수님." 그러고는 뒤늦게 덧붙였다.

"그래, 모든 걸 말했다." 덤블도어가 차분하게 입을 열었다. "나는 내가 아는 모든 걸 말해 줬어. 이 순간부터는 사실이라는 단단한 발판에서 발을 떼고 어두컴컴한 기억의 늪지대를 헤치며 가장 황당무계한 추측의 덤불숲으로 함께 여행을 떠나야 한다. 해리, 지금부터는 내가 한심할 정도로 잘못 짚을 수도 있다. 치즈로 솥단지를 만들 때가 왔다고 믿은 험프리 벨처처럼 말이야."

"하지만 교수님이 옳다고 생각하시죠?" 해리가 말했다.

"당연히 그렇기는 하다만, 이미 네게 증명해 보였듯 나도 다른 사람들처럼 실수를 저지른단다. 실은, 이런 말을 해서 미안하다만, 나는 대부분의 사람들보다 좀 영리하기 때문에 그만큼 실수도 큰 편이지."

"교수님." 해리가 머뭇거리며 말했다. "교수님이 해 주실 말씀이 예언하고 관계있는 건가요? 그게 제가…… 살아남는 데 도움이 될까요?"

"예언과 매우 깊은 관계가 있다." 덤블도어는 해리가 내일 날씨를 묻기라도 한 것처럼 태연하게 대답했다. "그리고 물론 네가 살아남는 데 도움이 되기를 바란다."

덤블도어는 자리에서 일어나 책상을 돌아 나오더니 해리를 지나쳐 갔다. 해리는 고개를 돌려 덤블도어가 문 옆 캐비닛 쪽으로 몸을 구부리는 모습을 기대감에 차서 지켜보았다. 몸을 똑바로 편 덤블도어는 가장자리에 기묘한 문양이 새겨져 있는 익숙한 얕은 돌 대야를 들고 있었다. 그는 펜시브를 해리 앞 책상 위에 올려놓았다.

"걱정스러운 표정이구나."

해리는 사실 약간 불안해하며 펜시브를 눈여겨보고 있었다. 몇 차례 경험해 보니, 생각과 기억을 담아 두었다가 보여 주는 이 기묘한 장치는 대단히 유익했지만 한편으로는 불편하기도 했다. 지난번 펜시브에 담긴 기억들 속으로 들어갔을 때는 바랐던 것 이상을 보고 말았다. 하지만 덤블도어는 그저 미소를 머금고 있었다.

"이번에는 나랑 같이 펜시브에 들어갈 거란다. 이전과 특히 다른 점은, 이번에는 허락을 받고 들어가는 거라는 거지."

"어디로 가나요, 교수님?"

"밥 오그던의 기억을 따라 여행해 보자꾸나." 덤블도어가 소용돌이치는 은백색 물질이 담긴 크리스털 병을 주머니에서 꺼내며 말했다.

"밥 오그던이 누구죠?"

"오그던은 마법 정부 사법부에서 일했던 사람이란다."
덤블도어가 말했다. "얼마 전에 죽었다만 그전에 내가 오
그던을 찾아내서 이 기억을 털어놓으라고 설득했지. 우리
는 오그던이 근무 중에 찾아갔던 곳을 따라가 볼 참이다.
잠깐 일어나 보거라, 해리."

하지만 덤블도어는 크리스털 병의 마개를 뽑는 데 애를
먹고 있었다. 다친 손이 뻣뻣하고 고통스러워 보였다.

"제가…… 제가 할까요, 교수님?"

"괜찮다, 해리."

덤블도어가 마법 지팡이로 병을 가리키자 코르크가 쑥
빠졌다.

"교수님, 어쩌다가 손을 다치셨어요?" 해리는 메스꺼움
과 연민이 뒤섞인 마음으로 시꺼메진 손가락들을 바라보
며 재차 물었다.

"지금은 그 이야기를 할 때가 아니란다, 해리. 아직은 말
이야. 밥 오그던과의 약속이 있으니까."

덤블도어는 병 속의 은빛 내용물을 펜시브에 쏟아부었
다. 그것들은 액체도, 기체도 아닌 상태로 소용돌이치며

일렁였다.

"먼저 가거라." 덤블도어가 대야 쪽을 가리키며 말했다.

해리는 몸을 앞으로 숙이고 숨을 깊이 들이쉰 다음 은빛 물질에 얼굴을 담갔다. 두 발이 연구실 바닥에서 떨어지는 것이 느껴졌다. 그는 빙빙 도는 어둠 속으로 떨어지고 떨어지다가 갑자기 눈부신 햇빛 속에서 눈을 깜빡였다. 눈이 빛에 적응하기도 전에 덤블도어가 옆에 내려섰다.

두 사람은 높은 산울타리가 길가에 빽빽하게 늘어선 어느 시골길에 서 있었다. 물망초 빛깔의 밝고 푸른 여름 하늘이 펼쳐져 있었다. 3미터쯤 앞에 키 작고 통통한 남자가 눈을 두더지 눈처럼 작아 보이게 만드는 엄청나게 두꺼운 안경을 쓰고 서 있었다. 그는 길 왼쪽의 검은딸기나무 사이로 삐죽 나온 나무 팻말을 읽고 있었다. 해리는 그가 오그던이 틀림없다고 생각했다. 눈에 보이는 사람은 그뿐이었으니까. 오그던은 머글로 위장한 경험이 별로 없는 마법사들이 자주 그러듯 이상한 차림새를 하고 있었는데, 지금은 줄무늬 원피스 수영복 위에 프록코트를 걸치고 짧은 각반(가뿐하게 걷기 위해 발목에서부터 무릎 아래까지 돌려 감거나 싸는 띠—옮긴이)을 찬 모습이었다. 해리가 그의 이상한 외모를 더 살펴볼 새도 없이 오그던은 시골길을 따라 활기차게 걸어가기 시작했다.

덤블도어와 해리가 그를 뒤따랐다. 나무 팻말을 지날 때 해리는 그것이 두 방향을 안내하고 있는 것을 보았다. 하나는 뒤쪽, 그들이 걸어온 길을 가리켰다. '그레이트 행글턴, 8킬로미터.' 오그던이 향하는 쪽을 가리키는 팻말에는 '리틀 행글턴, 1.6킬로미터'라고 적혀 있었다.

짧은 거리를 걷는 동안 산울타리 외에 보이는 것이라곤 머리 위에 펼쳐진 넓고 푸른 하늘과 프록코트를 걸친 채 눈앞에서 휘적휘적 빠르게 걷고 있는 남자뿐이었다. 잠시 후 길이 왼쪽으로 휘어지면서 가파른 내리막길이 나오더니 갑자기 계곡의 전경이 눈앞에 펼쳐졌다. 해리는 가파른 두 언덕 사이에 자리 잡은 저 마을이 틀림없이 리틀 행글턴일 거라고 생각했다. 교회와 묘지가 선명하게 눈에 들어왔다. 계곡 저쪽, 맞은편 언덕 위에는 벨벳처럼 부드러운 드넓은 초록색 잔디밭으로 둘러싸인 멋진 대저택이 있었다.

오그던은 가파른 내리막길을 어쩔 수 없이 주춤주춤 걷고 있었다. 덤블도어가 속도를 늦추자 해리도 서둘러 그와 보조를 맞췄다. 해리는 리틀 행글턴이 분명 최종 목적지일 거라고 생각했다. 다만 슬러그혼을 찾아갔던 날 밤에 그랬던 것처럼 왜 이렇게 먼 곳에서부터 찾아가야 하는지 그 이유가 궁금했다. 하지만 해리는 잠시 뒤 그 마을로 가고 있다는 자신의 생각이 착각이었음을 깨닫게 되었다. 길은 오른쪽으로 구부러졌고, 모퉁이를 돌자 오그던의 프록코트 자락이 덤불 사이로 막 사라지는 것이 보였다.

덤블도어와 해리는 좁은 흙길로 그를 따라갔다. 방금 지나온 길보다 더 높고 거친 산울타리가 양옆에 늘어서 있었다. 길은 구불구불하고 돌투성이에 여기저기가 움푹 패 있었으며 조금 전 지나왔던 길 못지않게 가파른 내리막을 이루고 있었다. 이 길은 조금 떨어진, 어두운 숲으로 둘러싸인 작은 공터로 이어지는 듯했다. 아니나 다를까, 길은 머잖아 잡목들이 무성한 숲에 이르러 탁 트였다. 덤블도어와 해리는 마법 지팡이를 뽑아 든 오그던 뒤에 멈춰 섰다.

하늘에는 구름 한 점 없었지만 눈앞의 오래된 나무들이 깊고 어둡고 서늘한 그림자를 드리웠다. 해리는 잠시 후 뒤얽힌 나무줄기 사이에 반쯤 가려져 있는 오두막을 발견했다. 집터로 삼기에는 아주 이상한 곳이었다. 뿐만 아니라 주변의 나무들이 빛과 아래쪽 계곡의 경관을 모두 가리도록 자라게 내버려 둔 것도 이해할 수 없었다. 해리는 그 집에 사람이 살고 있는지 궁금했다. 벽에는 이끼가 끼어 있었고 지붕에서는 타일들이 너무 많이 떨어져 나가 군데

군데 서까래가 드러나 보였다. 집 주위에는 쐐기풀이 창문
에 닿을 정도로 자라 있었으며, 그 작은 창문들에는 더께
가 두껍게 껴 있었다. 누구도 이런 곳에 살 수는 없을 거라
고 결론을 내리는 순간, 창문 하나가 덜컥 소리를 내며 활
짝 열렸다. 누가 요리를 하고 있는 듯 가느다란 김인지 연
기인지가 새어 나왔다.

오그던은 조용히 앞으로 움직였다. 해리가 보기에는 상
당히 조심스러운 동작이었다. 어두운 나무 그림자가 머리
위로 드리워지자 그는 다시 한 번 멈춰 서서 현관문을 뚫
어지게 바라보았다. 문에는 죽은 뱀이 못 박혀 있었다.

부스럭거리는 소리와 함께 쿵 소리가 나면서 누더기를
걸친 한 남자가 가장 가까운 나무에서 떨어져 오그던 바로
앞에 내려섰다. 오그던은 급하게 뒤로 펄쩍 물러나다가 프
록코트 자락을 밟고 비틀거렸다.

"너는 환영받지 못한다."

앞에 서 있는 남자는 머리숱이 많았지만 먼지가 잔뜩 뒤
엉켜 있어서 원래 머리카락 색깔조차 알아볼 수 없을 정도
였다. 치아가 몇 개 빠져 있고 작고 까만 눈은 앞을 뚫어지
게 바라보고 있었다. 우스꽝스러운 몰골일 수도 있지만,
그렇지 않았다. 그 외모가 풍기는 분위기가 얼마나 무시무

시한지, 해리는 몇 걸음 더 물러서고 나서야 입을 뗀 오그던을 탓할 수 없었다.

"어…… 안녕하세요. 저는 마법 정부에서 나왔……."

"너는 환영받지 못한다."

"어…… 죄송합니다만…… 뭐라고 말씀하시는지 알아들을 수가 없네요." 오그던이 초조한 듯 말했다.

해리는 오그던이 너무 멍청하게 군다고 생각했다. 해리가 보기에 저 낯선 사람은 매우 분명하게 의사 표시를 하고 있었기 때문이다. 더욱이 한 손에는 마법 지팡이를, 다른 손에는 피가 묻은 것처럼 보이는 칼을 흔들어 대고 있었으므로.

"너는 물론 저자의 말을 알아듣겠지, 해리?" 덤블도어가 조용히 물었다.

"네, 당연하죠." 해리가 살짝 놀라며 말했다. "오그던은 왜……?"

하지만 문에 매달린 죽은 뱀에 시선이 닿는 순간 해리는 단번에 상황을 파악할 수 있었다.

"저 사람이 뱀의 말을 하는 건가요?"

"정답이다." 덤블도어가 고개를 끄덕이고 미소를 지으며 말했다.

누더기를 입은 남자가 한 손에 칼을, 한 손에 마법 지팡이를 쥔 채 오그던에게로 다가갔다.

"저기, 잠깐만요." 오그던이 입을 열었지만 너무 늦었다. 쾅 소리가 나더니 오그던은 코를 쥐고 땅바닥에 쓰러졌다. 그의 손가락 사이에서 역겹고 누런 찐득찐득한 뭔가가 새어 나왔다.

"모핀!" 누군가가 큰 소리로 외쳤다.

나이 든 남자가 오두막에서 헐레벌떡 뛰쳐나와 현관문을 쾅 닫았다. 그 바람에 죽은 뱀이 처량하게 흔들렸다. 이 남자는 누더기 차림의 남자보다 키가 작았으며 신체 비율이 이상했다. 어깨는 너무 넓고 두 팔은 지나치게 긴 데다 밝은 갈색 눈동자와 짧고 덥수룩한 머리카락, 주름 가득한 얼굴 때문에 꼭 힘세고 나이 많은 원숭이처럼 보였다. 그는 칼을 든 남자 옆에 멈춰 섰다. 이제 누더기를 걸친 남자는 땅바닥에 쓰러진 오그던의 모습을 보며 낄낄대고 있었다.

"정부에서 나왔다고?" 노인이 오그던을 내려다보며 물었다.

"그래요!" 오그던이 얼굴을 문지르며 화가 나서 말했다. "당신이 곤트 씨죠?"

"그렇소." 곤트가 말했다. "이 녀석이 당신 얼굴을 때렸나 보군?"

"네, 그렇습니다!" 오그던이 쏘아붙였다.

"올 거면 미리 알렸어야지. 안 그렇소?" 곤트가 몰아세우듯 말했다. "여긴 사유지요. 무턱대고 발을 들여놓고 내 아들이 방어하지 않을 거라고 생각하면 안 되지."

"무엇으로부터 방어한다는 겁니까?" 오그던이 바닥에서 일어서며 물었다.

"참견쟁이들. 침입자들. 머글과 쓰레기들."

오그던은 누런 고름 같은 것을 줄줄 쏟아 내고 있는 코에 마법 지팡이를 겨눴다. 흐르던 것이 즉시 멈췄다. 곤트 씨는 입술 끝을 움직여 모핀에게 말했다.

"집으로 들어가. 말대꾸하지 말고."

이번에는 해리도 예상하고 있었기에 그것이 뱀의 말이라는 것을 단번에 알아차렸다. 말의 내용을 이해함과 동시에 기이하게 쉭쉭대는 소리를 구분해 낼 수 있었다. 오그던에게는 쉭쉭거리는 소리만 들렸을 것이다. 모핀은 반항하려는 듯했지만 아버지가 위협적인 표정을 짓자 생각을 바꾸고 이상하게 흔들거리고 건들거리는 발걸음으로 느릿느릿 멀어져 가더니 현관문을 쾅 닫고 들어갔다. 뱀이 다시 한 번 처량 맞게 흔들렸다.

"저는 아드님을 보러 온 겁니다, 곤트 씨." 오그던이 코트 앞자락에서 고름을 마저 닦아 내며 말했다. "저 사람이 모핀이지요?"

"아, 저 애가 모핀이지." 노인이 무심하게 말했다. "당신, 순수 혈통이오?" 그가 갑자기 공격적으로 물었다.

"순수 혈통 같은 건 어디에도 없습니다." 오그던이 싸늘하게 대답했다. 해리는 오그던을 향한 존경심이 솟구치는 것을 느꼈다.

곤트는 다르게 느낀 것이 분명했다. 그는 눈을 가늘게 뜨고 오그던의 얼굴을 들여다보더니 무례하게 굴려고 작정한 말투로 웅얼거렸다. "이제 생각해 보니, 머글 마을에서 당신 같은 코를 가진 머글을 여럿 본 것 같군그래."

"틀림없이 그랬을 겁니다. 당신 아들이 그 사람들한테 멋대로 달려들었다면 말이죠." 오그던이 말했다. "안에 들어가서 이야기를 계속해도 될까요?"

"안에서?"

"그렇습니다, 곤트 씨. 이미 말했잖습니까. 모핀 일로 왔다고요. 부엉이를 보냈……."

"나한테 부엉이를 보내 봤자 아무 소용 없소." 곤트가 말했다. "편지를 열어 보지 않으니까."

"그럼 방문객이 온다는 경고를 받지 못했다고 불평하면 안 되죠." 오그던이 가차 없이 말했다. "저는 오늘 아침 이른 시각 이곳에서 벌어진 심각한 마법사 법 위반 사건 때문에 여기 왔……"

"알았소, 알았소. 알았다니까!" 곤트가 소리쳤다. "그럼 이 빌어먹을 집구석에 들어오시오. 퍽이나 즐거운 일이 벌어지겠군!"

집 안에는 작은 방이 세 개 있는 것 같았다. 거실 겸 부엌 역할을 하는 큰방에는 문이 두 개 달려 있어 그 방을 나머지 방들과 이어 주고 있었다. 모핀은 연기를 피워 올리는 난로 앞 더러운 안락의자에 앉아 살아 있는 살무사가 두꺼운 손가락을 이리저리 휘감는 와중 뱀의 말로 조용히 뭔가를 흥얼거렸다.

"쉭쉭, 작은 뱀아.

바닥을 미끄러져 가라.

모핀한테 착하게 굴어야지.

안 그러면 문에 못 박아 버릴 테다."

열린 창문 옆 구석에서 뭔가 움직이는 소리가 들렸다.

해리는 방에 다른 누군가가 있다는 것을 깨달았다. 등 뒤의 더러운 돌벽과 정확히 같은 색깔의 너덜너덜한 회색 옷을 입은 소녀였다. 그녀는 때 묻은 검은색 스토브 위에서 김을 피워 올리는 냄비 옆에 서서 선반 위에 놓인 지저분한 냄비며 프라이팬 들을 계속 만지작거리고 있었다. 볼품없이 늘어진 머리카락은 푸석푸석했고, 평범한 얼굴은 창백하고 상당히 선이 굵었다. 그녀의 눈은 오빠와 마찬가지로 맞은편을 뚫어지게 바라보고 있었다. 두 남자보다는 조금 깨끗해 보였지만 해리는 그보다 더 무기력해 보이는 사람은 본 적이 없는 것 같았다.

"내 딸 메로페요." 오그던이 의아한 듯 그녀를 바라보자 곤트가 마지못해 말했다.

"안녕하세요." 오그던이 말했다.

그녀는 아무 말도 하지 않고 겁먹은 눈으로 아버지를 힐끗 보더니 돌아서서 선반 위의 냄비들을 옮기기 시작했다.

"자, 곤트 씨." 오그던이 말했다. "요점만 간단히 말씀드리죠. 우리는 아드님인 모핀이 어젯밤 늦은 시각에 머글 앞에서 마법을 사용했다는 믿을 만한 증거를 가지고 있습니다."

귀청이 떨어질 듯한 '쨍그랑' 소리가 들렸다. 메로페가 냄비를 떨어뜨린 것이다.

"*빨리 치워!*" 곤트가 그녀에게 소리쳤다. "그래, 무슨 더러운 머글처럼 바닥이나 문질러 닦아라. 마법 지팡이는 무슨 소용이냐, 이 쓸모없는 똥자루 같으니!"

"곤트 씨, 그게 무슨!" 오그던이 충격을 받은 목소리로 말했다. 어느새 냄비를 집어 올린 메로페는 얼룩덜룩 새빨갛게 얼굴을 붉힌 채 다시 냄비를 떨어뜨리고 말았다. 그러더니 떨리는 손으로 마법 지팡이를 꺼내 냄비를 가리키고 다급히 잘 들리지 않는 주문을 웅얼거렸다. 냄비는 바닥을 가로질러 그녀에게서 쏜살같이 멀어지더니 맞은편 벽에 부딪혀 둘로 쪼개졌다.

모핀이 미친 사람처럼 낄낄거렸다. 곤트가 소리쳤다. "고쳐 놔라, 이 쓸모없는 멍청아! 당장 고쳐!"

메로페가 비틀거리며 방을 가로질러 갔지만 그녀가 마법 지팡이를 들어 올리기도 전에 오그던이 자신의 마법 지팡이를 들어 올려 단호하게 "*레파로*"라고 말했다. 냄비는 즉시 저절로 원래대로 돌아갔다.

곤트는 잠깐 동안 오그던에게 소리라도 지를 듯한 표정을 짓더니 이내 생각을 고쳐먹은 듯했다. 대신 그는 딸에게 빈정거렸다. "정부에서 이렇게 친절한 사람이 와서 다행이지? 어쩌면 이 사람이 널 데리고 있는 내 수고를 덜어 줄지도 모르겠다. 더러운 스큅이라도 상관 안 할지 모르지."

메로페는 누구와도 눈을 마주치지 않고 오그던에게 고맙다는 말도 하지 않은 채 떨리는 손으로 냄비를 집어 다시 선반에 가져다 놓았다. 그러고는 더러운 창문과 스토브 사이 벽에 등을 기댄 채 꼼짝 않고 서 있었다. 마치 돌벽 속으로 사라지는 것 말고는 바라는 게 없는 듯했다.

"곤트 씨." 오그던이 다시 입을 열었다. "아까도 말했지만, 제가 방문한 이유는……."

"아까 다 들었소!" 곤트가 쏘아붙였다. "그래서 뭐? 모핀이 머글 놈들이 당해도 싼 일을 좀 했기로서니, 뭐 어쩌라고?"

"모핀은 마법사 법을 어겼습니다." 오그던이 엄격한 어조로 말했다.

"모핀은 마법사 법을 어겼습니다." 곤트는 거들먹거리며 노래하듯 오그던의 말을 따라 했다. 모핀이 다시 낄낄거렸다. "모핀은 더러운 머글에게 교훈을 준 거요. 이젠 그게 불법이다 이건가?"

"그렇습니다." 오그던이 말했다. "미안합니다만 그렇습니다."

그는 안주머니에서 작은 양피지 두루마리를 꺼내 펼쳤다.

"그건 뭐, 판결문인가?" 곤트가 말했다. 목소리가 화난 듯 높아지고 있었다.

"청문회에 참석하라는 정부 소환장입니다."

"소환장! 소환장? 내 아들을 소환하겠다고? 당신이 뭔데?"

"저는 마법 수사대 대장입니다." 오그던이 말했다.

"그리고 우리를 쓰레기라고 생각하지. 아닌가?" 곤트가 이제는 오그던에게 다가가며 소리쳤다. 그는 때가 끼고 누레진 손톱이 달린 더러운 손가락으로 오그던의 가슴을 가리켰다. "정부가 오라고 하면 언제든 달려가는 쓰레기 말이야. 지금 누구한테 말하고 있는 건지는 아냐, 이 더러운 머드블러드 놈아!"

"저는 곤트 씨한테 이야기하고 있다고 생각합니다만." 오그던은 경계하는 표정을 지었으나 물러서지 않고 말했다.

"그래!" 곤트가 고함을 내질렀다. 잠깐 동안 해리는 곤트가 손가락 욕을 하고 있다고 생각했지만, 그는 사실 가운뎃손가락에 끼워져 있던 흉측한 검은색 돌 반지를 보여 주고 있었다. 곤트는 오그던의 눈앞에서 그것을 흔들었다. "보이나? 보여? 이게 뭔지 알기나 해? 이게 어디에서 온 건지 알아? 수백 년 동안 우리 가문에 내려온 반지다. 우리

가문은 그 오랜 세월 동안 순수 혈통으로만 이어져 왔다!
사람들이 이 반지를 얼마에 사겠다고 했는지 알아? 돌에
페버럴 문장이 새겨진 이 반지 말이야!"

 "솔직히 모르겠는데요." 오그던은 바로 코앞에서 왔다
갔다 하는 반지를 바라보며 눈을 깜빡였다. "요점에서 벗
어난 일이기도 하고요. 곤트 씨. 아드님이 저지른……."

 곤트가 분노 어린 고함을 지르며 자기 딸에게 달려갔다.
한순간 해리는 그가 딸을 목 졸라 죽이려는 줄 알았다. 그
의 손이 메로페의 목으로 향했기 때문이었다. 잠시 후 곤
트는 메로페의 목에 걸린 황금 사슬 목걸이를 쥐고 그녀를
오그던에게 끌고 왔다.

 "이건 보이나?" 그가 목걸이에 걸려 있는 묵직한 황금 로
켓을 흔들며 오그던에게 소리쳤다. 메로페는 숨을 제대로
쉬지도 못하고 캑캑거렸다.

 "보입니다, 보여요!" 오그던이 황급히 말했다.

 "슬리데린의 것이다!" 곤트가 소리쳤다. "살라자르 슬리
데린의 것이란 말이다! 우리는 그분의 마지막 후예야. 여
기에 대해서는 뭐라고 할 텐가? 응?"

 "곤트 씨, 따님이!" 오그던이 놀라서 소리쳤지만 곤트는
이미 메로페를 놓은 뒤였다. 그녀는 비틀비틀 물러나 원래

서 있던 구석으로 돌아가더니 목을 문지르며 숨을 헐떡거렸다.

"그러니까!" 곤트가 승리감에 차서 말했다. 결코 반박할 수 없는 어떤 복잡한 주장을 방금 입증했다는 식이었다. "우리가 댁의 신발에 묻은 오물이라도 되는 것처럼 지껄이지 마! 우린 여러 세대를 이어 온 순수 혈통의 마법사들이야. 당신 따위가 입을 함부로 놀릴 수 있는 대상이 아니란 말이야!"

그는 오그던의 발 앞에 침을 뱉었다. 모핀이 다시 낄낄댔다. 창문 옆에 몸을 웅크리고 있던 메로페는 고개를 숙이고 늘어진 머리카락으로 얼굴을 가린 채 아무 말도 하지 않았다.

"곤트 씨." 오그던이 흔들리는 기색 없이 말했다. "유감이지만 당신의 조상도, 제 조상도 이 일과는 아무 상관이 없습니다. 제가 여기 온 이유는 모핀이 어젯밤 늦은 시각 머글을 위협했기 때문입니다. 우리가 입수한 정보에 따르면……." 그는 양피지 두루마리를 힐끔 내려다보았다. "모핀이 문제의 머글에게 저주인지 공격 마법인지를 걸어 굉장히 고통스러운 두드러기를 유발했다고 하더군요."

모핀이 낄낄 웃었다.

"조용히 해라, 이 녀석." 곤트가 뱀의 말로 으르렁거리자 모핀은 다시 입을 다물었다.

"그래서, 모핀이 그랬는데, 그게 뭐?" 곤트가 오그던에게 맞서듯이 말했다. "당신이 그 머글의 더러운 얼굴을 깨끗하게 닦아 줬을 것 같은데. 그자의 기억은 날려 버리고 말이야⋯⋯."

"요점은 그게 아니잖습니까, 곤트 씨?" 오그던이 말했다. "정당한 이유도 없이 공격하지 않았습니까. 무방비 상태의⋯⋯."

"아, 난 딱 보고 댁이 머글 애호가라는 걸 알아봤어." 곤트가 비웃더니 바닥에 다시 침을 뱉었다.

"이런 얘기는 아무 도움이 되지 않습니다." 오그던이 단호하게 말했다. "아드님의 태도를 보니 자신의 행동을 전혀 후회하지 않는다는 건 분명하군요." 그는 다시 양피지 두루마리를 내려다보았다. "모핀은 9월 14일 청문회에 출석해 머글 앞에서 마법을 사용하고 그 머글에게 피해와 고통을 초래했다는 혐의에 응답해야 할⋯⋯."

오그던은 말을 멈췄다. 열린 창문을 통해 딸랑거리는 종소리와 말발굽 소리, 왁자지껄 웃고 떠드는 소리가 흘러들어 왔다. 분명 마을로 향하는 구불구불한 길이 이 집이 자리한 잡목림에서 아주 가까운 곳을 지나는 듯했다. 곤트는 꼼짝하지 않고 서서 눈을 휘둥그렇게 뜨고 귀를 기울였다. 모핀은 굶주린 표정으로 식식대면서 소리가 나는 쪽으로 얼굴을 돌렸다. 메로페가 고개를 들었다. 해리는 그녀의 얼굴이 새하얗게 질려 있는 것을 보았다.

"세상에, 저렇게 흉물스러운 게 있다니!" 웬 여자의 목소리가 울려 퍼졌다. 마치 바로 옆에 서 있기라도 하듯 그녀의 목소리는 열린 창문을 통해 또렷하게 들려오고 있었다. "당신 아버지한테 말씀드려서 저 돼지우리 같은 것 좀 치워 버릴 수 없을까, 톰?"

"저건 우리 소유가 아냐." 젊은 남자 목소리가 말했다. "계곡 건너에 있는 건 다 우리 건데, 저 오두막은 곤트라는 늙은 부랑자랑 그 사람 자식들 거야. 아들이 완전히 미친 놈이야. 마을 사람들이 하는 얘기를 당신도 들어 봐야 하는데……."

여자가 웃었다. 딸랑거리는 소리와 말발굽 소리가 점점 커졌다. 모핀이 안락의자에서 일어나려 했다.

"*자리를 지켜라.*" 그의 아버지가 뱀의 말로 경고하듯 말했다.

"톰." 여자의 목소리가 다시 말했다. 목소리는 이제 아주 가까워져 있었다. 그들은 집 바로 옆에 와 있는 게 틀림없었다. "내가 잘못 본 걸지도 모르겠는데, 저 문에 뱀이 박혀 있는 거 맞아?"

"세상에, 당신 말이 맞아!" 남자의 목소리가 말했다. "그 아들 짓일 거야. 정상이 아니라고 했잖아. 사랑하는 시실리어, 쳐다보지 마."

딸랑거리는 소리와 말발굽 소리가 다시 희미하게 멀어져 갔다.

"'사랑하는'." 모핀이 자기 여동생을 바라보며 뱀의 말로 속삭였다. "'사랑하는'이라는데. 저 자식이 널 데려가긴 글렀네."

얼굴이 하얗게 질린 메로페는 당장에라도 쓰러질 것처럼 보였다.

"그게 무슨 소리냐?" 곤트가 아들에게서 딸에게로 시선을 돌리며 뱀의 말로 날카롭게 물었다. "뭐라고 했지, 모핀?"

"쟤는 저 머글 쳐다보는 데 홀딱 빠져 있거든요." 모핀이 말했다. 잔뜩 겁먹은 여동생의 모습을 보는 그의 얼굴에 악랄한 표정이 떠올라 있었다. "저 자식이 지나갈 때마다 늘 마당에 있더라고요. 울타리 너머로 저놈을 쳐다보면서요. 어젯밤에는…….”

메로페가 애원하듯 격하게 고개를 저었지만 모핀은 무자비하게 말을 이었다. “저놈이 자기 집으로 말을 타고 지나가길 기다리면서 창밖으로 몸을 내밀고 있더라니까요?”

“머글을 보겠다고 창문 밖으로 몸을 내밀어?” 곤트가 조용히 말했다.

곤트 가족 세 사람 모두 오그던은 까맣게 잊은 듯했다. 오그던은 알아들을 수 없는 쉭쉭대는 거친 소리가 다시 터져 나오자 당황하면서 짜증스러워하는 것 같았다.

“저 말이 사실이냐?” 곤트가 겁에 질린 딸에게 몇 걸음 다가서며 위협적인 목소리로 말했다. “내 딸이…… 살라자르 슬리데린의 순수한 혈통이…… 더럽고 추잡한 피가 흐르는 머글을 좋아한다고?”

메로페는 미친 듯이 고개를 저으며 벽에 바짝 몸을 붙였다. 겁에 질려서 입이 떨어지지 않는 게 분명했다.

“하지만 제가 저 녀석 손을 좀 봐 줬어요, 아버지!” 모핀이 기분 나쁘게 낄낄거렸다. “저 녀석이 지나가길래 혼 좀 내줬죠. 온몸에 두드러기가 난 꼬라지는 별로 볼 만하지 않던데요. 안 그래, 메로페?”

“이 역겨운 스큅 같으니, 이 더러운 혈통 배신자!” 곤트

71

가 이성을 잃고 두 손으로 딸의 목을 움켜쥐며 고함을 질렀다.

해리와 오그던 모두 동시에 "안 돼!"라고 소리쳤다. 오그던이 마법 지팡이를 들고 외쳤다. "릴라시오!" 곤트는 딸에게서 멀리 날아가는가 싶더니 뒤에 있던 의자에 걸려 바닥에 벌렁 나자빠졌다. 머리끝까지 화가 난 모핀이 고함을 지르며 의자에서 뛰어올라 오그던에게 덤벼들었다. 그는 한 손으로 피 묻은 칼을 휘두르고 다른 손으로는 마법 지팡이로 무차별적인 공격 마법을 퍼부었다.

오그던은 죽기 살기로 도망쳤다. 덤블도어가 그의 뒤를 따라가야 한다고 손짓하자 해리는 그 말에 따랐다. 메로페의 비명이 그의 귓가에 울렸다.

오그던은 양팔로 머리를 감싼 채 숲길을 정신없이 달리다가 큰길로 불쑥 뛰쳐나갔다. 그러다 그만 검은 머리카락을 지닌 잘생긴 젊은이가 모는 윤기가 흐르는 밤색 말에 부딪히고 말았다. 말의 옆구리를 들이받고 튕겨 나간 그는 머리부터 발끝까지 먼지를 뒤집어쓴 채 프록코트를 휘날리며 허둥지둥 내달리기 시작했다. 그런 그의 모습을 보고 젊은이와 그의 옆에서 회색 말을 타고 있는 예쁘장한 여자가 웃음을 터뜨렸다.

"이 정도면 됐다, 해리." 덤블도어가 말했다. 그는 해리의 팔꿈치를 잡아당겼다. 다음 순간, 두 사람은 무중력상태로 어둠 속을 날아갔다. 이어 그들은 어둑어둑해진 덤블도어의 연구실에 두 발을 딛고 섰다.

"오두막에 있던 그 소녀는 어떻게 됐나요?" 덤블도어가 마법 지팡이를 한 번 탁 튕겨 등불을 더 켜기 무섭게 해리가 물었다. "메로페였던가, 아무튼 그 여자애 말이에요."

"아, 메로페는 살아남았다." 덤블도어가 책상 뒤로 가서 앉고 해리에게도 앉으라고 손짓하며 말했다. "오그던이 순간이동 마법을 써서 정부로 돌아갔다가 15분 만에 지원 인력을 데리고 돌아왔거든. 모핀과 그의 아버지는 저항하다가 제압당했고 오두막에서 끌려 나가 이후 위즌가모트에서 유죄판결을 받았다. 이미 머글을 공격한 전과가 있었던 모핀은 아즈카반 3년 형을 선고받았지. 오그던 말고도 마법 정부 직원들에게 상해를 입힌 마볼로는 6개월 형을 받았고."

"마볼로라고요?" 해리가 놀라서 물었다.

"그래, 맞다." 덤블도어가 칭찬하듯 미소를 머금으며 말했다. "잘 따라오고 있는 것 같아 기쁘구나."

"그럼 그 노인이……?"

"그래, 볼드모트의 할아버지란다." 덤블도어가 말했다.
"마볼로와 그의 아들 모핀, 딸 메로페가 곤트 가문의 마지
막 후예다. 사촌끼리 결혼하는 관습으로 인해 여러 세대에
걸쳐 핏줄에 점점 더 많은 불안증과 폭력성이 흐르게 된
것으로 잘 알려진 아주 오래된 마법사 가문이지. 분별력도
없는 데다 화려한 것들을 지나치게 좋아했으니 마볼로가
태어나기 몇 세대 전에 가문의 재산이 모두 탕진된 것도
당연했다. 너도 봤겠지만 마볼로가 물려받은 건 궁핍과 가
난, 아주 고약한 성격, 영원히 사라지지 않을 만큼 가득한
오만함과 자만심, 아들만큼 아끼고 딸보다는 좀 더 아끼는
가문의 유품 두어 개뿐이었다."

"그러니까 메로페가……." 해리는 의자에서 몸을 앞으로
내밀고 덤블도어를 바라보며 말을 이었다. "그러니까 메로
페가…… 교수님, 그렇다면 메로페가…… 볼드모트의 어
머니라는 말씀이세요?"

"그래." 덤블도어가 말했다. "우린 우연히 볼드모트의 아
버지도 살짝 봤단다. 알아챘는지 모르겠구나."

"모핀이 공격한 그 머글인가요? 말을 타고 있던 사람 말
이에요."

"그래, 훌륭하구나." 덤블도어가 활짝 웃으며 말했다.

"그래, 그 사람이 톰 리들 1세다. 말을 타고 곤트의 오두막을 지나곤 했던 잘생긴 머글. 메로페 곤트가 비밀리에 연정을 품었던 사람이지."

"두 사람이 결국 결혼했다고요?" 해리는 그 두 사람보다 서로 사랑에 빠질 가능성이 낮은 커플을 떠올릴 수 없었기에 믿지 못하겠다는 듯 그렇게 물었다.

"한 가지 사실을 잊은 모양이로구나." 덤블도어가 말했다. "메로페는 마법사였다. 아버지 때문에 겁에 질려 있어서 그녀가 가진 힘이 잘 드러나지 않았을 뿐이었지. 하지만 마볼로와 모핀이 아즈카반에 갇히고 난생처음 혼자 남아 자유를 맛보게 되자 메로페는 자신의 능력을 완전히 발휘할 수 있게 되었단다. 틀림없이 18년간의 절망적인 삶에서 벗어나기 위해 계획을 세웠을 테지. 메로페는 톰 리들이 머글 연인을 잊고 대신 자기와 사랑에 빠지도록 만들 방법을 알고 있었단다. 생각나는 게 없느냐?"

"임페리우스 저주였나요?" 해리가 의견을 냈다. "아니면 사랑의 묘약?"

"잘했다. 나는 개인적으로 메로페가 사랑의 묘약을 썼을 거란 생각이 드는구나. 메로페 입장에서는 그편이 더 낭만적으로 보였을 테고, 어느 더운 날 혼자 말을 타고 가던 리들에게 물 한 잔을 권하는 건 그리 어렵지 않았을 테니 말이다. 어쨌든 우리가 방금 목격한 일이 있고 나서 겨우 몇달 만에 리틀 행글턴 마을은 어마어마한 스캔들을 즐기게 되었단다. 대지주의 아들이 부랑자의 딸 메로페와 사랑의도피를 감행했으니 어떤 뒷말들이 나왔을지 상상이 갈 게다. 하지만 마을 사람들이 받은 충격은 마볼로가 받은 충격에 비하면 아무것도 아니었지. 마볼로는 딸이 식탁에 따뜻한 음식을 차려 놓고 자기가 돌아오기만을 충직하게 기다릴 거라고 생각하며 아즈카반에서 돌아왔단다. 그런데집 안은 온통 먼지투성이였고, 자기가 뭘 했는지 설명하는메로페의 작별 인사 편지만 놓여 있을 뿐이었어. 내가 알아낸 바로 마볼로는 그때 이후로는 단 한 번도 메로페의이름이나 존재를 언급하지 않았다. 메로페가 자신을 버렸다는 충격이 마볼로의 이른 죽음에도 한몫했을 게다. 아니면 자기 스스로 음식을 해 먹는 법을 전혀 배우지 못했기 때문인지도 모르지. 아즈카반에서 심각할 만큼 쇠약해진마볼로는 살아서 모핀이 오두막으로 돌아오는 걸 보지 못했다."

"그럼 메로페는요? 메로페는…… 메로페도 죽은 거 아닌가요? 볼드모트는 고아원에서 자랐잖아요."

"그래, 그렇다." 덤블도어가 말했다. "그에 관해서는 상당 부분 추측을 해야 한단다. 무슨 일이 벌어졌는지 추론하기가 그리 어렵지는 않지만 말이지. 뭐라고 해야 할까, 야반도주를 하면서까지 결혼을 감행한 톰 리들은 몇 달 만에 아내 없이 홀로 리틀 행글턴의 대저택에 다시 나타났단다. 그가 '속았다'느니 '뭔가에 홀렸다'느니 하는 소문이 이웃들 사이에서 돌았지. 그 말은 분명 한때 마법에 걸렸다가 이제 그 마법에서 풀려났다는 뜻일 게다. 아마 남들에게 정신 나갔다는 소리를 들을까 봐 감히 그런 단어를 정확하게 사용하지는 못했겠지만 말이야. 하지만 마을 사람들은 톰 리들의 말을 듣고 메로페가 임신한 척 그를 속여서 그와 결혼한 거라고 추측했단다."

"하지만 메로페는 정말로 톰 리들의 아기를 가졌던 거군요."

"그래, 하지만 그건 둘이 결혼하고 1년 뒤의 일이었다. 톰 리들은 메로페가 아직 임신 중일 때 그녀를 떠났지."

"뭐가 잘못된 건가요?" 해리가 물었다. "왜 사랑의 묘약이 더 듣지 않은 거죠?"

"이번에도 추정이다만……." 덤블도어가 말했다. "나는 남편을 깊이 사랑했던 메로페가 마법으로 그를 사로잡아

두는 것을 더 이상 견디지 못했을 거라고 믿는다. 그에게 더 이상 마법약을 주지 않기로 결심했겠지. 리들에게 푹 빠져 있던 메로페는 지금쯤 톰 리들 역시 자신과 사랑에 빠졌을 거라고 확신했을 게다. 아마 아기 때문에라도 머물지 모른다고도 생각했을 테고. 만일 그랬다면 두 가지 생각 모두 틀렸던 셈이지. 리들은 메로페를 떠났고 다시는 그녀를 만나지 않았다. 자기 아들이 어떻게 되든 단 한 번도 신경 쓴 적 없었어."

바깥의 하늘은 칠흑처럼 검었고 덤블도어의 연구실 등불들은 그 어느 때보다 밝게 빛나는 듯했다.

"오늘 밤에는 이만하면 될 것 같구나, 해리." 잠시 후 덤블도어가 말했다.

"네, 교수님." 해리가 대답했다.

그는 자리에서 일어났지만 발걸음을 떼지는 않았다.

"교수님, 볼드모트의 과거를 이렇게 다 아는 게 중요한 일인가요?"

"매우 중요할 것 같구나. 내 생각이지만 말이야." 덤블도어가 말했다.

"이게…… 이게 예언과도 관련이 있는 거지요?"

"예언과 아주 관련이 깊지."

"그렇군요." 해리는 약간 혼란스러우면서도 마음이 놓였다.

연구실을 나가려는데 또 다른 질문이 떠올랐다. 해리는 다시 돌아섰다.

"교수님, 론이랑 헤르미온느에게 교수님께서 들려주신 이야기를 전부 해 줘도 될까요?"

덤블도어는 잠시 그를 바라보더니 말했다. "그래, 위즐리 군과 그레인저 양은 자신들이 믿을 만한 사람이라는 점을 스스로 증명했다고 생각한다. 하지만 해리, 이 모든 이야기를 어느 누구에게도 전달하지 말라고 부탁해 주겠니? 내가 볼드모트 경의 비밀을 얼마나 많이 아는지, 혹은 추측하고 있는지에 관해 말이 나돌면 별로 좋지 않을 게다."

"네, 교수님. 꼭 론과 헤르미온느만 알도록 할게요. 안녕히 주무세요."

해리는 다시 돌아섰다가 문에 다다라서야 그것을 보았다. 쉽게 깨질 것 같은 은제 기구들이 수없이 놓여 있는 다리가 가는 탁자들 중 하나에 금이 간 큼직한 검은 돌이 박혀 있는 흉측한 금반지가 놓여 있었다.

"교수님," 해리가 그 반지에서 시선을 떼지 못하고 말했다. "저 반지……."

"말해 보거라." 덤블도어가 말했다.

"슬러그혼 교수님을 만나러 갔던 날 밤에 저걸 끼고 계셨죠."

"그랬지." 덤블도어가 고개를 끄덕였다.

"하지만 교수님, 저건…… 저건 마볼로 곤트가 오그던에게 보여 줬던 반지 아닌가요?"

덤블도어가 고개를 끄덕였다.

"그 반지 맞다."

"하지만 어떻게…… 교수님께서 계속 가지고 계셨던 거예요?"

"아니, 나는 얼마 전에 저 반지를 얻게 됐단다." 덤블도어가 말했다. "실은, 너를 이모 집에서 데려오기 며칠 전에 얻었지."

"그럼 교수님께서 손을 다치신 즈음이네요?"

"그때가 맞다, 해리."

해리는 망설였다. 덤블도어는 미소 짓고 있었다.

"교수님, 정확히 어쩌다가…?"

"너무 늦었구나, 해리! 그 이야기는 다음번에 들려주마. 잘 자거라."

"안녕히 주무세요, 교수님."

11장
헤르미온느의 도움의 손길

　헤르미온느가 예상했듯 6학년생들의 공강 시간은 론이 기대했던 것처럼 행복한 휴식의 시간이 아니라 무시무시한 양의 숙제를 따라잡으려고 노력하는 시간이 되었다. 그들은 매일 시험을 치르는 것처럼 공부했을 뿐만 아니라, 수업 자체도 그 어느 때보다 부담스러워졌다. 해리는 요즘 맥고나걸 교수가 하는 말을 반도 이해하기 어려웠다. 심지어 헤르미온느조차 다시 설명해 달라고 한두 번 부탁할 정도였다. 놀랍게도 해리가 가장 잘하는 과목은 마법약이 되었다. 다 혼혈 왕자 덕분이었다. 헤르미온느는 이 사실에 더더욱 분개했다.

　무언 주문 마법은 이제 어둠의 마법 방어법만이 아니라

일반 마법과 변환 마법에서도 요구되었다. 해리가 휴게실
에서나 식사 시간에 마주칠 때마다 친구들을 살펴보니 그
들은 모두 낯빛이 퍼렇게 질린 채 프레드와 조지의 변비약
인 '그 응가'를 과용한 듯 얼굴에 잔뜩 힘이 들어가 있었다.
사실 그들은 주문을 소리 내어 말하지 않고도 마법을 걸려
고 애쓰는 중이었다. 성 밖 온실에 들어가면 후련했다. 약
초학 시간에는 전보다 훨씬 위험한 식물들을 다루고 있었
지만, 등 뒤에서 독손가락이 갑작스럽게 붙잡으면 적어도
큰 소리로 욕설을 내뱉을 수 있었기 때문이다.

  엄청난 학습량을 소화하고 무언 주문 마법에 매달리느
라 해리, 론, 헤르미온느는 지금까지 해그리드를 만나러
갈 시간을 내지 못했다. 해그리드는 더 이상 교직원 식탁
에 식사를 하러 오지 않았다. 불길한 징조였다. 복도나 교
정에서 몇 번 스치고 지나칠 때는 이상하게도 그들을 알아
보지 못하거나 그들이 건네는 인사를 듣지 못했다.

  "찾아가서 해명을 해야 해." 다음 토요일 아침 식사 시간
에 헤르미온느가 교직원 식탁에 놓인 해그리드의 커다란
빈 의자를 올려다보며 말했다.

  "오늘 아침에는 퀴디치 선발전이 있어!" 론이 말했다.
"게다가 플리트윅이 내준 '아구아멘티' 마법도 연습해야 하

고! 다 떠나서, 뭘 해명한다는 거야? 우리가 해그리드의 그 한심한 수업을 싫어한다는 걸 어떻게 말하냐고!"

"우린 그 수업이 싫었던 게 아냐!" 헤르미온느가 말했다.

"너는 그렇겠지. 난 폭발 꼬리 스크루트들을 아직 잊지 않았어." 론이 음울하게 말했다. "그리고 이제야 말하는 건데, 우린 간신히 탈출한 거야. 해그리드가 그 어벙한 동생에 대해 뭐라고 했는지 넌 못 들었잖아. 계속 수업을 들었다면 그롭한테 신발 끈 묶는 법을 가르치고 있었을걸."

"해그리드랑 말을 안 하고 지내는 게 너무 싫단 말이야." 헤르미온느가 속상한 표정을 지으며 말했다.

"퀴디치 끝나고 가 보자." 해리가 그녀에게 약속했다. 해리도 론과 마찬가지로 그들의 인생에서 그롭이 없는 편이 훨씬 낫다고 생각했지만, 그 역시 해그리드가 보고 싶었다. "하지만 선발전이 오전 내내 계속될지도 몰라. 지원자가 많아서." 그는 주장이 되어 처음으로 마주한 과제에 약간 긴장되었다. "우리 팀이 갑자기 왜 이렇게 인기가 많아졌는지 모르겠네."

"아, 왜 이래, 해리." 헤르미온느가 돌연 못 참겠다는 듯 말했다. "인기가 있는 건 *퀴디치*가 아니라 너야! 넌 지금 최고의 관심 대상이야. 솔직히, 지금만큼 남자다운 매력을 뽐었던 적도 없었고."

커다란 훈제 청어 덩어리가 목에 걸렸는지 론이 헛구역질을 했다. 헤르미온느는 그에게 경멸 어린 눈길을 던지더니 다시 해리에게 고개를 돌렸다.

"이제는 다들 네가 진실을 말하고 있었다는 걸 알잖아? 마법사 세계 전체가 볼드모트가 돌아왔다는 네 말이 맞았다는 걸, 지난 2년 동안 네가 정말로 그자와 싸웠고 두 번다 살아남았다는 걸 인정할 수밖에 없다고. 게다가 이제는 너를 '선택받은 자'라고 부르고 있잖아. 이래도 사람들이 왜 너한테 열광하는지 모르겠어?"

천장은 여전히 싸늘해 보이고 비가 내리는 모습이었지만 해리는 갑자기 대연회장이 후끈해지는 것을 느꼈다.

"그뿐만이 아니라 너는 정부가 정서불안 환자라느니 거짓말쟁이라느니 하며 널 몰아붙였을 때도 그 모든 핍박을 견뎌 냈어. 아직도 네 손등에는 그 사악한 여자가 네 피로 글을 쓰게 했을 때 생긴 상처가 남아 있잖아. 그런데도 넌 네 주장을 굽히지 않았고……."

"마법 정부에서 그 뇌들이 날 붙잡았던 자국도 아직 남아 있어. 여기 봐 봐." 론이 소매를 흔들어 젖히며 말했다.

"지난여름 동안 키가 30센티미터쯤 더 큰 것도 도움이 됐을 테고." 헤르미온느는 론의 말을 못 들은 체하며 말을 마쳤다.

"나도 키 커." 론이 뜬금없이 중얼거렸다.

우편 부엉이들이 빗물로 얼룩진 유리창으로 휙 날아들어 오면서 모두에게 물을 튀겼다. 학생들 대부분은 평소보다 많은 편지를 받고 있었다. 부모들은 불안한 마음에 자식들이 잘 있는지 무척 궁금해했고 또 집에는 별일이 없다며 그들을 안심시켜 주고 싶어 했던 것이다. 하지만 해리는 학기가 시작된 뒤로 편지를 한 통도 받지 못했다. 그와 정기적으로 편지를 주고받던 유일한 사람은 이제 죽었고, 루핀이 가끔씩 편지를 써 주기를 기대했지만 지금까지는 실망만 이어졌다. 그래서 그는 눈처럼 하얀 헤드위그가 온통 갈색과 회색인 부엉이들 사이를 빙빙 돌고 있는 모습을 보고 무척 놀랐다. 헤드위그는 커다란 사각형 소포를 가지고 그의 앞에 내려앉았다. 잠시 후 똑같은 소포가 론 앞에도 내려앉았다. 소포 밑에는 작디작은 부엉이 피그위전이 기진맥진한 채 깔려 있었다.

"하!" 해리가 말했다. 소포를 풀자 플러리시 앤 블러츠에서 막 도착한 《고급 마법약 제조》 새 책이 나왔다.

"아, 잘됐네." 헤르미온느가 기뻐하며 말했다. "이제 낙서가 잔뜩 있는 그 책은 돌려줄 수 있겠다."

"미쳤어?" 해리가 말했다. "계속 가지고 있을 거야! 저기, 내가 생각해 봤는데……."

그는 낡은 《고급 마법약 제조》를 가방에서 꺼내 마법 지팡이로 표지를 가볍게 두드리며 "디핀도"라고 중얼거렸다. 표지가 떨어져 나갔다. 그는 새 책에도 똑같은 주문을 걸었다(헤르미온느는 아연실색하는 표정이었다). 그런 다음 그는 표지를 바꾸고 두 권의 책을 각각 두드리며 "레파로"라고 말했다.

해리의 눈앞에는 새것으로 위장한 혼혈 왕자의 책과, 감쪽같이 헌책처럼 변한 플러리시 앤 블러츠에서 온 새 책이 놓여 있었다.

"슬러그혼 교수님한테는 새 책을 돌려줄 거야. 불만은 없겠지. 내가 9갈레온이나 부담한 거니까."

헤르미온느는 화가 나고 못마땅한 표정으로 입술을 앙다물었지만 곧 오늘 자 《예언자일보》를 가지고 내려앉는 올빼미에게 정신이 팔리고 말았다. 그녀는 재빨리 신문을 펼치고 1면을 훑어보았다.

"우리가 아는 사람 누가 죽기라도 했어?" 론이 일부러 태연한 목소리로 물었다. 그는 헤르미온느가 신문을 펼칠 때마다 똑같은 질문을 던지곤 했다.

"아니. 하지만 디멘터의 공격이 있었대." 헤르미온느가 말했다. "그리고 체포 소식도 한 건 있고."

"잘됐네. 누구야?" 해리가 벨라트릭스 레스트레인지를 떠올리며 말했다.

"스탠 션파이크." 헤르미온느가 말했다.

"뭐?" 해리는 깜짝 놀랐다.

"'마법사 세계의 대중교통 수단인 나이트 버스의 차장 스탠리 션파이크가 죽음을 먹는 자로 활동한 혐의로 체포되었다. 션파이크 씨(21)는 어젯밤 클래펌에 위치한 자택에 대한 불시 단속이 벌어진 직후 구속되었으며'……."

"스탠 션파이크가 죽음을 먹는 자라고?" 해리는 3년 전에 처음 만난 여드름투성이 젊은이를 떠올렸다. "그럴 리가!"

"임페리우스 저주에 걸린 걸지도 몰라." 론이 이성적으로 추론하며 말했다. "그런 거라면 분간이 안 되잖아."

"그런 것 같진 않아." 신문을 계속 읽고 있던 헤르미온느가 말했다. "이 기사에 따르면 스탠이 술집에서 죽음을 먹는 자들의 비밀 계획에 대해서 떠들었는데, 그걸 누가 엿듣고 신고하는 바람에 체포됐대." 그녀는 불안한 표정으로 고개를 들었다. "임페리우스 저주에 걸려 있었다면 그 사람들의 계획에 대해서 이러쿵저러쿵 떠들진 않았을 텐데?"

"그냥 허세 부린 것 같은데." 론이 말했다. "빌라들한테 잘 보이려고 자기가 마법 정부 총리가 될 몸이니 어쩌니 했던 녀석이잖아?"

"그래, 맞아." 해리가 말했다. "스탠의 허풍을 진지하게 받아들이다니, 무슨 생각인지 모르겠다."

"자기네들도 뭔가 하고 있다는 걸 보여 주고 싶겠지." 헤르미온느가 얼굴을 찡그리며 말했다. "사람들이 겁에 질려 있잖아. 파틸 쌍둥이네 부모님이 걔들을 집으로 데려가고 싶어 해. 알아? 그리고 엘로이즈 미전은 벌써 떠났어. 걔네 아버지가 어젯밤에 데리러 왔더라."

"뭐?" 론이 눈을 휘둥그렇게 뜨고 헤르미온느를 바라보았다. "하지만 호그와트가 걔들 집보다 안전해. 그럴 수밖에 없잖아! 여기엔 오러들도 있고, 추가 보호 마법도 잔뜩 걸려 있고, 덤블도어도 있으니까!"

"교장 선생님이 여기에 항상 계시는 건 아닐걸." 헤르미온느가 《예언자일보》 너머로 교직원 식탁을 힐끗 보며 작은 목소리로 말했다. "눈치 못 챘어? 지난주에는 덤블도어 교수님의 자리가 해그리드의 자리만큼이나 자주 비어 있었어."

해리와 론은 교직원 식탁을 올려다보았다. 교장의 의자는 정말 비어 있었다. 그러고 보니 해리는 1주일 전 개인 수업 이후로 덤블도어를 본 적이 없었다.

"무슨 일인지 모르겠지만 기사단과 관련된 일 때문에 학교를 비우신 것 같아." 헤르미온느가 나직한 목소리로 말했다. "내 말은…… 모든 게 심각해 보인다는 거야. 그렇지 않아?"

해리도 론도 대답하지 않았다. 하지만 해리는 셋 모두 같은 생각을 하고 있음을 알았다. 어제는 끔찍한 일이 있었다. 해너 애벗이 약초학 수업 시간 도중에 불려 나가 어머니가 죽은 채로 발견되었다는 소식을 들은 것이다. 그 뒤로 해너를 본 사람은 아무도 없었다.

5분 뒤 세 사람은 그리핀도르 식탁을 떠나 퀴디치 경기장으로 향하다가 라벤더 브라운과 파르바티 파틸을 만났다. 파틸 쌍둥이의 부모가 아이들을 호그와트에서 데려가고 싶어 한다던 헤르미온느의 말이 떠올랐기에 해리는 가장 친한 친구인 둘이 괴로운 표정으로 서로 속삭이는 모습을 보고도 놀라지 않았다. 해리를 놀라게 한 일은 따로 있었다. 론이 그들 가까이 가자 파르바티가 갑자기 라벤더의 옆구리를 쿡 찔렀고 라벤더가 돌아보며 론에게 활짝 웃어 보였다는 사실이다. 론은 눈을 깜빡이며 그녀를 바라보다가 어색하게 마주 미소 지었다. 그의 걸음걸이가 곧바로 의기양양하게 변했다. 해리는 말포이가 그의 코를 부러뜨렸을 때 론이 웃지 않았던 것을 떠올리며 터져 나오려는 웃음을 참았다. 반면 헤르미온느는 차갑고 부연 부슬비를 맞으며 경기장까지 가는 내내 싸늘하고 냉랭한 표정을 감추지 않더니 론에게 행운을 빌어 주지도 않고 관중석으로 가 버렸다.

해리의 예상대로 선발전은 오전 내내 치러졌다. 초조한 기색으로 지독하게 낡은 학교 빗자루를 고르는 1학년들부터 쌀쌀맞고 위압적인 표정으로 나머지 학생들을 내려다보고 있는 7학년들에 이르기까지 그리핀도르 학생 절반이 나온 듯했다. 7학년들 중에는 키가 크고 철사처럼 뻣뻣한 머리카락을 가진 소년도 있었는데, 해리는 호그와트 급행열차에서 보았던 그를 단번에 알아보았다.

"우리 기차에서 만났지? 슬러그혼의 객실에서." 그가 학생들 틈에서 걸어 나와 악수를 청하며 자신만만하게 말을 걸었다. "코맥 매클래건, 파수꾼이야."

"작년에는 선발전에 참여 안 했지?" 해리가 매클래건의

넓은 어깨를 눈여겨보며 물었다. 가만히 서 있기만 해도 골대 세 개를 모두 막을 수 있을 거라는 생각이 들 정도였다.

"선발전이 있었을 때 병동 신세를 지고 있었어." 매클래건이 약간 으스대며 말했다. "내기로 독시 알을 500그램이나 삼켰거든."

"그랬구나." 해리가 말했다. "음…… 저쪽에서 기다리면……."

해리는 경기장 가장자리 헤르미온느가 앉아 있는 곳 근처를 가리켰다. 순간 매클래건의 얼굴에 불쾌한 표정이 스치고 지나가는 것 같았다. 해리는 혹시 매클래건이 그와 해리 둘 다 '우리 슬러그혼 교수'가 총애하는 학생이라는 이유로 특별 대우를 바라는 건 아닌지 궁금했다.

해리는 기본적인 테스트부터 시작하기로 결정하고, 모든 지원자를 열 명씩 나눠 경기장을 한 바퀴 빙 돌도록 했다. 그것은 현명한 판단이었다. 첫 번째 그룹은 1학년들로만 이루어져 있었는데, 한눈에 봐도 빗자루를 타고 날아본 적이 없다는 것을 알 수 있었다. 몇 초 이상 공중에 떠 있을 수 있었던 건 남학생 한 명뿐이었는데, 그 아이조차 자신이 날아올랐다는 사실에 너무 놀란 나머지 곧바로 골대를 들이받고 말았다.

두 번째 그룹은 지금까지 해리가 만나 본 아이들 중 가장 멍청한 여학생들 열 명으로 이루어져 있었는데, 그들은 해리가 호루라기를 불자 그냥 서로를 붙잡고 우스워하며 대굴대굴 구를 뿐이었다. 로밀다 베인도 그중 한 명이었다. 해리가 경기장에서 나가라고 말하자 그들은 명랑하게 그 지시를 따르면서도 다른 사람들에게 야유를 보내려고 관중석에 가서 앉았다.

세 번째 그룹은 경기장을 돌다가 연쇄 추돌 사고를 일으켰다. 네 번째 그룹의 대다수는 빗자루를 가지고 오지 않았다. 다섯 번째 그룹은 후플푸프 학생들이었다.

슬슬 진짜로 짜증이 치밀기 시작한 해리가 소리쳤다. "그리핀도르가 아닌 사람이 또 있으면, 부탁인데 당장 나가 줘!"

잠시 침묵이 흐르더니 왜소한 몸집의 래번클로 학생 둘이 킥킥 웃으며 쏜살같이 경기장을 떠났다.

두 시간 동안 수많은 불평이 터져 나오고, 코밋 260이 추락하고, 치아 몇 개가 부러진 일을 포함해 몇 차례 울화통 터지는 소동이 벌어진 끝에 해리는 추격꾼 세 사람을 찾아냈다. 훌륭한 선발전을 치르고 팀에 돌아온 케이티 벨과 블러저를 피하는 재주가 탁월한 신참 드멜자 로빈스, 그리

고 다른 경쟁자들보다 월등히 빠른 비행 솜씨를 선보인 것
으로도 모자라 무려 열일곱 골을 넣은 지니 위즐리였다.
자신의 선택은 만족스러웠지만 해리는 선발전에서 떨어지
고 불만을 쏟아 내는 수많은 학생들에게 목이 쉬도록 소리
를 질러 대야 했다. 그리고 지금은 탈락한 몰이꾼들을 상
대로 비슷한 전쟁을 치르고 있었다.

"이게 내 최종 결정이야. 너희가 파수꾼 후보자들한테
길을 내주지 않으면 공격 마법을 쓰겠어!" 그가 소리쳤다.

해리가 선택한 몰이꾼들은 프레드와 조지만큼 뛰어나지
는 않았지만 꽤 만족스러웠다. 키는 작아도 가슴이 떡 벌
어진 3학년생 지미 피크스는 블러저를 강하게 날려 해리
의 뒤통수에 달걀만 한 혹을 선사했고, 리치 쿠트는 깡말
랐지만 목표물을 겨누는 솜씨가 좋았다. 그들은 이제 관람
석에 앉아 관람객들과 함께 마지막 선수 선발을 지켜보고
있었다.

해리는 파수꾼 선발전을 일부러 마지막까지 남겨 두었
다. 경기장이 좀 더 비고 선발전에 참가한 모두에게 부담
이 덜하기를 바랐기 때문이었다. 하지만 불행하게도 탈락
한 선수들과 여유로운 아침 식사를 마치고 구경하러 온 수
많은 사람이 모여들어 구경꾼의 숫자는 훨씬 많아졌다. 파

수꾼들이 차례차례 골대 앞으로 날아오를 때마다 함성과 야유가 같은 정도로 터져 나왔다. 해리는 론을 힐끗 쳐다 보았다. 론의 약점은 늘 배짱이 약하다는 것이었다. 해리 는 론이 지난 학기 결승전에서 승리한 경험을 통해 그 약 점을 극복했을지도 모른다고 기대했지만 그렇지 않은 게 분명했다. 론의 얼굴은 파랗게 질려 있었다.

첫 번째로 나선 다섯 명의 지원자 중 누구도 두 골 이상 씩은 막지 못했다. 해리에게는 아주 실망스럽게도 코맥 매 클래건은 다섯 번의 페널티 슛을 네 번이나 막았다. 그러 나 다섯 번째 골을 막을 때는 완전히 엉뚱한 방향으로 몸 을 날렸다. 구경꾼들이 웃음을 터뜨리며 야유하자 매클래 건은 이를 갈면서 땅으로 내려왔다.

클린스윕 11에 오르는 론은 금방이라도 기절할 것 같은 표정이었다.

"행운을 빌어!" 관중석에서 누군가가 외쳤다. 해리는 헤 르미온느가 보일 거라 생각하며 뒤돌아보았지만 시야에 들어온 건 라벤더 브라운이었다. 그녀는 곧바로 두 손으로 얼굴을 가렸고, 해리 역시 그러고 싶은 마음이었지만 투지 있는 주장의 모습을 보여 줘야 한다는 생각에 돌아서서 론 이 선발전을 치르는 모습을 지켜보았다.

하지만 걱정할 필요가 없었다. 론은 하나, 둘, 셋, 넷, 다섯 번의 페널티 슛을 연달아 막아 냈다. 해리는 기뻐서 사람들과 함께 환호하고 싶은 마음을 가까스로 억누르며 매클래건에게 다가가 굉장히 안타깝게도 론이 그를 이겼다는 말을 전했다. 매클래건의 붉어진 얼굴이 바로 앞으로 성큼 다가왔다. 해리는 화들짝 놀라 뒤로 물러섰다.

"쟤 동생이 제대로 던지질 않았어." 매클래건이 악에 받쳐서 말했다. 해리가 이따금 버넌 이모부의 관자놀이에서 볼 때마다 놀라워하곤 했던 혈관이 매클래건의 관자놀이에서도 불끈거리고 있었다. "쉽게 막을 수 있게 던져 줬단 말이야."

"헛소리하지 마." 해리가 싸늘하게 말했다. "론이 유일하게 놓칠 뻔한 게 지니가 던진 공이었어."

매클래건이 해리에게 한 걸음 더 다가왔다. 해리는 더 이상 뒤로 물러서지 않았다.

"나한테 한 번 더 기회를 줘."

"안 돼." 해리가 말했다. "너도 기회가 있었잖아. 넌 네 번 막았어. 론은 다섯 번 막았고. 론이 파수꾼이야. 정정당당하게 그 자리를 차지했다고. 비켜."

그는 순간 매클래건이 그를 때릴지도 모른다고 생각했

다. 그러나 매클래건은 험악하게 얼굴을 일그러뜨리더니 공중에 대고 위협적인 소리를 지르며 쿵쿵 멀어져 갔다.

해리는 돌아서서 그를 보고 활짝 웃는 새로운 선수들을 바라보았다.

"잘했어." 그가 쉰 목소리로 말했다. "다들 정말 제대로 비행하던데……."

"정말 멋졌어, 론!"

이번에야말로 헤르미온느가 관중석에서 달려오고 있었다. 해리는 라벤더가 약간 심통 난 표정으로 파르바티와 팔짱을 끼고 경기장을 떠나는 모습을 보았다. 론은 마음속에서 솟구쳐 오르는 자부심을 감추지 못하는 것처럼 보였고, 선수들과 헤르미온느를 둘러보며 씩 웃었을 때는 키가 평소보다도 더 커 보였다.

다가오는 목요일에 있을 첫 정식 훈련 시간을 확정한 다음 해리, 론, 헤르미온느는 동료 선수들에게 작별 인사를 하고 해그리드의 집으로 향했다. 물기 어린 태양이 막 구름을 가르고 나오는 가운데 마침내 부슬비가 멈췄다. 해리는 참을 수 없을 정도로 배가 고파서 해그리드의 집에 뭔가 먹을 것이 있었으면 했다.

"그 네 번째 페널티 슛은 못 막을 줄 알았어." 론이 신이

난 목소리로 떠들었다. "드멜자가 던진 까다로운 슛 말이
야. 봤어? 약간 스핀이 걸려 있었어."

"그래, 그래. 정말 훌륭했어." 헤르미온느가 기쁜 표정을
지으며 말했다.

"어쨌든 그 매클래건보다 잘했어." 론이 아주 만족스러
운 목소리로 말했다. "다섯 번째 페널티 슛을 막을 때 걔가
엉뚱한 방향으로 느릿느릿 움직이는 거 봤지? 꼭 혼돈 마
법에 걸린 것 같더라."

해리는 그 말을 들은 헤르미온느의 얼굴이 짙은 분홍빛
으로 물드는 것을 보고 깜짝 놀랐다. 론은 아무런 눈치도
채지 못했다. 그는 자신이 다른 페널티 슛은 어떻게 막았
는지 애정을 담아 자세히 늘어놓느라 정신이 없었다.

거대한 회색 히포그리프 벅빅이 해그리드의 오두막 앞
에 묶여 있었다. 세 사람이 다가가자 녀석은 칼날처럼 날
카로운 부리를 딱딱거리더니 그들 쪽으로 커다란 머리를
돌렸다.

"아, 이런." 헤르미온느가 불안해하며 말했다. "아직도
좀 무섭다. 그치?"

"말도 안 되는 소리 하지 마. 넌 저 녀석을 타 보기까지
했잖아." 론이 말했다.

해리는 앞으로 걸어가더니 눈을 떼지 않고 깜빡거리지도 않은 채 히포그리프에게 깊숙이 허리 숙여 인사했다. 몇 초 뒤 벅빅도 마주 고개를 숙였다.

"잘 지냈어?" 해리가 앞으로 나아가 깃털로 뒤덮인 벅빅의 머리를 쓰다듬으며 속삭이듯 물었다. "시리우스가 보고 싶어? 그치만 여기서 해그리드랑 잘 지내지?"

"어이!" 우렁찬 목소리가 들려왔다.

해그리드가 커다란 꽃무늬 앞치마를 두르고 감자가 들어 있는 자루를 든 채 오두막을 성큼성큼 돌아서 왔다. 커다란 멧돼지 사냥용 개 팽이 그 뒤를 바짝 따랐다. 팽이 주위가 쩌렁쩌렁 울리도록 짖더니 앞으로 달려왔다.

"거기서 떨어져! 녀석이 손가락을 물어뜯을…… 아, 너희였구나."

팽은 헤르미온느와 론에게 펄쩍펄쩍 뛰어오르며 귀를 핥으려고 했다. 해그리드는 멈춰 서서 아주 잠깐 동안 그들을 바라보더니 몸을 돌려 오두막으로 성큼성큼 들어가 문을 쾅 닫았다.

"아, 세상에!" 헤르미온느가 충격받은 표정을 지었다.

"걱정 마." 해리가 단호하게 말했다. 그는 문으로 다가가 요란하게 두들기기 시작했다.

"해그리드! 문 열어요. 얘기 좀 해요!"

안에서는 아무 소리도 들리지 않았다.

"안 열어 주면 문을 부숴 버릴 거예요!" 해리가 마법 지팡이를 꺼내며 말했다.

"해리!" 헤르미온느가 깜짝 놀라 외쳤다. "정말로 그럴 건……."

"아니, 정말로 그럴 거야!" 해리가 말했다. "물러서."

하지만 다른 말을 할 겨를도 없이, 해리가 예상한 대로 문이 다시 활짝 열렸다. 해그리드가 문 앞에 서서 매서운 눈초리로 그를 내려다보고 있었다. 꽃무늬 앞치마를 입었음에도 그는 상당히 위협적으로 보였다.

"나는 교수야!" 그가 해리에게 고함을 질렀다. "교수라고, 포터! 어떻게 감히 내 집 문을 부숴 버리겠다고 위협을 할 수 있냐?"

"죄송합니다, *교수님*." 해리가 마법 지팡이를 다시 로브에 집어넣으면서 마지막 단어에 힘을 실어 말했다.

해그리드는 충격을 받은 얼굴이었다.

"네가 언제부터 나를 '교수님'이라고 불렀지?"

"그러는 아저씨는 언제부터 저를 '포터'라고 부르셨는데요?"

"아, 거참 똑똑한 녀석이네." 해그리드가 으르렁거리듯 말했다. "엄청 재미있어. 나보다 한 수 위라 이거지? 좋아, 그럼 들어와라. 이 고마운 줄도 모르는 쪼그만……."

그는 험악하게 중얼거리며 뒤로 물러서서 길을 터 주었다. 헤르미온느는 쭈뼛쭈뼛하면서 종종걸음으로 해리를 뒤따라 들어왔다.

"그래서?" 해리, 론, 헤르미온느가 커다란 나무 탁자에 둘러앉자 해그리드가 심통스럽게 말했다. 팽은 곧바로 해리의 무릎에 머리를 올려놓고 그의 로브를 온통 침으로 적셨다. "왜 왔냐? 내가 불쌍해서? 내가 외롭거나 뭐 그럴 거라고 생각했냐?"

"아뇨." 해리가 대번에 말했다. "아저씨를 만나고 싶었어요."

"아저씨가 보고 싶었어요!" 헤르미온느가 살짝 떨면서 말했다.

"내가 보고 싶었다고?" 해그리드가 코웃음을 쳤다. "퍽이나."

그는 발을 쿵쿵 구르고 주위를 돌아다니면서 커다란 구리 주전자에 차를 끓이며 끊임없이 구시렁거렸다. 마침내 그는 적갈색 차가 담긴 양동이만 한 머그잔 세 개와 직접 만든 록케이크 한 접시를 쾅 내려놓았다. 해리는 해그리드가 만든 음식이라도 먹을 수 있을 만큼 배가 고팠기에 즉시 하나를 집어 들었다.

"해그리드." 해그리드가 그들과 함께 식탁에 앉아 감자 하나하나가 그에게 엄청난 잘못을 저지르기라도 한 듯 거칠게 껍질을 벗기기 시작하자 헤르미온느가 그의 눈치를 살피며 입을 열었다. "우린 정말로 마법 생명체 돌보기 수업을 계속 듣고 싶었어요."

해그리드는 다시 한 번 큰 소리로 콧방귀를 뀌었다. 해리는 감자에 코딱지가 튀었을 거라 생각하고, 여기에 남아 저녁을 먹지 않는다는 사실을 내심 감사히 여겼다.

"정말이에요!" 헤르미온느가 말했다. "하지만 우리 모두 그 과목을 시간표에 끼워 넣을 수가 없었어요!"

"그래. 그러시겠지." 해그리드가 다시 빈정거렸다.

이상한 꿀쩍거리는 소리가 나서 모두가 뒤를 돌아보았다. 헤르미온느가 가느다란 비명을 내질렀고, 론은 자리에서 벌떡 일어나 방금 발견한 구석의 커다란 나무통에서 멀찌감치 식탁 뒤로 달아났다. 그 통은 30센티미터 길이의 구더기 같은 것들로 가득했다. 찐득거리는 하얀색 뭔가가 꿈틀거리고 있었다.

"저게 뭐예요, 해그리드?" 해리는 목소리에 역겹다기보다 흥미롭다는 기색을 담으려 애쓰면서도 록케이크는 내려놓았다.

"그냥 거대한 애벌레들이야." 해그리드가 말했다.

"자라면 뭐가 되는데요……?" 론이 걱정스러운 듯 물었다.

"저것들은 더 이상 자라지 않아." 해그리드가 말했다. "아라고그한테 먹이로 줄 거야."

별안간 그가 울음을 터뜨렸다.

"해그리드!" 헤르미온느가 자리에서 벌떡 일어섰다. 그녀는 구더기 통을 피하느라 식탁을 빙 둘러 해그리드에게 다가가서는 그의 들썩이는 어깨를 감쌌다. "왜 그래요?"

"그냥…… 그 녀석이……." 해그리드는 앞치마로 얼굴을 닦으며 침을 삼켰다. 딱정벌레 같은 검은색 눈에서 눈물이 줄줄 쏟아졌다. "그러니까…… 아라고그가…… 아라고그가 죽어 가고 있는 것 같아……. 여름에 병에 걸렸는데 전혀 차도가 없어. 어떻게 해야 할지 모르겠어. 만약 아라고그가…… 아라고그가 만약…… 우린 오랜 시간을 함께해 왔는데……."

헤르미온느가 해그리드의 어깨를 토닥였다. 무슨 말을

해 줘야 할지 모르겠다는 표정이었다. 해리는 그녀의 기분을 알 것만 같았다. 해리는 해그리드가 포악한 새끼 용에게 곰 인형을 선물한 적이 있다는 걸 알았고, 빨판과 침이 달린 거대한 전갈들에게 노래를 불러 주는 것을 본 적이 있었으며, 난폭한 거인 동생과 이성적으로 대화하려 한다는 것을 알고 있었지만, 이거야말로 괴물을 좋아하는 해그리드의 성향 중에서도 가장 받아들이기 힘든 것이었다. 금지된 숲 깊숙한 곳에 사는 괴물이자 4년 전 해리와 론이 간신히 도망친 적이 있었던, 인간의 말을 할 줄 아는 무시무시한 크기의 거미, 아라고그 말이다.

"혹시…… 혹시 우리가 도울 수 있는 일이 있을까요?" 헤르미온느가 얼굴을 찡그리며 미친 듯이 고개를 젓는 론을 못 본 체하고 물었다.

"아마 없을 거야, 헤르미온느." 해그리드는 홍수처럼 터져 나오려는 눈물을 막으려고 애쓰며 쉰 목소리로 말했다. "그게, 다른 거미들은…… 그러니까 아라고그의 가족들은…… 아라고그가 아프니까 점점 이상해지고 있어……. 약간 다루기가 힘들어졌달까……."

"맞아요, 우리가 봤을 때도 좀 그런 것 같더라고요." 론이 목소리를 죽이고 말했다.

"……당분간 나 말고는 아무도 녀석들의 서식지 근처에 가지 않는 게 좋을 거야. 위험할 테니." 해그리드는 앞치마에 대고 요란하게 코를 풀면서 말을 마쳤다. "하지만 말만으로도 고맙다, 헤르미온느…… 큰 힘이 됐어……."

그 뒤로 분위기가 훨씬 밝아졌다. 해리도, 론도 커다란 애벌레들을 거대한 식인 거미에게 가지고 가서 먹이겠다는 뜻을 조금도 밝히지 않았건만 해그리드는 그들이 기꺼이 그렇게 해 주리라는 것을 당연하게 받아들이는 듯했다. 그는 다시 평소의 모습으로 돌아왔다.

"아, 너희가 내 과목을 시간표에 끼워 넣기가 어려울 거라는 건 알고 있었어." 그가 그들에게 차를 더 따라 주면서 툴툴거리듯 말했다. "타임 터너를 요청한다 해도 말이야……."

"요청해도 받지 못했을 거예요." 헤르미온느가 말했다. "지난여름 마법 정부에 갔을 때 거기 쌓여 있던 타임 터너를 전부 부숴 버렸거든요. 《예언자일보》에도 그 얘기가 실렸어요."

"아, 뭐 그럼." 해그리드가 말했다. "방법이 없었겠네. 미안하다, 내가 좀…… 뭐랄까, 난 그냥 아라고그가 걱정됐어. 그리고 사실 궁금하기도 했다. 그러블리플랭크 교수님이 너희를 가르쳤더라면 어땠을지…….”

이 말에 셋 모두 해그리드 대신 몇 차례 수업을 진행했던 그러블리플랭크 교수가 끔찍한 선생이었다는 거짓말을 힘주어 내뱉었다. 덕분에 땅거미가 질 무렵 교정에서 그들에게 손을 흔들며 작별 인사를 하는 해그리드는 상당히 기분이 좋아 보였다.

“배고파 죽겠다.” 오두막 문이 닫히자마자 해리가 말했다. 그들은 어두컴컴하고 아무도 없는 교정을 빠르게 가로질렀다. 그는 안쪽 치아에서 뭔가 깨지는 듯한 불길한 소리가 들린 뒤부터 록케이크를 먹지 않았다. “오늘 밤에는 스네이프에게 방과 후 징계를 받아야 해서 저녁 먹을 시간도 별로 없는데…….”

성에 들어오자 코맥 매클래건이 대연회장으로 들어가는 모습이 보였다. 그는 처음에 들어갈 때는 문틀에 부딪혀 튕겨 나왔고 두 번째 시도에서야 문을 통과했다. 론은 그저 고소하다는 듯 시끄럽게 웃더니 매클래건에 뒤이어 대연회장으로 성큼성큼 들어갔다. 하지만 해리는 헤르미온느의 팔을 잡고 멈춰 세웠다.

“왜?” 헤르미온느가 경계하는 투로 물었다.

“내가 보기엔 말이야.” 해리가 넌지시 입을 열었다. “매클래건은 정말로 혼돈 마법에 걸린 것 같아. 그런데 쟤는 네가 앉았던 자리 바로 앞에 서 있었단 말이지."

헤르미온느가 얼굴을 붉혔다.

"아, 그래, 맞아. 내가 그랬어." 그녀가 속삭였다. "하지만 쟤가 론이랑 지니에 대해서 한 말을 너도 들었어야 해! 어쨌든 성격도 더럽잖아. 쟤가 팀에 들어가지 못했을 때 어떤 식으로 나왔는지 봤지? 너도 저런 애가 팀에 들어오길 바라진 않을 거 아냐."

"그래." 해리가 말했다. "그건 사실이야. 그래도 부정행위 아냐, 헤르미온느? 그러니까, 넌 반장이잖아."

"아, 조용히 해." 해리가 히죽히죽 웃자 헤르미온느가 쏘아붙였다.

"너희 둘 뭐 해?" 론이 대연회장 문 앞에 다시 나타나 의심 가득한 얼굴로 물었다.

"아무것도 아냐." 해리와 헤르미온느가 동시에 대답하고 서둘러 론을 따라갔다. 해리는 배가 너무 고파 구운 쇠고기 냄새에 속이 쓰릴 지경이었지만 그리핀도르 식탁으로 겨우 세 발짝 내디뎠을 때 슬러그혼 교수가 나타나 그의 앞을 가로막았다.

"해리, 해리! 마침 보고 싶었는데!" 그는 팔자 콧수염 양

끝을 빙빙 돌리고 거대한 배를 불쑥 내밀며 다정하면서도 우렁찬 목소리로 말했다. "저녁 식사 전에 널 만났으면 했거든! 오늘 밤 내 방에서 조촐한 만찬을 즐기는 게 어떻겠니? 기대주 몇 명만 모여서 작은 파티를 할 거란다. 매클래건, 자비니, 그리고 매력적인 여학생 멜린다 보빈도 오기로 했다. 그 애를 아는지 모르겠구나? 멜린다네 가족은 수많은 체인점을 거느린 큰 약재상을 운영하고 있어. 그리고 물론, 그레인저 양도 참석해 줬으면 참 좋겠는데 말이야."

슬러그혼은 말을 마치면서 헤르미온느에게 살짝 고개를 숙였다. 그는 론이 존재하지도 않는다는 듯 그에게는 눈길 한 번 주지 않았다.

"저는 못 가요, 교수님." 해리가 지체 없이 말했다. "스네이프 교수님에게 방과 후 징계를 받아야 하거든요."

"아, 이런!" 슬러그혼의 얼굴이 우스꽝스럽게 축 처졌다. "이런, 이런. 네가 올 거라고 믿었는데, 해리! 뭐, 그럼 내가 세베루스랑 이야기 나누면서 상황을 설명해야겠구나. 네 방과 후 징계를 미루도록 설득할 수 있을 거야. 그래, 너희 둘 다 이따가 보자꾸나!"

그는 부산스럽게 대연회장을 나갔다.

"스네이프를 설득할 수 있을 리 절대 없지." 해리는 슬러그혼이 그의 말을 들을 수 없는 곳까지 가자마자 그렇게 말했다. "방과 후 징계는 이미 한 번 연기된 거니까. 덤블도어 교수님이니까 미뤄 준 거지, 다른 사람한테는 절대 그렇게 안 해 줄걸."

"아, 너도 갈 수 있었으면 좋겠다. 나 혼자 가긴 싫단 말이야!" 헤르미온느가 불안한 듯 말했다. 해리는 그녀가 매클래건을 떠올리고 있음을 알았다.

"너 혼자는 아닐걸. 지니도 초대받았을 테니까." 론이 날카롭게 말했다. 슬러그혼에게 무시당한 탓에 기분이 상한 것 같았다.

저녁 식사 후 그들은 그리핀도르 탑으로 돌아갔다. 학생들이 대부분 저녁 식사를 마친 때라 휴게실은 정신없이 북적거렸지만 그들은 빈 탁자를 찾을 수 있었다. 슬러그혼과 마주친 뒤로 계속 기분이 안 좋은 론은 팔짱을 낀 채 얼굴을 찌푸리고 천장을 올려다보았다. 헤르미온느는 누군가가 의자에 놓고 간 《석간 예언자일보》로 손을 뻗었다.

"무슨 새로운 소식이라도 있어?" 해리가 물었다.

"아니, 별로……." 헤르미온느는 신문을 펼치고 기사들을 쭉 훑어보았다. "아, 이것 봐. 너희 아빠가 실렸어, 론. ……안 좋은 일은 아냐!" 론이 깜짝 놀라 고개를 돌리자 그녀가 얼른 덧붙였다. "그냥 너희 아빠가 말포이네 집을 수색했다고만 나와 있어. '죽음을 먹는 자들의 거주지를 두 번째로 수색했지만 그럴듯한 성과는 없는 것으로 보인다. 위조 방어 주문 및 보호 용품 통제 관리과 과장 아서 위즐리는 익명의 비밀 제보를 받고 움직인 것이라고 밝혔다.'"

"그래, 내가 제보한 거야!" 해리가 말했다. "내가 킹스크로스역에서 말포이에 대해 말씀드렸거든. 그 녀석이 보긴을 협박해서 어떤 물건을 고치려고 한 것에 대해서 말이야! 뭐, 그 집에 없다면 분명 호그와트로 가져왔을 거야."

"하지만 어떻게 그럴 수가 있겠어, 해리?" 헤르미온느가 놀란 표정으로 신문을 내려놓으며 말했다. "학교에 도착했을 때 우리 모두 몸수색을 받았잖아?"

"그래?" 해리가 놀라서 물었다. "난 안 받았는데!"

"아, 그래. 넌 당연히 안 받았겠구나. 네가 늦었다는 걸 깜빡했어……. 음, 우리가 현관홀에 들어가니까 필치가 학생 모두를 거짓말 감지기로 쓸어 보더라. 어둠의 마법 관련 물건이 있었다면 발견됐을 거야. 크래브가 쪼그라든 머리를 압수당한 건 확실히 알아. 그러니까 말포이는 어떤 위험한 물건도 가지고 들어올 수 없었단 얘기지!"

자신의 생각을 모두 반박당한 해리는 지니 위즐리가 피

그미 퍼프 아널드와 노는 모습을 잠깐 지켜보다가 이런 반대 의견을 피해 갈 방법을 떠올렸다.

"그럼 누가 부엉이로 보냈겠지." 그가 말했다. "걔네 어머니나 누군가가."

"부엉이들도 빠짐없이 검사받고 있어." 헤르미온느가 말했다. "필치가 손 닿는 데는 어디든 그 거짓말 감지기를 들이대면서 그렇게 떠들더라."

이번에는 해리도 말문이 막혀서 달리 할 말이 없었다. 말포이가 위험하거나 어둠의 마법과 관련된 물건을 학교로 들여올 수 있었을 것 같지는 않았다. 그는 혹시나 하는 마음에 론을 쳐다봤지만 그는 팔짱을 끼고 앉아서 라벤더 브라운을 뚫어지게 바라보고 있었다.

"넌 혹시 말포이가 어떻게……."

"아, 그만 좀 해, 해리." 론이 말했다.

"잘 들어, 슬러그혼이 헤르미온느랑 나를 그 한심한 파티에 초대한 건 내 잘못이 아니야. 우리 둘 다 가기 싫다고!" 해리가 열을 내며 말했다.

"뭐, 나라고 초대받은 파티가 없는 줄 아냐." 론이 일어서며 말했다. "난 가서 자야겠다."

그는 남학생 기숙사로 들어가는 문을 향해 쿵쿵거리며

걸어갔다. 해리와 헤르미온느는 그런 그의 뒷모습을 멍하
니 바라보았다.

"해리?" 새로운 추격꾼인 드멜자 로빈스가 갑자기 해리
옆에 나타나서 말했다. "너한테 전해 줄 메시지가 있어."

"슬러그혼 교수님이 보낸 거야?" 해리가 허리를 펴고 앉
으며 기대에 차서 물었다.

"아니…… 스네이프 교수님." 드멜자가 말했다. 해리의
가슴이 철렁 내려앉았다. "오늘 밤 8시 30분에 연구실로
와서 방과 후 징계를 받아야 한다고 하셨어. 어, 아무리 많
은 파티에 초대를 받아도 말이야. 플로버웜들 중에서 썩
은 것들을 골라내는 일을 할 거라고 알려 주라시던데. 마법
약 수업에 쓸 거라고. 그리고…… 그리고 보호용 장갑은 가
져올 필요가 없대."

"알았어." 해리가 우울하게 말했다. "고마워, 드멜자."

12장
은과 오팔

덤블도어는 어디에서 뭘 하고 있을까? 해리는 이어진 몇 주 동안 교장의 모습을 딱 두 번밖에 보지 못했다. 덤블도어는 이제 식사 시간에도 모습을 드러내지 않았다. 그가 한 번에 며칠씩 학교를 비운다는 헤르미온느의 생각이 맞다는 확신이 들었다. 해리에게 개인 수업을 해 주겠다고 한 걸 잊은 걸까? 덤블도어는 그 수업이 예언과 관련돼 있다고 했다. 해리는 기운이 났다가, 안도감을 느꼈다가, 이제는 약간 버려진 기분을 느꼈다.

10월 중순이 되자 이번 학기 첫 호그스미드 방문 날짜가 다가왔다. 학교 주변에 보안 조치가 점점 강화되고 있는 상황에 이 외출이 여전히 허용될지 의문이었는데, 간다는 것을 확실히 알게 되자 해리는 무척 기뻤다. 몇 시간이나마 학교를 벗어나는 건 언제나 좋은 일이었다.

방문일 아침, 해리는 일찍 일어났다. 분명 폭풍우가 몰아칠 것 같은 날씨였다. 그는 아침 식사 때까지《고급 마법약 제조》를 읽으며 시간을 때웠다. 평소 그는 침대에 누워서 교과서를 읽지 않았다. 그런 행동은 론의 말마따나 타고나기를 그렇게 타고난 헤르미온느를 제외한 어느 누구에게도 부적절한 행위였다. 하지만 혼혈 왕자의《고급 마법약 제조》에는 교과서 같은 구석이 하나도 없었다. 책을 들여다볼수록 해리는 거기에 얼마나 많은 내용이 적혀 있는지 깨달았다. 슬러그혼에게서 그토록 빛나는 평가를 이끌어 낸 마법약 제조에 관한 조언과 좀 더 쉬운 조제법은 물론, 상상력 넘치는 간단한 저주와 공격 마법 들도 여백에 휘갈겨 쓰여 있었다. 펜으로 긋고 고쳐 쓴 흔적들을 볼 때 그 주문들은 혼혈 왕자가 직접 만들어 낸 것들이 틀림없었다.

해리는 혼혈 왕자가 직접 만든 주문 몇 가지를 벌써 시도해 보았다. 발톱이 놀랄 만큼 빠르게 자라도록 만드는 공격 마법도 있었고(그는 이 마법을 복도에서 마주친 크래브에게 써 봤는데 아주 즐거운 결과가 뒤따랐다) 혀를 입천장에 붙여 버리는 저주도 있었으며(그는 아무 의심도 못

하는 아거스 필치에게 두 차례나 이 마법을 써서 모두의 박수를 받았다) 아마 무엇보다 가장 유용한 주문일 '머플리아토'도 있었다. 근처에 있는 모든 사람의 귀를 정체를 알 수 없는 윙윙거리는 소리로 가득 채우는 이 주문을 사용하면 누가 엿들을 걱정 없이 수업 시간에 긴 대화를 주고받을 수 있었다. 이 마법들이 재미있다고 생각하지 않은 사람은 헤르미온느뿐이었다. 그녀는 못마땅한 표정을 엄격하게 유지하면서 해리가 근처에 있는 누군가에게 머플리아토 주문을 쓰면 아예 입을 열지 않았다.

해리는 침대에 앉아서 책을 옆으로 돌린 채 혼혈 왕자가 꽤 고심하면서 휘갈겨 쓴 주문의 지시 사항을 자세히 읽어 보았다. 펜으로 그은 자국과 고쳐 쓴 자국이 많았지만, 마침내 혼혈 왕자가 이렇게 적어 놓은 것을 발견했다.

레비코르푸스(무언 주문)

바람과 진눈깨비가 창문을 가차 없이 두들기고 네빌이 큰 소리로 코를 고는 동안 해리는 괄호 속 글자들을 가만히 바라보았다. 무언 주문이라……. 그럼 말을 하지 않고 마법을 걸어야 한다는 건데. 해리는 자신이 과연 이 마법을 쓸 수 있을지 의심스러웠다. 그는 스네이프가 매번 어둠의 마법 방어법 수업 때마다 그에게 한마디씩 했듯 아직도 무언 주문 마법에 어려움을 겪고 있었다. 그렇긴 해도, 지금까지 밝혀진 바로는 혼혈 왕자가 스네이프보다 훨씬 뛰어난 선생이었다.

해리는 딱히 뭔가를 가리키지 않은 채 마법 지팡이를 위쪽으로 튕겨 올리며 머릿속으로 '레비코르푸스!'라고 말했다.

"아아아아아악!"

빛이 번뜩이더니 방 안이 소란스러워졌다. 론이 소리를 지르면서 모두가 깬 것이다. 해리는 크게 당황해서 《고급 마법약 제조》를 내동댕이쳤다. 론이 마치 보이지 않는 갈고리에 발목이 걸려 들어 올려진 것처럼 공중에 거꾸로 대롱대롱 매달려 있었다.

"미안!" 해리가 소리쳤다. 딘과 셰이머스가 웃음을 터뜨렸고 침대에서 떨어졌던 네빌은 바닥에서 몸을 일으켰다. "잠깐만, 내가 내려 줄게."

그는 어쩔 줄 몰라 하며 마법약 책을 더듬더듬 집어 들고 주문이 적힌 곳을 찾아 페이지를 넘겼다. 마침내 그 페이지를 찾은 해리는 주문 밑에 알아보기 힘들게 적혀 있는 작은 글씨들을 해독했다. 이것이 해제 마법이기를 바라며, 해리는 온 힘을 다해 속으로 '리베라코르푸스!'라고 외쳤다.

다시 한 번 빛이 번뜩이더니 론이 매트리스 위로 털썩 떨어졌다.

"미안해." 해리가 기어들어 가는 소리로 다시 말했다. 딘과 셰이머스는 여전히 웃음을 멈추지 못했다.

"내일은……." 론이 이불에 얼굴을 파묻고 말했다. "그냥 자명종 시계로 깨워 줘."

모두가 옷을 입고, 위즐리 부인이 떠 준 스웨터를 겹겹이 껴입어 무장을 갖춘 뒤 망토와 목도리와 장갑을 챙겼을 때쯤에는 론도 충격에서 벗어난 상태였다. 사실 론은 해리가 새로 배운 주문을 무척 재미있어했다. 너무 재미있어한 나머지 아침 식사를 하기 위해 자리에 앉자마자 헤르미온느에게 쉴 새 없이 그 이야기를 떠들어 댔다.

"……그러다가 또 한 번 빛이 번쩍하니까 침대로 쿵 떨어졌지 뭐야!" 론이 씩 웃으며 소시지를 접시에 덜었다.

헤르미온느는 이야기를 듣는 내내 미소 한 번 짓지 않더니 이제는 해리에게 쌀쌀하고 못마땅한 시선을 돌렸다.

"혹시 그 주문도 네 마법약 책에서 나온 거야?" 그녀가 물었다.

해리는 그녀를 보며 얼굴을 찌푸렸다.

"넌 항상 최악의 결론으로 비약해 버리더라?"

"맞아?"

"뭐…… 그래, 맞아. 근데 그게 뭐?"

"그러니까 모르는 사람이 손으로 끼적여 놓은 주문을 시험해 보고 무슨 일이 벌어지는지 한번 보기로 했다는 거네?"

"손으로 끼적여 놓은 게 무슨 상관이야?" 나머지 질문에는 대답하고 싶지 않아서 해리는 그렇게 말했다.

"왜냐하면 정부의 승인을 받은 주문이 아닐 수도 있으니까." 헤르미온느가 말했다. "그리고 또……." 그녀는 해리와 론이 눈알을 굴리는 것을 보고 덧붙였다. "이 왕자라는 사람이 좀 수상하기도 하고."

해리와 론이 동시에 헤르미온느에게 소리쳤다.

"웃자고 한 일이었어!" 론이 케첩 병을 소시지 위에 거꾸로 기울이며 말했다. "그냥 장난친 거였다고, 헤르미온느. 그게 전부야!"

"사람 발목을 잡아서 거꾸로 매달아 놓는 게?" 헤르미온느가 말했다. "도대체 누가 그런 주문을 만드는 데 시간과 노력을 들일까?"

"프레드랑 조지." 론이 어깨를 으쓱하며 말했다. "이건 형들이 할 만한 짓이야. 그리고 어……."

"우리 아빠." 해리가 말했다. 지금 막 기억이 떠올랐다.

"뭐?" 론과 헤르미온느가 합창하듯 말했다.

"우리 아빠가 이 주문을 썼었어." 해리가 말했다. "내가…… 그러니까, 루핀 교수님한테 들었어."

마지막 말은 진실이 아니었다. 사실 해리는 아버지가 이 주문을 스네이프에게 쓰는 것을 봤지만 그 펜시브 여행에 대해서는 론과 헤르미온느에게 결코 말한 적이 없었다. 하지만 이제는 놀랄 만한 가능성이 떠올랐다. 어쩌면 혼혈 왕자는……?

"그래, 너희 아빠도 그 주문을 쓰셨을지 몰라, 해리." 헤르미온느가 말했다. "하지만 너희 아빠만 쓰신 건 아니었을 거야. 네가 잊어버렸을까 봐 하는 말인데, 우린 온갖 사람이 그 주문을 쓰는 걸 봤어. 사람을 공중에 매다는 주문 말이야. 잠들어 있는 상황에서 무력하게 사람들을 둥둥 떠다니게 만드는 거."

해리는 그녀를 빤히 바라보았다. 퀴디치 월드컵 대회에서 죽음을 먹는 자들이 했던 짓이 떠오르자 그의 가슴이 철렁 내려앉았다. 론이 해리를 거들고 나섰다.

"그건 달라." 그가 힘주어 말했다. "그자들은 주문을 함부로 썼지만, 해리랑 해리의 아빠는 그냥 웃자고 한 일이었어. 너는 그냥 혼혈 왕자가 싫은 거지, 헤르미온느." 그가 소시지로 단호하게 그녀를 가리키며 덧붙였다. "혼혈 왕자가 너보다 마법약을 잘하니까······."

"그거랑은 아무 상관도 없어!" 헤르미온느가 양 뺨을 붉히며 말했다. "난 그냥 무슨 용도인지도 모르면서 주문을 쓰는 게 너무 무책임하다는 생각이 들었을 뿐이야. 그리고 '왕자'라고 부르지 좀 말래? 그게 그 사람 작위라도 되니? 장담하는데, 그건 그냥 바보 같은 별명일 거야. 그리고 내가 보기에 이 사람은 별로 좋은 사람 같지도 않아!"

"난 네가 왜 그런 생각을 하는지 모르겠는데." 해리가 발끈하며 말했다. "이제 막 죽음을 먹는 자가 된 사람이라면 '혼혈'이라고 자랑하듯 떠벌리진 않았겠지. 안 그래?"

그 말을 하면서도 해리는 아버지가 순수 혈통이라는 사실을 떠올렸지만 머릿속에서 그 생각을 떨쳐 버렸다. 그 문제는 나중에 고민하기로 했다.

"죽음을 먹는 자들이 모두 순수 혈통일 수는 없어. 남아 있는 순수 혈통 마법사가 그렇게 많지 않으니까." 헤르미온느가 고집스럽게 말했다. "난 그 사람들 대부분이 순혈인 척하는 혼혈이라고 생각해. 그 사람들이 싫어하는 건 머글 태생뿐이야. 너랑 론이 함께하겠다고 하면 기꺼이 받아 줄걸."

"그놈들이 날 죽음을 먹는 자로 받아 줄 리 없잖아!" 론이 화를 냈다. 그가 헤르미온느에게 휘두르던 포크에서 소시지 조각이 날아가 어니 맥밀런의 뒤통수를 맞혔다. "그놈들한테는 우리 가족 모두가 혈통 배신자들이야! 죽음을 먹는 자들한테 그건 머글 태생만큼이나 나쁜 거라고!"

"나는 엄청 받아 주고 싶어 하겠네." 해리가 비꼬듯 말했다. "계속 나를 죽이려 들지만 않으면 서로 최고의 친구가 될 수 있을 텐데."

그 말에 론이 웃음을 터뜨렸다. 헤르미온느마저 마지못해 피식 웃고 말았다. 그때 지니가 다가와 모두의 주의가 그녀에게 쏠렸다.

"안녕, 해리. 이걸 전해 주래."

양피지 두루마리에는 가늘고 기울어진 낯익은 글씨체로 해리의 이름이 적혀 있었다.

"고마워, 지니. ……덤블도어 교수님이 다음번 수업을 알려 주는 편지야!" 해리는 론과 헤르미온느에게 말하며 양피지를 펼치고 재빨리 내용을 읽었다. "월요일 저녁이래!" 그는 갑자기 마음이 가벼워지고 행복해졌다. "우리랑 같이 호그스미드에 갈래, 지니?" 그가 물었다.

"난 딘이랑 가. 거기서 만날 수 있으면 만나자." 그녀는
그렇게 대답하더니 떠나면서 그들에게 손을 흔들었다.

필치는 평소처럼 오크나무 정문 앞에 서서 호그스미드
에 가도 좋다는 허락을 받은 학생들의 이름을 확인하고 있
었다. 그가 모든 사람을 거짓말 감지기로 세 번이나 확인
하는 바람에 이 과정은 보통 때보다 오래 걸렸다.

"우리가 어둠의 마법 관련 물건을 가지고 **나가는** 게 뭐
가 문제예요?" 론이 길고 가느다란 거짓말 감지기를 불안
하게 곁눈질하며 물었다. "당연히 우리가 뭘 갖고 **들어오
는지** 확인해야죠."

이런 건방진 태도 때문에 그는 감지기로 몇 번 더 찔리
고 말았다. 바람과 진눈깨비 속으로 나갈 때까지 론은 계
속 몸을 움찔거렸다.

호그스미드까지 걸어가는 길은 전혀 즐겁지 않았다. 해
리는 목도리로 눈 밑까지 꽁꽁 싸맸지만, 맨살이 드러난
부분은 얼마 안 있어 살갗이 벗겨진 것처럼 얼얼해졌다.
마을로 가는 길은 매서운 바람에 맞서 몸을 잔뜩 웅크리고
걸어가는 학생들로 가득했다. 해리는 따뜻한 휴게실에 있
었다면 더 즐거운 시간을 보내지 않았을까 하는 생각을 여
러 번 했고, 마침내 호그스미드에 도착해서 종코의 장난감

가게가 널빤지로 막혀 있는 것을 봤을 때는 이번 방문이 결코 즐겁지 않을 것이라고 확신했다. 론이 두꺼운 장갑을 낀 손으로 허니듀크스를 가리켰다. 다행히 그 가게는 문이 열려 있었다. 해리와 헤르미온느는 론을 따라 붐비는 가게 안으로 비틀비틀 들어갔다.

"와, 살 것 같다." 토피 사탕 향이 감도는 따뜻한 공기 속으로 들어오자 론이 몸을 부르르 떨었다. "오후는 여기서 보내자."

"해리, 우리 해리!" 뒤에서 우렁우렁한 목소리가 들려왔다.

"아, 이런." 해리가 중얼거렸다. 세 사람은 뒤돌아보았다. 털이 북슬북슬한 커다란 모자를 쓴 슬러그혼 교수가 그 모자와 어울리는 목깃에 털 달린 코트를 입고 파인애플 설탕 절임이 든 큼직한 봉투를 들고 있었다. 적어도 가게의 4분의 1은 그가 차지하고 있는 것처럼 보였다.

"해리, 넌 지금까지 나와의 저녁 식사를 세 번이나 놓쳤다!" 슬러그혼은 그의 가슴을 다정스레 쿡 찌르며 말했다. "그러면 안 되지, 요 녀석. 널 꼭 초대하고 말 거야! 그레인저 양은 정말 좋아하던데 말이야. 그렇지?"

"네." 헤르미온느가 마지못해 대답했다. "정말로……."

"그런데 왜 오지 않는 거니, 해리?" 슬러그혼이 물었다.

"그게, 퀴디치 훈련이 있어서요, 교수님." 사실은 슬러그혼이 작은 보라색 리본으로 장식된 초대장을 보낼 때마다 일부러 훈련 스케줄을 잡았던 해리가 그렇게 말했다. 이 작전을 쓰면 론이 혼자 남겨질 일도 없었다. 그리고 해리와 론은 헤르미온느가 매클래건과 자비니 사이에 끼어 있는 광경을 상상하면서 지니와 함께 웃곤 했다.

"이야, 그렇게 열심히 하는 걸 보니 첫 시합에서 분명 이기겠구나!" 슬러그혼이 말했다. "하지만 잠깐 기분 전환을 한다고 해가 되진 않는단다. 자, 월요일 밤은 어떠니? 이런 날씨에 훈련하고 싶을 리는 없을 텐데……."

"죄송합니다, 교수님. 저는…… 어…… 그날 저녁에 덤블도어 교수님이랑 약속이 있어서요."

"이번에도 내가 운이 없구나!" 슬러그혼이 호들갑을 떨며 소리쳤다. "아, 그래…… 그래도 영원히 빠져나갈 순 없어요, 해리!"

슬러그혼은 왕이라도 된 것처럼 손을 흔들며 가게를 비집고 나갔다. 마치 가게에 진열된 바퀴벌레 과자라도 되는 양 론은 전혀 의식하지 않은 채.

"또 빠져나가다니 믿을 수가 없어." 헤르미온느가 고개를 저으며 말했다. "사실 그렇게 나쁘지는 않아. 가끔 재미

있을 때도 있……." 하지만 그때 그녀는 론의 표정을 읽었다. "아, 저것 봐. 디럭스 설탕 깃펜이야! 저거면 몇 시간은 버티겠는데?"

해리는 헤르미온느가 화제를 바꾼 걸 다행스러워하며 새로운 특대 사이즈 설탕 깃펜에 평소보다 많은 관심을 보였다. 하지만 론은 여전히 기분이 안 좋아 보였고, 헤르미온느가 다음에는 어딜 가고 싶냐고 물어도 그저 어깨만 으쓱했다.

"스리 브룸스틱스에 가자." 해리가 말했다. "거기도 따뜻할 거야."

그들은 다시 목도리로 얼굴을 친친 감고 과자 가게를 나섰다. 달달한 온기가 가득한 허니듀크스 밖으로 나오니 얼굴에 닿는 매서운 바람이 칼날처럼 느껴졌다. 거리는 그다지 붐비지 않았다. 서서 대화를 나누는 사람은 아무도 없었고 각자 목적지를 향해 바쁘게 걸어가고 있었다. 다만 저 앞, 스리 브룸스틱스 앞에 서 있는 두 남자만은 예외였다. 그중 한 명은 키가 꽤 크고 깡말랐는데, 해리가 빗물에 젖은 안경 너머로 눈을 가늘게 뜨고 보니 그는 호그스미드의 또 다른 술집인 호그스 헤드의 바텐더였다. 해리, 론, 헤르미온느가 가까이 가자 바텐더는 목 주위로 망토를 단단하게 여미더니 왜소한 남자를 남겨 두고 가 버렸다. 혼자 남은 남자는 품에 안은 뭔가를 만지작거리고 있었다. 해리는 코앞까지 다가가서야 그 남자가 누구인지 알아차렸다.

"먼덩거스!"

땅딸막한 체구에 휘어진 다리, 적갈색 머리카락이 제멋대로 길게 자란 남자가 움찔하며 굉장히 낡아 보이는 여행 가방을 떨어뜨렸다. 가방은 불쑥 열리며 내용물을 드러냈다. 마치 고물상 진열창을 통째로 털어 온 것 같았다.

"어, 어이, 해리." 먼덩거스 플레처가 도저히 속아 넘어갈 수 없을 만큼 어색하게 태연한 척하며 말했다. "어, 난 이만 가 볼게."

그러더니 그는 바닥에 떨어진 물건들을 주섬주섬 다시 가방에 담았다. 한시라도 빨리 이 자리를 벗어나고 싶어 안달 난 사람처럼 보였다.

"이 물건들을 팔려고요?" 해리는 먼덩거스가 너저분한 물건들을 땅에서 집어 드는 모습을 지켜보며 물었다.

"아, 뭐, 어떻게든 입에 풀칠은 해야지." 먼덩거스가 말했다. "그거 이리 내!"

론이 허리를 구부려 어떤 은색 물건을 주워 들고 있었다.

"잠깐." 론이 천천히 입을 열었다. "이거 어디선가 본 것 같은데…….”

“고맙다!” 먼덩거스가 론의 손에서 잔을 낚아채 가방에
쑤셔 넣으며 말했다. “자, 다들 나중에 보자. ……**아얏!**”

해리가 먼덩거스의 목을 잡고 술집 벽에 짓눌렀다. 해리
는 한 손으로 그를 움켜잡은 채 마법 지팡이를 꺼냈다.

“해리!” 헤르미온느가 날카롭게 소리 질렀다.

“그거, 시리우스의 집에서 가져온 거죠?” 해리가 먼덩거
스와 코가 맞닿을 만큼 얼굴을 들이대고 말했다. 찌든 담
배 냄새와 불쾌한 술 냄새가 해리의 콧속을 파고들었다.
“블랙 가문의 문장이 찍혀 있잖아요.”

“난…… 아니야. 무슨……?” 낯빛이 차츰 퍼레져 가던 먼
덩거스가 말을 더듬거렸다.

“무슨 짓을 한 거예요? 시리우스가 죽은 날 밤에 거기 가
서 그 집을 털기라도 한 거예요?” 해리가 으르렁거렸다.

“난…… 아냐…….”

“그거 이리 내놔요!”

“해리, 그러면 안 돼!” 먼덩거스의 얼굴이 새파랗게 변한
것을 본 헤르미온느가 비명을 질렀다.

쾅 소리가 나면서 해리는 먼덩거스의 목을 움켜잡은 자
신의 손이 홱 떨어져 나가는 것을 느꼈다. 먼덩거스는 헐

떡이고 캑캑거리더니 떨어진 가방을 쥐고 **펑** 하는 소리와 함께 순간이동으로 사라졌다.

해리는 먼덩거스가 어디로 갔는지 보려고 제자리를 빙빙 돌면서 한껏 소리 높여 욕설을 내뱉었다.

"돌아와, 이 도둑질이나 하는……!"

"소용없어, 해리."

난데없이 통스가 나타났다. 그녀의 칙칙한 갈색 머리카락이 진눈깨비에 젖어 있었다.

"먼덩거스는 아마 지금쯤 런던에 있을 거야. 소리쳐 봐야 아무 소용 없어."

"그 작자가 시리우스의 물건을 훔쳐 갔어요, 훔쳤다고요!"

"그래, 그렇더라도 말이야." 그 말을 듣고도 전혀 개의치 않은 듯 통스가 말했다. "춥다, 일단 어디 들어가자."

그녀는 뒤에 서서 세 사람이 먼저 스리 브룸스틱스의 문으로 들어가는 모습을 지켜보았다. 가게에 들어서자마자 해리가 소리쳤다. "시리우스의 물건을 훔치다니!"

"나도 알아, 해리. 하지만 제발 부탁이니까 소리 좀 지르지 마. 사람들이 쳐다보잖아." 헤르미온느가 속삭였다. "가서 앉자. 내가 마실 걸 가져다줄게."

잠시 뒤 헤르미온느가 버터맥주 세 잔을 가지고 탁자로 돌아왔을 때도 해리는 여전히 씩씩대고 있었다.

"기사단에서는 왜 먼덩거스를 통제하지 못하는 거야?" 해리는 화가 머리끝까지 난 채 두 사람에게 속삭였다. "적어도 저 작자가 본부에 있으면서 처분되지 않은 물건들을 훔쳐 가지 못하게 막아야 하는 거 아니야?"

"쉿!" 헤르미온느가 듣는 사람이 없는지 확인하려고 주위를 둘러보며 애원하듯 말했다. 근처에 앉은 마법사 두 명이 큰 관심을 보이며 해리를 바라보고 있었고, 멀지 않은 자리에는 자비니가 기둥에 기댄 채 나른한 자세로 앉아 있었다. "해리, 나라도 화났을 거야. 먼덩거스가 훔친 건 전부 네 것이니까……."

해리는 버터맥주를 벌컥벌컥 마시다가 사레에 들리고 말았다. 그리몰드가 12번지가 그의 것이라는 사실을 깜빡 잊고 있었던 것이다.

"그래, 내 거였어!" 그가 말했다. "그 인간이 날 보고 반가워하지 않은 것도 놀랄 일은 아니네! 그럼 난 덤블도어 교수님을 찾아가서 무슨 일이 벌어지고 있는지 말할 거야. 덤블도어 교수님은 먼덩거스가 무서워하는 유일한 사람이니까."

"잘 생각했어." 해리가 진정되는 것 같자 헤르미온느는 티 나게 기뻐하며 작은 소리로 말했다. "론, 넌 뭘 보고 있는 거야?"

"아무것도." 론은 서둘러 바에서 시선을 돌리며 말했지만, 해리는 그가 육감적인 몸매에 매력적인 로즈메르타 씨와 눈을 마주치기 위해 애쓰고 있었다는 것을 알아차렸다. 론은 예전부터 그녀에게 약했다.

"그 '아무것도'가 안에서 파이어위스키를 더 가져오고 있는 것 같네." 헤르미온느가 성마르게 쏘아붙였다.

론은 이 모욕적인 말을 못 들은 척하고 입을 다물고 있는 편이 더 품위 있다고 생각하는 듯 맥주만 홀짝거렸다. 해리는 시리우스를 떠올리며 그가 그 은제 잔들을 얼마나 싫어했는지 생각하고 있었다. 헤르미온느는 론과 바 사이를 번갈아 보며 손가락으로 탁자를 탁탁 두드렸다.

해리가 버터맥주를 마지막 한 방울까지 들이켜자 그녀가 말했다. "그럼 이만하고 학교로 돌아갈까?"

나머지 두 사람이 고개를 끄덕였다. 즐겁지 않은 외출인데다 날씨도 갈수록 나빠졌다. 그들은 다시 한 번 망토를 단단히 여미고 목도리를 매만진 다음 장갑을 끼었다. 그리고 케이티 벨과 그녀의 친구에 뒤이어 술집을 나와서 큰길로 향했다. 녹았다가 얼어붙은 눈을 헤치고 호그와트로 터 덜터덜 걸어가던 해리의 생각이 문득 지니에게로 향했다. 그들은 지니를 만나지 못했다. 틀림없이 지니와 딘은 행복 한 연인들의 소굴인 푸디풋 부인의 찻집에 오붓하게 틀어 박혀 있을 것이다. 해리는 눈을 부릅뜬 채 고개를 수그리 고 회오리치는 진눈개비 속을 계속 터덜터덜 걸어갔다.

시간이 조금 흐른 뒤 해리는 바람에 실려 들려오던 케이 티 벨과 그녀의 친구 목소리가 더 날카롭고 높아졌다는 사 실을 깨달았다. 해리는 눈을 가늘게 뜨고 그들의 흐릿한 모습을 바라보았다. 두 소녀는 케이티가 손에 들고 있는 뭔가를 놓고 말다툼을 벌이고 있었다.

"이건 너랑 아무 상관 없는 거야, 리앤!" 케이티의 목소 리가 들렸다.

그들은 길모퉁이를 돌았다. 진눈깨비가 어찌나 사납고 세차게 몰아치는지 해리의 안경이 부옇게 흐려졌다. 안경 을 닦으려고 장갑 낀 손을 드는 순간 리앤이 케이티가 들 고 있던 꾸러미를 움켜쥐려고 했다. 케이티가 세차게 잡아 당기는 바람에 꾸러미가 땅바닥에 떨어졌다.

한순간 케이티가 공중으로 떠올랐다. 론이 그랬던 것처 럼 발목이 공중에 매달린 우스꽝스러운 모습이 아니라 곧

날기라도 할 것처럼 우아하게 팔을 뻗은 자세였다. 그렇지만 뭔가 이상했고, 뭔가 섬뜩했다……. 케이티의 머리카락은 사나운 바람에 휘날리고 있었지만 눈은 감겨 있고 얼굴에는 표정이 없었다. 해리, 론, 헤르미온느, 리앤 모두 걸음을 멈추고 그녀를 지켜보았다.

그때, 땅에서 2미터 가까이 떠올라 있던 케이티가 끔찍한 비명을 내질렀다. 그녀의 두 눈이 번쩍 뜨였다. 무엇이 보이고 무엇을 느끼는지 몰라도 케이티는 분명 끔찍한 고통을 겪고 있었다. 그녀는 비명을 지르고 또 질렀다. 리앤도 소리를 지르며 케이티의 발목을 잡고 그녀를 다시 땅으로 끌어내리려 했다. 해리, 론, 헤르미온느가 도와주러 달려갔다. 하지만 그들이 다리를 잡는 순간 케이티가 공중에서 떨어졌다. 해리와 론이 간신히 그녀를 받아 냈지만 케이티가 온몸을 격렬하게 비트는 바람에 붙잡고 있기가 힘들었다. 그들이 땅에 내려놓자 케이티는 아무도 알아보지 못하는 듯 발버둥 치고 비명을 질러 댔다.

해리는 주위를 둘러보았다. 사람 없는 풍경만 보였다.

"여기 있어 봐!" 그는 울부짖는 바람 속에서 다른 아이들에게 소리쳤다. "내가 도와줄 사람을 불러올게!"

그는 학교를 향해 전속력으로 달리기 시작했다. 그는 조

금 전의 케이티처럼 행동하는 사람을 이제껏 한 번도 본
적이 없었고, 왜 그런 일이 일어났는지 알 수도 없었다. 그
는 길모퉁이를 돌다가 두 발로 서 있는 거대한 곰 비슷한
것에 부딪히고 말았다.

"해그리드!" 그는 산울타리로 넘어졌다가 헐떡이며 몸을
일으켰다.

"해리!" 북슬북슬한 커다란 비버 가죽 코트를 입고 있는
해그리드가 말했다. 그의 눈썹과 턱수염에 진눈깨비가 엉
겨 붙어 있었다. "방금 그롭을 만나고 오는 길이야. 얼마나
잘 따라와 주고 있는지 너도 믿지 못할⋯⋯."

"해그리드, 저기에 다친 사람이 있어요. 저주를 당한 건
지 뭐 때문인지는 모르겠어요."

"뭐라고?" 해그리드는 맹렬하게 몰아치는 바람 소리 너
머로 해리가 하는 말을 들으려고 허리를 더 구부렸다.

"저주에 걸렸다고요!" 해리가 소리쳤다.

"저주라니? 누가 저주에 걸렸다는⋯⋯ 론은 아니지? 헤
르미온느냐?"

"아니에요, 걔들은 아니고 케이티 벨이에요. 이쪽이에
요⋯⋯."

그들은 함께 길을 되짚어 달려갔다. 얼마 지나지 않아

케이티 주위에 모여든 사람들이 보였다. 케이티는 아직도
바닥에 쓰러져 몸을 비틀며 비명을 지르고 있었다. 론과
헤르미온느, 리앤은 그녀를 진정시키기 위해 애쓰는 중이
었다.

"물러서!" 해그리드가 소리쳤다. "내가 살펴보마!"

"케이티한테 무슨 일이 일어났어요!" 리앤이 흐느꼈다.
"어떻게 된 일인지 모르겠어요……."

해그리드는 케이티를 잠시 살펴보더니 말없이 허리를
숙여 그녀를 번쩍 안아 들고 성으로 달려가기 시작했다.
귀를 찢을 듯한 케이티의 비명 소리가 멀어지더니 이제 들
리는 것이라고는 바람이 울부짖는 소리뿐이었다.

헤르미온느가 큰 소리로 울고 있는 케이티의 친구에게
허겁지겁 다가가 그녀를 안아 주었다.

"리앤, 맞지?"

소녀가 고개를 끄덕였다.

"방금 그 일은 갑자기 일어난 거야, 아니면……?"

"저 꾸러미가 찢어졌을 때였어." 리앤이 이제는 푹 젖어
서 바닥에 놓여 있는 갈색 꾸러미를 가리키며 흐느꼈다.
뜯겨진 포장 사이로 초록빛을 띤 반짝이는 뭔가가 드러나
있었다. 론이 허리를 구부리고 손을 내밀자 해리는 그의

팔을 잡고 뒤로 끌어당겼다.

"만지지 마!"

해리는 웅크리고 앉았다. 포장지 사이로 화려한 오팔 목
걸이가 삐져나와 있는 것이 보였다.

"전에 이걸 본 적이 있어." 해리가 그것을 유심히 바라보
며 말했다. "아주 오래전에 보긴 앤 버크에 진열되어 있었
던 거야. 저주에 걸렸다는 설명이 붙어 있었어. 케이티는
이걸 만진 게 틀림없어." 그는 걷잡을 수 없이 떨기 시작한
리앤을 올려다보았다. "어쩌다 케이티가 이걸 손에 넣게
된 거야?"

"그것 때문에 우리가 말다툼을 하고 있었던 거야. 케이
티가 스리 브룸스틱스 화장실에서 그걸 갖고 나오더니 호
그와트에 있는 누군가를 위한 깜짝 선물이라면서 자기가
전달해야 한다고 했어. 그 말을 할 때 아주 이상해 보였
어…… . 아 이런, 틀림없이 임페리우스 저주에 걸렸던 거
야. 내가 그걸 못 알아채다니!"

리앤은 다시 흐느끼며 몸을 떨었다. 헤르미온느가 그녀
의 어깨를 부드럽게 토닥여 주었다.

"누가 줬는지는 얘기 안 했어, 리앤?"

"응…… 말을 안 해 주더라고…… . 내가 그건 바보 같은

짓이라면서 학교에 가져가지 말라고 했는데 내 말을 듣지 않았어. 그래서 내가 빼앗으려 했고…… 그리고……." 리앤은 절망 어린 울음을 터뜨렸다.

"그만 학교로 돌아가는 게 좋겠어." 헤르미온느가 여전히 리앤의 어깨를 감싼 채 말했다. "가서 케이티 상태가 어떤지 알아보자. 가자……."

해리는 잠깐 망설이다가 목도리를 풀고, 론이 숨을 헉 들이켜는 것을 무시한 채 목도리로 그 목걸이를 조심스럽게 집어 들었다.

"이걸 폼프리 선생님한테 보여 드려야겠어." 그가 말했다.

해리는 헤르미온느와 리앤을 뒤따라 걸어가면서 열심히 생각했다. 막 교정에 들어섰을 때 그가 입을 열었다. 이 생각을 더 이상 혼자만 간직하고 있을 수는 없었다.

"말포이는 이 목걸이를 알아. 이건 4년 전 보긴 앤 버크에 진열되어 있던 거야. 나는 말포이랑 걔네 아빠를 피해 숨어 있다가 그 자식이 이 목걸이를 눈여겨보는 걸 봤어. 우리가 말포이를 미행했던 날 그 자식이 산 게 바로 이거야! 이걸 기억해 뒀다가 다시 가서 손에 넣은 거라고!"

"난…… 난 잘 모르겠어, 해리." 론이 머뭇거리며 말했다. "엄청나게 많은 사람이 보긴 앤 버크를 들락거리잖아. 그리고 저 여자애는 케이티가 이걸 여자 화장실에서 받았다고 하지 않았어?"

"화장실에 갔다가 저걸 가지고 나왔다고 했지, 화장실 안에서 받았다고는 하지……."

"맥고나걸이다!" 론이 경고하듯 말했다.

해리는 눈을 들었다. 론의 말대로 맥고나걸 교수가 소용돌이치는 진눈깨비를 뚫고 그들을 향해 다급히 돌계단을 달려 내려오고 있었다.

"해그리드 말로는 너희 넷이 케이티 벨에게 무슨 일이 일어났는지 봤다더구나. 당장 내 연구실로 가자! 넌 뭘 들고 있는 거지, 포터?"

"케이티가 만진 물건이에요." 해리가 말했다.

"세상에." 맥고나걸 교수는 해리에게서 목걸이를 받아 들며 깜짝 놀란 표정을 지었다. "아니, 안 됩니다, 필치. 애들은 나와 함께 갈 겁니다!" 그녀가 서둘러 덧붙였다. 필치가 기대감에 차서 거짓말 감지기를 치켜들고 발을 질질 끌며 현관홀을 가로질러 오고 있었던 것이다. "이 목걸이를 즉시 스네이프 교수에게 갖다주세요. 하지만 절대 만져선 안 됩니다. 목도리로 계속 싸 놔야 합니다!"

해리와 다른 아이들은 맥고나걸 교수를 따라 계단을 올라가 그녀의 연구실로 향했다. 진눈깨비로 얼룩진 창문이 창틀에서 덜컥거렸다. 벽난로에서 불이 타닥거리고 있는데도 연구실은 썰렁했다. 맥고나걸 교수는 문을 닫고 빠르게 책상을 돌아가 해리, 론, 헤르미온느, 그리고 아직도 흐느끼고 있는 리앤을 마주 보았다.

"그래." 그녀가 날카롭게 입을 열었다. "무슨 일이 있었던 거냐?"

리앤은 다시 터질 것 같은 울음을 억누르느라 쉬어 가면서 더듬더듬 맥고나걸 교수에게 케이티가 스리 브룸스틱스 화장실에서 아무것도 적혀 있지 않은 꾸러미를 들고 자리로 돌아온 일, 조금 이상해 보이는 케이티의 모습에 뭔지 모를 물건을 전달하겠다고 한 게 과연 옳은 것인지를 놓고 말다툼했던 일, 말다툼이 점점 심해져 꾸러미를 두고 몸싸움을 벌인 일, 그리고 마침내 꾸러미가 찢어진 일을 들려주었다. 여기까지 말하자 리앤은 감정이 너무 북받쳐서 더 이상 한 마디도 할 수 없는 것 같았다.

"알았다." 맥고나걸 교수가 조금 부드러워진 목소리로 말했다. "병동으로 가 보거라, 리앤. 폼프리 선생님께 놀랐을 때 먹는 약을 달라고 해라."

리앤이 연구실을 나가자 맥고나걸 교수는 해리, 론, 헤르미온느를 향해 돌아섰다.

"케이티가 목걸이를 만졌을 때 무슨 일이 일어났지?"

"공중으로 떠올랐어요." 론과 헤르미온느가 입을 열기도 전에 해리가 말했다. "그러더니 비명을 지르기 시작하면서 바닥에 떨어졌어요. 교수님, 덤블도어 교수님을 만날 수 있을까요?"

"교장 선생님은 월요일까지 자리를 비우실 거다, 포터." 맥고나걸 교수가 살짝 놀란 얼굴로 말했다.

"자리에 안 계신다고요?" 해리가 성난 목소리로 거듭 물었다.

"그래, 포터. 안 계신다!" 맥고나걸 교수가 딱 잘라 말했다. "하지만 이 끔찍한 일에 대해 뭔가 할 말이 있다면, 장담하는데 나한테 하면 된다."

해리는 아주 짧은 순간 망설였다. 맥고나걸 교수는 편하게 속마음을 털어놓을 수 있는 상대가 아니었다. 덤블도어는 여러모로 더 두려운 사람이긴 했지만 아무리 정신 나간 의견이라도 경멸하지 않을 것 같았다. 물론 목숨이 달린 문제였으므로 경멸당할 걱정을 할 때는 아니었다.

"저는 드레이코 말포이가 케이티에게 그 목걸이를 줬다

고 생각합니다, 교수님."

해리 옆에 있던 론이 적잖이 당황한 기색으로 코를 문질렀다. 다른 쪽 옆에서는 헤르미온느가 해리에게서 거리를 두고 싶은 간절한 마음에 발을 질질 끌었다.

"그건 아주 심각한 혐의를 제기하는 거다, 포터." 맥고나걸 교수가 충격을 받은 듯 잠깐 말을 멈췄다가 입을 열었다. "증거가 있는 거냐?"

"아뇨." 해리가 말했다. "하지만……." 그는 보긴 앤 버크까지 말포이를 쫓아갔던 일이며 그와 보긴 사이에 오갔던 대화 내용을 그녀에게 털어놓았다.

그가 말을 마치자 맥고나걸 교수는 약간 혼란스러운 표정을 지어 보였다.

"말포이가 보긴 앤 버크에 뭔가를 고쳐 달라고 가져갔다고?"

"아뇨, 교수님. 말포이는 그저 보긴 씨가 자기한테 뭔가를 고치는 방법만 알려 주기를 바랐어요. 물건을 가지고 있지는 않았어요. 하지만 그게 중요한 게 아니에요. 중요한 건 말포이가 그때 뭔가를 샀다는 거고, 제 생각에는 그게 바로 그 목걸이……."

"말포이가 비슷한 꾸러미를 들고 가게를 나서는 걸 봤

느냐?"

"아뇨, 교수님. 말포이는 보긴 씨한테 가게에 그 물건을 맡아 달라고…….."

"하지만, 해리." 헤르미온느가 말을 끊었다. "보긴 씨가 말포이한테 그 물건을 가져가고 싶으냐고 물어봤을 땐 말포이가 '아니'라고 했…….."

"당연히 만지기 싫었으니까 그랬겠지!" 해리가 버럭 소리쳤다.

"말포이가 실제로 한 말은, '저걸 들고 길거리를 돌아다니면 어떻게 보이겠어?'였어." 헤르미온느가 말했다.

"뭐, 목걸이를 들고 다니면 살짝 멍청이처럼 보이긴 하겠네." 론이 끼어들었다.

"아, 론." 헤르미온느가 두 손 들었다는 듯 말했다. "목걸이는 포장되었을 테니 만질 필요가 없을 거고, 망토 안에 쉽게 숨길 수 있으니까 누가 볼 일도 없겠지! 나는 말포이가 보긴 앤 버크에 맡긴 게 뭔지는 몰라도 시끄럽거나 부피가 큰 거라고 생각해. 길거리에 들고 다니면 확실히 눈길을 끌 만한 것 말이야. 그리고 어쨌든…….." 그녀는 해리가 끼어들 새도 없이 큰 소리로 밀어붙였다. "내가 보긴 씨한테 목걸이에 대해서 물어봤잖아. 기억 안 나? 말포이가 뭘 보관해 달라고 부탁했는지 알아보려고 들어갔을 때 나도 그 목걸이가 거기 있는 걸 봤어. 보긴 씨는 나한테 그냥 가격만 말해 줬을 뿐, 이미 팔렸다거나 그런 얘기는 안 했…….."

"뭐, 네가 너무 티 나게 굴었잖아. 보긴은 5초도 안 돼서 네가 무슨 꿍꿍이인지 알아차렸어. 당연히 너한테 말해 줄 리가 없지. 아무튼, 말포이가 나중에 사람을 보내서 저걸 가져왔는지도 모르고…….."

"그만하면 됐다!" 헤르미온느가 반박하려고 입을 열자 맥고나걸 교수가 언짢은 표정을 짓고 말했다. "포터, 얘기해 줘서 고맙다만, 이 목걸이를 파는 가게에 방문했다는 이유만으로 말포이 군을 의심할 수는 없다. 그 가게를 방문한 사람이 수백 명이나 될 텐데…….."

"……제 말이 그 말이에요." 론이 말했다.

"……그리고 어쨌든, 올해에는 엄중한 보안 조치가 취해졌으니 목걸이를 몰래 학교 안으로 들여올 수 있었을 거라고는 생각하지 않는다."

"하지만……."

"그리고 하나 더." 맥고나걸 교수가 아주 단호하게 말했다. "말포이 군은 오늘 호그스미드에 없었다."

해리는 맥없이 입을 쩍 벌리고 그녀를 바라보았다.

"그걸 어떻게 아세요, 교수님?"

"나한테 징계를 받고 있었으니까. 말포이 군은 두 번 연속으로 변환 마법 숙제를 해 오지 않았다. 그러니까 네 의심을 말해 준 것은 고맙다만, 포터." 그녀는 그들을 지나쳐 걸어가면서 말했다. "나는 이제 병동에 가서 케이티 벨의 상태를 확인해 봐야겠구나. 다들 좋은 하루 보내거라."

그녀는 연구실 문을 열고 서 있었다. 그들은 군말 없이 줄지어 연구실 밖으로 나가는 수밖에 없었다.

해리는 맥고나걸 교수를 편든 두 사람에게 화가 났지만, 조금 전에 벌어진 일을 두고 둘이 이야기하기 시작하자 그 대화에 끼지 않을 수 없었다.

"그래서 넌 케이티가 그 목걸이를 누구한테 주려던 거라고 생각해?" 휴게실로 가는 계단을 오르면서 론이 물었다.

"누가 알겠어?" 헤르미온느가 말했다. "하지만 누가 됐든 간신히 목숨을 건진 거야. 꾸러미를 풀어 봤다면 목걸이를 만지지 않을 수 없었을 테니까."

"그걸 받을 만한 사람이야 엄청 많지." 해리가 말했다. "덤블도어 교수님일지도 몰라. 죽음을 먹는 자들은 교수님을 제거하고 싶어서 안달이 나 있으니까. 아마 놈들의 최

우선 표적 중 한 명일걸. 아니면 슬러그혼일지도. 덤블도어 교수님은 볼드모트가 슬러그혼을 정말로 끌어들이려 했다고 생각하시거든. 슬러그혼이 덤블도어 교수님과 한편이 됐으니 놈들의 기분이 좋을 리 없지. 아니면⋯⋯."

"아니면 너일 수도 있지." 헤르미온느가 불안한 표정을 지으며 말했다.

"그럴 리 없어." 해리가 말했다. "그랬다면 케이티가 그냥 길을 돌아와서 나한테 줬을 거 아냐. 안 그래? 나는 스리 브룸스틱스를 나온 뒤로 줄곧 케이티 뒤에 있었잖아. 호그와트 바깥에서 꾸러미를 전달하는 게 훨씬 더 말이 됐을 거야. 필치가 드나드는 사람 모두를 수색하고 있으니까. 말포이는 왜 케이티한테 그걸 성으로 가져오라고 했을까?"

"해리, 말포이는 호그스미드에 없었다잖아!" 헤르미온느가 답답한 마음에 실제로 발을 동동 구르며 말했다.

"그럼 공범이 있었겠지." 해리가 말했다. "크래브나 고일이나⋯⋯ 아니, 생각해 보니까 죽음을 먹는 자일 수도 있겠다. 이제 놈들에게 가담했으니까 크래브나 고일보다 훨씬 나은 패거리가 생겼을 거야."

론과 헤르미온느는 '애랑 말싸움해 봤자 소용없어'라는 뜻이 분명한 눈빛을 주고받았다.

"딜리그라우트." 뚱뚱한 귀부인 앞에 도착하자 헤르미온느가 또박또박 말했다.

초상화가 활짝 열리며 그들을 휴게실에 들여보내 주었다. 학생들로 발 디딜 틈 없는 휴게실은 축축하게 젖은 옷 냄새로 가득했다. 많은 사람이 궂은 날씨 때문에 호그스미드에서 일찍 돌아온 듯했다. 하지만 두려워하거나 웅성거리는 기색이 보이지 않는 것을 보니 케이티에게 벌어진 일이 아직 알려지진 않은 모양이었다.

"생각해 보면 아주 빈틈 없는 공격은 아니었어." 론이 난롯가의 좋은 안락의자에 앉아 있던 1학년생을 아무렇지 않게 몰아내고 그 의자를 차지하며 말했다. "저주에 걸린 물건을 성안으로 들여오지도 못한 거잖아. 완벽한 계획이라고는 못 하지."

"네 말이 맞아." 헤르미온느가 론을 발로 쿡쿡 찔러 밀어내고 1학년생에게 의자를 돌려주며 말했다. "심사숙고해서 실행한 계획은 절대 아니야."

"말포이가 언제부터 세계 최고의 지략가였냐?" 해리가 물었다.

론도, 헤르미온느도 대답하지 않았다.

13장

리들의 수수께끼

다음 날 케이티는 세인트 멍고 마법 질병 상해 병원으로 옮겨졌다. 이때쯤에는 그녀가 저주에 걸렸다는 소식이 학교 전체에 퍼졌다. 물론 자세한 내용은 제대로 알려지지 않았고 해리, 론, 헤르미온느, 리앤을 제외한 누구도 케이티가 원래의 표적이 아니었다는 사실은 모르는 듯했지만.

"아, 당연히 말포이는 알고 있겠지." 해리가 론과 헤르미온느에게 말했다. 그들은 해리가 '말포이는 죽음을 먹는 자' 이론을 입에 담을 때마다 못 들은 척하는 새로운 수법을 고수하고 있었다.

해리는 덤블도어가 과연 월요일 밤 수업 시간에 맞춰 돌아왔을지 알 수 없었지만 별다른 통보가 없었기에 8시에 그의 연구실로 찾아가 문을 두드렸다. 들어오라는 말이 들렸다. 덤블도어는 평소와 달리 피곤한 기색을 보이며 자리에 앉아 있었다. 손은 여전히 검게 그을려 있었지만, 그는 해리에게 미소 지어 보이며 앉으라고 손짓했다. 또다시 책상 위에 놓여 있는 펜시브가 천장에 은빛 입자들을 던지고 있었다.

"내가 떠나 있는 동안 바쁘게 지냈더구나." 덤블도어가 말했다. "케이티의 사고를 목격했다고?"

"네, 교수님. 케이티는 어떤가요?"

"여전히 상태가 많이 안 좋단다. 비교적 운이 따라 주기는 했지만 말이야. 목걸이가 살갗에 아주 살짝 닿았던 것 같다. 케이티의 장갑에 아주 작은 구멍이 나 있었거든. 그 목걸이를 목에 걸어 봤거나 맨손으로 집었다면 케이티는 죽었을 거다. 아마도 즉사했겠지. 다행히 스네이프 교수가 저주가 빠르게 퍼지는 걸 막아서……."

"왜 그 사람이 해요?" 해리가 재빨리 물었다. "왜 폼프리 선생님이 보시지 않고요?"

"버릇없는 녀석." 벽에 걸린 초상화 중 하나가 조용히 말했다. 잠들어 있는 것처럼 보였던 시리우스의 고조부 피니어스 나이젤러스 블랙이 팔에 묻고 있던 머리를 들었다.

"내 재임 시절이었다면 학생이 호그와트 운영 방식을 문제 삼도록 허용하지 않았을 거야."

"그래요, 고마워요, 피니어스." 덤블도어가 그의 말을 잘랐다. "스네이프 교수는 폼프리 선생님보다 어둠의 마법에 대해 훨씬 많은 것을 알고 있단다, 해리. 아무튼 세인트 멍고의 의료진이 매 시각 내게 알려 주고 있는데, 케이티가 시간이 지나면 완전히 회복할 수 있을 거라 기대하고 있단다."

"이번 주말에는 어디 계셨어요, 교수님?" 해리는 선을 지나치게 넘는다는 느낌을 받았지만 그것을 무시하고 물었다. 피니어스 나이젤러스도 분명 그렇게 느꼈는지 조용히 식식댔다.

"지금 당장은 말하지 않는 편이 좋겠다." 덤블도어가 말했다. "하지만 적절한 때가 되면 말해 주마."

"말해 주실 거라고요?" 해리가 깜짝 놀라 물었다.

"그래, 그럴 생각이다." 덤블도어는 로브 안에서 은색 기억이 담긴 유리병을 꺼내 마법 지팡이로 한 번 쿡 찔러 코르크 마개를 열었다.

"교수님." 해리가 머뭇거리며 말했다. "호그스미드에서 먼덩거스를 만났어요."

"아, 그래. 먼덩거스가 못된 손버릇으로 네 유산을 모욕했다는 건 진작부터 알고 있었다." 덤블도어가 얼굴을 살짝 찌푸리며 말했다. "먼덩거스는 네가 스리 브룸스틱스 앞에서 말을 건 뒤로 숨어 버렸어. 나를 마주칠까 봐 두려운 거겠지. 하지만 그 친구가 더 이상 시리우스의 유품을 빼돌리지 못할 거라는 건 믿어도 된다."

"그 너저분한 혼혈아가 블랙 가문의 가보를 빼돌리고 있었다고?" 피니어스 나이젤러스가 격분해서 소리를 지르더니 액자 밖으로 걸어 나갔다. 그리몰드가 12번지에 있는 자기 초상화를 찾아간 것이 틀림없었다.

"교수님." 잠시 침묵이 흐른 뒤 해리가 말했다. "케이티가 다치고 나서 제가 무슨 말을 했는지 맥고나걸 교수님이 전해 주시던가요? 드레이코 말포이에 대해서요."

"그래, 네가 의심하고 있는 것을 말해 주시더구나." 덤블도어가 말했다.

"그럼 교수님은……?"

"케이티의 사고에 관여했을 가능성이 있는 사람을 조사하기 위해서라면 모든 적절한 조치를 취해야겠지." 덤블도어가 말했다. "하지만 해리, 지금 내 관심사는 우리 수업이란다."

해리는 그 말을 듣고 약간 화가 났다. 이 수업이 그렇게 중요하다면 첫 번째 수업과 두 번째 수업 사이의 간격이 왜 이렇게 길었단 말인가? 하지만 그는 드레이코 말포이에 대해서는 더 이상 말하지 않고, 덤블도어가 새 기억들을 펜시브에 부어 넣은 다음 긴 손가락으로 돌 대야를 잡고 빙빙 돌리기 시작하는 모습을 지켜보았다.

"너도 틀림없이 기억할 게다. 지난번 우리는 볼드모트 경의 탄생과 관련해서, 잘생긴 머글 톰 리들이 마법사 아내 메로페를 버리고 리틀 행글턴에 있는 본가로 돌아간 시점까지 보았지. 메로페는 런던에 홀로 남겨져 장차 볼드모트 경이 될 아기를 낳을 예정이었다."

"메로페가 런던에 있었다는 건 어떻게 아세요, 교수님?"

"커랙티커스 버크라는 사람의 증언 덕분이다." 덤블도어가 말했다. "우연의 일치로, 우리가 방금 전까지 이야기하던 목걸이가 나온 바로 그 가게를 설립하는 데 한몫한 인물이란다."

덤블도어는 해리가 예전에 봤던 모습 그대로, 금을 채취하는 사람이 체로 금을 거르는 것처럼 펜시브의 내용물을 빙글빙글 돌렸다. 소용돌이 위로 은색 덩어리가 솟아오르는가 싶더니 작고 나이 든 남자로 변해 펜시브 안을 천천히 맴돌았다. 그는 유령 같은 은빛을 띠고 있으면서도 눈을 완전히 가리는 머리카락을 가진, 훨씬 실체 있는 모습이었다.

"그렇소. 우리는 특이한 상황에서 그것을 얻었소. 크리스마스 직전에 한 젊은 여자 마법사가 가져왔다오. 아, 벌써 수년 전 일이오. 급하게 돈이 필요하다더군요. 뭐, 그야 뻔했지. 누더기를 몸에 친친 둘렀는데, 배가 잔뜩 불러서…… 그러니까, 곧 아기가 태어날 예정이었던 거요. 그 여자는 그 목걸이에 달린 로켓이 슬리데린의 것이었다고 말하더군. 우리야 늘 그런 얘기를 들으니까. '아, 이건 멀린이 쓰던 거예요. 정말이에요, 멀린이 가장 좋아하는 찻주전자였다고요' 이런 식이지. 그런데 그 로켓 목걸이는, 봤더니 슬리데린의 자취가 제대로 남겨져 있더군. 간단한 주문 몇 가지로도 그 사실을 확인할 수 있었소. 당연히, 값을 매길 수 없을 만큼 귀한 물건이었지. 그 여자는 로켓 목걸이의 가치를 전혀 모르는 것 같았소. 10갈레온을 받고도 좋아하더군. 그때까지 우리가 했던 거래 중 단연 최고의 거래였지!"

덤블도어가 펜시브를 더욱 세게 흔들자 커랙티커스 버크는 소용돌이치는 기억 덩어리 속으로 다시 가라앉았다.

"겨우 10갈레온을 줬다고요?" 해리가 격분해서 말했다.

"커랙티커스 버크는 그렇게 너그러운 사람이 아니란다."
덤블도어가 말했다. "그러니까 우리는 출산이 가까워 온
메로페가 런던에 혼자 살면서 절박하게 돈을 필요로 했다
는 사실을 알 수 있다. 자신이 가진 단 하나뿐인 가치 있는
물건이자 마볼로가 아주 귀하게 여겼던 가보인 로켓을 팔
아 버릴 만큼 말이야."

"하지만 메로페는 마법을 쓸 줄 알았잖아요!" 해리가 참
지 못하고 말했다. "마법을 써서 음식도 얻고 필요한 물건
은 뭐든 가질 수 있지 않았나요?"

"아." 덤블도어가 말했다. "그랬을지도 모르지. 하지만
내 생각에…… 이번에도 추측일 뿐이지만 내 생각이 맞을
거란 확신이 드는구나. 메로페는 남편에게서 버림받고 더
이상 마법을 사용하지 않게 된 것 같다. 더는 마법사로 살
고 싶지 않았던 거겠지. 물론, 상대방이 알아주지 않는 사
랑과 그에 따른 절망으로 인해 메로페의 힘이 약화됐을 가
능성도 있다. 충분히 그럴 수 있지. 너도 곧 보게 될 테지
만, 메로페는 어떤 상황에서도, 심지어 자기 목숨을 구해
야 할 상황에서도 마법 지팡이 들기를 거부했단다."

"아들이 있는데도 살려고 하지 않았다고요?"

덤블도어가 눈썹을 치켜떴다.

"혹시 볼드모트 경을 안타까워하고 있는 게냐?"

"아뇨." 해리가 재빨리 대답했다. "하지만 메로페는 선택할 수 있었잖아요. 우리 어머니랑은 다르게……."

"네 어머니에게도 선택의 여지는 있었단다." 덤블도어가 부드럽게 말했다. "그래, 메로페 리들은 자기를 필요로 하는 아들이 있음에도 죽음을 선택했지. 그러나 그녀를 너무 가혹하게 재단하지는 말거라, 해리. 메로페는 오랜 고통으로 너무나 나약해져 있었고, 결코 네 어머니와 같은 용기를 가져 본 적이 없었다. 그럼 이제 자리에서 일어나 보겠니?"

"어디로 가나요?" 덤블도어가 책상 앞으로 돌아와 옆에 서자 해리가 물었다.

"이번에는……." 덤블도어가 말했다. "내 기억 속으로 들어갈 거다. 아마 네가 보기에도 굉장히 자세하고 만족스러울 만큼 정확할 거야. 먼저 가거라, 해리."

해리는 펜시브 위로 몸을 기울였다. 얼굴이 기억의 서늘한 표면을 뚫고 들어가자 그는 어느새 다시 어둠 속으로 추락하고 있었다. 잠시 후 그의 발이 단단한 땅에 닿았다. 눈을 떠 보니 그와 덤블도어는 시끌벅적한 옛 런던 거리에 서 있었다.

"저기 내가 있구나." 덤블도어가 말이 끄는 우유 수레 앞에서 길을 건너고 있는 키 큰 사람을 가리키며 밝은 목소리로 말했다.

젊은 알버스 덤블도어의 긴 머리카락과 턱수염은 적갈색이었다. 두 사람이 있는 쪽으로 건너온 젊은 덤블도어가 인도를 성큼성큼 걸어갔다. 그의 화려한 짙은 자주색 벨벳 정장 덕분에 많은 사람이 그에게 호기심 어린 시선을 던졌다.

"정장 멋있네요, 교수님." 해리는 참지 못하고 그렇게 말했다. 덤블도어는 짧은 거리를 두고 젊은 시절의 자신을 바짝 따라가면서 싱긋 웃기만 했다. 마침내 젊은 덤블도어는 철제 대문을 지나, 암울한 사각형 건물 앞에 펼쳐진 황량한 정원으로 들어갔다. 정원은 높은 난간으로 둘러싸여 있었다. 그는 현관으로 이어지는 계단을 올라가 문을 두드렸다. 잠시 후 문이 열리고 앞치마를 두른 꾀죄죄한 젊은 여자가 나타났다.

"안녕하세요. 콜 선생님과 약속이 있어서 왔습니다만. 그분이 여기 원장이시지요?"

"아." 덤블도어의 기이한 차림을 본 여자가 당황한 표정을 지었다. "음…… 잠깐만요……. 콜 선생님!" 그녀가 어깨 너머로 돌아보며 소리쳤다.

멀리서 소리쳐 대답하는 목소리가 들렸다. 여자는 다시

덤블도어에게 고개를 돌렸다.

"들어오세요. 원장 선생님은 오고 계세요."

덤블도어는 흰색과 검은색 타일이 깔려 있는 복도로 들어섰다. 그곳은 전체적으로 초라하긴 했지만 얼룩 하나 없이 깨끗했다. 해리와 나이 든 덤블도어가 뒤따랐다. 현관문이 닫히기도 전에 지칠 대로 지친 모습의 깡마른 여자가 종종걸음으로 그들에게 다가왔다. 그녀는 불친절하다기보다는 불안해하는 것처럼 보이는 날카로운 인상에, 덤블도어를 향해 걸어오면서도 고개를 돌려 앞치마를 입은 또 다른 도우미에게 끊임없이 말을 하고 있었다.

"……그리고 2층에 있는 마사한테 아이오딘을 갖다줘요. 빌리 스텁스는 딱지를 자꾸 잡아뜯고 에릭 윌리는 이불에 온통 고름을 묻혀 놨어요. 무엇보다 수두에 신경 써야 해." 그녀는 딱히 누구에게랄 것도 없이 말했다. 그러던 그녀의 시선이 덤블도어에게 향했다. 그녀는 걷다 말고 우뚝 멈춰 섰다. 방금 기린이 문턱을 넘어오기라도 한 것처럼 경악한 얼굴이었다.

"안녕하십니까?" 덤블도어가 손을 내밀며 말했다.

콜 원장은 그저 입만 떡 벌리고 있을 뿐이었다.

"제 이름은 알버스 덤블도어입니다. 만날 약속을 잡고

싶어서 편지를 보냈는데, 선생님께서 아주 친절하게도 오늘 저를 이곳에 초대해 주셨지요."

콜 원장은 눈을 깜빡였다. 덤블도어가 환각이 아니라는 판단을 내린 듯 그녀가 힘없이 입을 열었다. "아, 네. 그게…… 그럼, 제 방으로 오시는 게 좋겠네요. 네."

그녀는 한쪽은 응접실이고 한쪽은 사무실처럼 보이는 작은 방으로 덤블도어를 안내했다. 그곳은 복도만큼이나 초라했고 낡은 가구들은 서로 어울리지도 않았다. 그녀는 덤블도어에게 곧 부서질 것 같은 의자에 앉으라고 권하더니 어수선한 책상 뒤에 앉아 초조한 눈빛으로 그를 바라보았다.

"편지로도 말씀드렸지만, 제가 여기에 온 건 톰 리들과 그 아이의 미래에 대해 의논하고 싶어서입니다." 덤블도어가 말했다.

"가족이신가요?" 콜 원장이 물었다.

"아뇨, 저는 선생입니다." 덤블도어가 말했다. "저는 톰에게 저희 학교에 입학하라는 제안을 하러 온 겁니다."

"무슨 학교죠?"

"호그와트라고 합니다." 덤블도어가 말했다.

"그런데 어쩌다 톰에게 관심을 갖게 되셨나요?"

"저희는 톰이 저희가 요구하는 자질을 갖추고 있다고 생각합니다."

"톰이 장학생이 됐다는 말씀이신가요? 어떻게 그럴 수가 있죠? 결코 지원한 적이 없는데요."

"그게, 톰은 태어날 때부터 저희 학교 학생 명부에 이름이 적혀 있었어……."

"누가 등록했죠? 부모님인가요?"

콜 원장이 곤란할 정도로 예민한 사람이라는 사실에는 의심의 여지가 없었다. 덤블도어도 그렇게 생각한 게 틀림없었다. 해리는 그가 한 손으로 벨벳 정장 주머니에서 마법 지팡이를 슬쩍 꺼내면서, 동시에 콜 원장의 책상 위에서 아무것도 적히지 않은 종이를 한 장 집어 드는 것을 보았다.

"자." 덤블도어가 그녀에게 종이를 건네면서 마법 지팡이를 한 번 휘두르고 말했다. "이거면 모든 게 확실해질 겁니다."

콜 원장은 빈 종이를 잠시 골똘하게 들여다보았다. 그녀의 두 눈에서 초점이 흐려졌다가 다시 돌아왔다.

"완벽하게 절차에 따른 서류 같군요." 그녀는 종이를 다시 돌려주며 차분하게 말했다. 그녀의 시선이 방금 전까지만 해도 분명히 없었던 진 병과 유리잔 두 개로 향했다.

"음...... 진 한 잔 드릴까요?" 그녀는 더더욱 우아해진 목소리로 말했다.

"정말 감사합니다." 덤블도어가 활짝 미소 지으며 답했다.

콜 원장이 진을 처음 마셔 보는 사람이 아니라는 사실은 곧 분명해졌다. 그녀는 잔 두 개에 술을 가득 따르더니 자기 잔을 단번에 비웠다. 그녀는 주저 없이 입술을 핥으며 처음으로 덤블도어에게 미소 지었다. 덤블도어는 망설이지 않고 이 기회를 잡았다.

"톰 리들의 과거에 대해 들려주실 수 있으신가요? 이 고아원에서 태어난 것으로 알고 있습니다만."

"맞아요." 콜 원장이 진을 더 들이켜며 말했다. "그 일은 무엇보다 똑똑하게 기억이 나요. 제가 여기 막 왔을 때니까요. 새해 전날 밤이었는데, 엄청나게 춥고 눈까지 내렸죠. 끔찍한 밤이었어요. 그 당시 제 나이 정도밖에 안 돼 보이는 어떤 젊은 여자가 현관 계단을 비틀거리면서 올라왔어요. 뭐, 그런 여자가 처음은 아니었죠. 우리는 그 여자를 안으로 들였고, 그 여자는 한 시간도 못 돼서 아이를 낳았어요. 그러더니 또 한 시간 뒤에 죽고 말았죠."

콜 원장은 엄숙하게 고개를 끄덕이고는 진을 크게 한 모금 더 들이켰다.

"죽기 전에 무슨 말이라도 하던가요?" 덤블도어가 물었다. "예를 들자면 아이 아빠에 대해서라든지."

"아, 그러고 보니까 무슨 말을 했어요." 콜 원장이 말했다. 이제는 술잔을 손에 들고, 자기 말에 귀를 기울이는 관객의 열렬한 관심을 즐기는 듯했다.

"'이 아이가 아빠를 닮았으면 좋겠어요'라고 말했던 게 기억나요. 거짓말은 안 할게요, 그런 바람을 품을 만도 했어요. 그 여자는 전혀 아름답지 않았거든요. 그러더니 아기 이름을 아이 아버지 이름을 따서 톰이라고, 또 자기 아버지 이름을 따서 마볼로라고 지어 달라고 했어요. 네, 맞아요. 이상한 이름이죠? 우린 그 여자가 서커스단 출신이 아닌가 궁금했어요. 그리고 아이의 성은 리들이라고 하더군요. 그 말을 끝으로 한 마디도 더 남기지 않고 바로 죽었어요. 뭐, 우리는 그 여자가 말한 대로 아기 이름을 지었어요. 그 가엾은 여자한테는 너무나 중요한 일 같았거든요. 하지만 톰도, 마볼로도, 리들이라는 성을 가진 어떤 사람도 그 애를 찾아온 적이 없어요. 그 어떤 일가친척도 말이죠. 그래서 그 아이는 그때부터 쭉 여기에 있는 거예요."

콜 원장은 무의식중에 진을 또 한 번 깊게 들이켰다. 그녀의 광대뼈 근처가 불그스름해졌다. 그녀가 말했다. "그 앤 좀 이상해요."

"네." 덤블도어가 말했다. "그럴 거라고 생각했습니다."

"아기 때도 이상했어요. 뭐랄까, 절대로 울지 않았어요. 그러다가 조금 더 자라자 애가…… 특이해졌어요."

"특이하다……. 어떤 식으로 말입니까?" 덤블도어가 부드럽게 물었다.

"그게, 톰은……."

하지만 콜 원장은 갑자기 입을 다물었다. 진이 담긴 잔 너머로 그녀가 덤블도어에게 쏘아 보낸 캐묻는 듯한 눈빛에는 흐릿하거나 애매한 구석이 전혀 없었다.

"톰이 선생님 학교에 들어가는 게 확실하죠?"

"확실합니다." 덤블도어가 말했다.

"제가 무슨 말을 하든 결과는 바뀌지 않는 거고요?"

"그럼요." 덤블도어가 다시 말했다.

"어쨌든 그 애를 데려가시는 거죠?"

"그렇습니다." 덤블도어가 진지하게 말했다.

그녀는 덤블도어를 믿어야 할지 말아야 할지 망설이는 듯 눈을 가늘게 뜨고 그를 바라보다가 믿기로 결심한 듯 불쑥 말을 내뱉었다. "다른 애들이 톰을 두려워해요."

"그 애가 다른 애들을 괴롭힌다는 말씀입니까?" 덤블도 어가 물었다.

"틀림없이 그럴 거예요." 콜 원장이 얼굴을 살짝 찡그 리며 말했다. "그런 짓을 하는 순간을 포착하기는 아주 어려워요. 사고가 좀 있었어요……. 끔찍한 일들 말이에 요……."

덤블도어는 그녀를 재촉하지 않았지만 해리는 그가 흥 미를 보이고 있다는 것을 알 수 있었다. 그녀가 진을 또 한 모금 마시자 장밋빛 뺨이 더욱 붉어졌다.

"빌리 스텁스의 토끼도…… 뭐랄까, 톰 말로는 자기가 그런 게 아니래요. 저도 애가 어떻게 그럴 수 있었는지 모 르겠고요. 하지만 토끼가 스스로 천장에 목을 매지는 않았 을 것 아녜요?"

"네, 저라도 그렇게는 생각하지 않았을 겁니다." 덤블도 어가 조용히 말했다.

"하지만 톰이 어떻게 거기까지 올라가서 그런 짓을 했는 지를 알면 저도 까무러치고 말 거예요. 제가 아는 거라곤, 그 전날 톰과 빌리가 말다툼을 했다는 것뿐이에요. 그러다 가……." 콜 원장은 진을 한 모금 더 마시다가 턱에 조금 흘렸다. "여름 소풍 때였는데…… 저희가 1년에 한 번씩

시골이나 바닷가로 애들을 데리고 나가거든요. 근데 소풍을 다녀온 이후로 에이미 벤슨과 데니스 비숍이 상태가 영 이상한 거예요. 하지만 우리가 그 애들한테 캐물어서 들을 수 있었던 얘기라곤 톰 리들이랑 같이 어떤 동굴에 들어갔다는 것뿐이었어요. 톰은 맹세코 그냥 탐험을 하러 갔던 것뿐이라고 했지만 그 안에서 무슨 일이 벌어진 게 틀림없어요. 그 밖에도 굉장히 많은 일이 있었어요. 이상한 일들이……."

그녀는 다시 덤블도어를 바라보았다. 양 뺨이 붉어져 있긴 했지만 시선은 흔들림이 없었다.

"그 애를 못 보게 되더라도 아쉬워할 사람은 많지 않을 거예요."

"선생님께서도 알고 계시리라 생각합니다만, 저희가 계속해서 그 아이를 데리고 있을 순 없습니다." 덤블도어가 말했다. "최소한 매년 여름에는 이곳으로 돌아와야 할 겁니다."

"아, 뭐, 죽기야 하겠어요." 콜 원장이 살짝 딸꾹질을 하며 말했다. 그녀가 자리에서 일어났다. 진의 3분의 2를 비우고도 똑바로 서 있는 그녀의 모습을 보고 해리는 놀라지 않을 수 없었다. "아이를 보고 싶으시겠죠?"

"물론입니다." 덤블도어 역시 일어서며 대답했다.

콜 원장은 덤블도어를 사무실에서 데리고 나가 돌계단을 올라갔다. 그녀는 지나가는 길에 마주치는 도우미들과 아이들에게 큰 소리로 지시 사항이나 잔소리를 늘어놓았다. 해리가 보니 고아들은 하나같이 잿빛 튜닉(무릎까지 내려오는 헐렁한 윗도리—옮긴이)을 입고 있었다. 그런대로 잘 보살핌을 받고 있는 것 같았지만, 어린 시절을 보내기에 우울한 환경이라는 사실은 부정할 수 없었다.

"여기예요." 두 번째 층계참을 돌아 긴 복도의 첫 번째 문 앞에 멈춰 서며 콜 원장이 말했다. 그녀는 문을 두 번 두드리고 방으로 들어갔다.

"톰? 손님이 오셨단다. 이분은 덤버튼…… 죄송해요, 던더보어 선생님이야. 너한테 할 얘기가 있으시다는데. 뭐, 직접 하시는 게 좋겠네요."

해리와 두 명의 덤블도어가 방으로 들어갔다. 콜 원장은 나가며 문을 닫았다. 낡은 옷장과 나무 의자, 철제 틀 침대 외에는 아무것도 없는 작은 방이었다. 한 소년이 다리를 뻗고 책을 든 채 회색 담요 위에 앉아 있었다.

톰 리들의 얼굴에는 곤트 집안의 흔적이 전혀 없었다. 메로페의 마지막 소원이 이루어진 것이다. 톰은 잘생긴 아버지의 축소판이었다. 열한 살짜리치고 키가 컸으며, 검은 머리카락에 얼굴은 하얬다. 덤블도어의 기이한 모습을 살펴보는 그의 눈이 살짝 가늘어졌다. 잠시 침묵이 흘렀다.

"안녕, 톰." 덤블도어가 앞으로 걸어가 손을 내밀며 말했다.

소년은 망설이다가 그의 손을 잡고 악수했다. 덤블도어는 리들 옆으로 딱딱한 나무 의자를 끌어다 앉았다. 그러자 그들의 모습은 마치 병원에 입원한 환자와 문병객처럼 보였다.

"나는 덤블도어 교수란다."

"'교수'?" 리들이 경계하는 표정을 지으며 따라 말했다. "'의사' 같은 거예요? 여기에는 왜 왔어요? *저 사람*이 날 한 번 살펴보라고 데려온 건가요?"

그는 콜 원장이 방금 나간 문을 가리켰다.

"아니, 아니다." 덤블도어가 미소 지으며 말했다.

"그 말 못 믿겠는데요." 리들이 말했다. "저 여자가 날 진찰하라고 했죠? 사실대로 말해!"

마지막 말을 얼마나 쩌렁쩌렁하게 외쳤는지 거의 충격이 느껴질 정도였다.

그것은 명령이었다. 예전에도 이런 식으로 소리를 지른

적이 제법 많았던 것 같았다. 리들은 눈을 부릅뜨고 덤블 도어를 쏘아봤지만, 덤블도어는 기분 좋게 웃기만 할 뿐 아무런 반응을 보이지 않았다. 잠시 후 리들은 노려보기를 그만두었다. 비록 더 경계하는 것처럼 보이긴 했지만.

"당신 누구야?"

"말했잖니. 나는 덤블도어 교수고, 호그와트라는 학교에 서 일한단다. 난 너에게 우리 학교에 입학하라는 제안을 하러 온 거야. 네가 다닐 새로운 학교 말이다. 물론 네가 원한다면 말이지만."

이 말에 대한 리들의 반응은 굉장히 놀라웠다. 그는 침 대에서 벌떡 일어나 몹시 화가 난 얼굴로 덤블도어에게서 뒷걸음질 쳤다.

"날 속일 수는 없어! 정신병원, 거기서 온 거지? '교수'라 고? 그래, 그러시겠지. 뭐, 난 안 가. 알겠어? 정신병원에 가야 하는 건 저 늙은 고양이 같은 여자라고. 나는 에이미 벤슨이나 데니스 비숍한테 아무 짓도 안 했어. 당신이 직 접 물어보면 되잖아. 걔들이 말해 줄 거야!"

"나는 정신병원에서 온 게 아니다." 덤블도어가 끈기 있 게 말했다. "나는 선생님이고, 네가 진정하고 자리에 앉는 다면 호그와트에 대해서 말해 주마. 물론 네가 학교에 오지 않겠다면 아무도 억지로⋯⋯."

"어디 억지로 해 볼 수 있으면 해 봐." 리들이 비웃었다.

"호그와트는⋯⋯." 덤블도어는 리들의 말을 못 들은 것처럼 말을 이었다. "특별한 능력이 있는 사람들을 위한 학교⋯⋯."

"난 미치지 않았어!"

"네가 미치지 않았다는 건 나도 안다. 호그와트는 미친 사람들을 위한 학교가 아니야. 마법학교지."

침묵이 흘렀다. 리들은 얼어붙은 듯 굳었고 얼굴에는 아무런 표정도 없었지만 시선만은 덤블도어의 두 눈 사이를 빠르게 오가고 있었다. 둘 중 하나라도 거짓을 담고 있지 않은지 잡아내려는 듯했다.

"마법?" 그가 속삭이듯 되풀이했다.

"그렇단다." 덤블도어가 말했다.

"그게⋯⋯ 그게 마법이라고? 내가 할 수 있는 그것이?"

"넌 뭘 할 수 있지?"

"뭐든지." 리들이 숨죽여 말했다. 흥분한 탓에 그의 목을 타고 올라온 붉은빛이 푹 꺼진 두 뺨에 번졌다. 그는 마치 열에 들뜬 것처럼 보였다. "난 손을 대지 않고 물건을 움직이게 할 수 있어. 훈련시키지 않아도 동물들이 내 말을 들게 할 수 있어. 날 짜증 나게 하는 사람들한테 나쁜 일이 일어나도록 만들 수도 있고, 마음만 먹으면 다치게 할 수도 있어."

그의 다리가 후들후들 떨렸다. 그는 휘청거리듯 앞으로 다가와 다시 침대에 앉더니 기도하듯 고개를 숙이고 자신의 두 손을 뚫어지게 바라보았다.

"내가 남들과 다르다는 건 알고 있었어." 그는 떨리는 손가락에 대고 속삭였다. "내가 특별하다는 건 알고 있었어. 항상, 뭔가 있다는 걸 알았다고."

"그래, 네 말이 맞다." 덤블도어가 말했다. 그는 더 이상 미소 짓지 않고 리들을 골똘히 지켜보았다. "너는 마법사야."

리들은 고개를 들었다. 표정이 완전히 달라져 있었다. 그 얼굴에는 엄청난 행복감이 가득 떠올라 있었는데 무엇 때문인지 그렇다고 인상이 더 좋아지지는 않았다. 섬세하게 조각된 것 같은 이목구비는 오히려 더 거칠어 보였고 표정은 거의 야수 같았다.

"당신도 마법사야?"

"그렇단다."

"증명해 봐." 리들이 곧바로 말했다. "사실대로 말해"라고 소리쳤을 때와 같이 명령조였다.

덤블도어가 눈썹을 치켜떴다.

"혹시 그 말이 내가 생각한 것처럼 네가 호그와트에 들어가는 것을 받아들이겠다는 뜻이라면……."

"당연하지!"

"그럼 나를 '교수님'이라고 불러야 한다."

리들은 아주 잠깐 얼굴이 굳어지는 듯하더니 조금 전과는 완전히 딴판으로 공손하게 말했다. "죄송합니다, 교수님. 그러니까 제 말은…… 부탁드려요, 교수님. 혹시 보여주실 수 있을까요?"

해리는 덤블도어가 거절할 거라고, 실제 시범은 호그와트에서 얼마든지 보여 줄 수 있으며 지금은 머글들로 가득 찬 건물 안에 있는 만큼 조심해야 한다고 말할 거라고 확신했다. 하지만 매우 놀랍게도 덤블도어는 정장 재킷 주머니에서 마법 지팡이를 꺼내 구석에 있는 낡은 옷장을 겨누고 아무렇지도 않게 한 번 탁 튕겼다.

옷장이 화염에 휩싸였다.

리들은 자리에서 벌떡 일어섰다. 해리는 그가 충격과 분노에 휩싸여 소리를 지르는 것을 이해할 수 있었다. 리들이 가진 모든 것이 그 옷장 안에 들어 있었을 게 틀림없으니까. 하지만 리들이 덤블도어를 돌아보는 순간 불길은 사라졌다. 옷장은 멀쩡한 모습으로 그 자리에 있었다.

리들은 옷장에서 덤블도어 쪽으로 시선을 돌리더니 탐욕스러운 표정을 지으며 마법 지팡이를 가리켰다.

"그런 건 어디서 구하죠?"

"때가 되면 생길 거다." 덤블도어가 말했다. "네 옷장에서 뭔가 나오려는 것 같구나."

아니나 다를까, 옷장 안에서 희미하게 달가닥거리는 소리가 들려왔다. 리들은 처음으로 겁에 질린 얼굴이었다.

"문을 열거라." 덤블도어가 말했다.

리들은 망설이다가 옷장으로 걸어가 문을 벌컥 열었다. 잔뜩 해진 옷들이 걸린 옷걸이 위의 가장 높은 선반에 작은 종이 상자가 놓여 있었다. 극도로 흥분한 쥐가 몇 마리 갇혀 있기라도 한 것처럼 상자는 요란하게 흔들리며 달가닥거리고 있었다.

"꺼내 보거라." 덤블도어가 말했다.

리들은 흔들리는 상자를 내려놓았다. 얼굴에는 불안한 기색이 가득했다.

"그 상자 안에 네가 가지고 있어서는 안 되는 물건이라도 들어 있니?" 덤블도어가 물었다.

리들은 뭔가 열심히 계산하는 듯한 표정을 짓고 오랫동
안 덤블도어를 빤히 바라보았다.

"네, 그런 것 같아요, 교수님." 마침내 그가 아무런 감정
도 실리지 않은 목소리로 대답했다.

"열어 보거라." 덤블도어가 말했다.

리들은 상자 뚜껑을 열더니 보지도 않은 채 내용물을 침
대에 쏟았다. 해리는 뭔가 흥미로운 물건이 있을 거라 기
대했지만, 보이는 거라곤 사소하고 평범한 잡동사니들뿐
이었다. 요요, 은색 골무, 낡아빠진 하모니카 등등. 일단
상자 밖으로 나오자 물건들은 더 이상 떨지 않고 얇은 이
불 위에 가만히 놓여 있었다.

"주인들에게 사과하고 돌려주거라." 덤블도어가 마법 지
팡이를 재킷 안에 집어넣으며 담담하게 말했다. "내 말대
로 했는지 안 했는지 나는 다 알 수 있단다. 그리고 명심하
거라. 호그와트에서는 도둑질을 용납하지 않는다."

리들은 조금도 부끄러운 표정이 아니었다. 그는 여전히
차가운 눈초리로 평가하듯 덤블도어를 바라보고 있었다.
마침내 그가 무미건조한 목소리로 말했다. "네, 교수님."

"호그와트에서는⋯⋯." 덤블도어가 말을 이었다. "마법
을 사용하는 방법뿐 아니라 통제하는 방법도 가르친단다.

네가 의도한 건 분명 아닐 테지만 너는 우리 학교에서 가르치지도 않고 용납하지도 않는 방식으로 네 힘을 써 왔어. 그런 식으로 마법에 휩쓸린 사람은 네가 처음이 아니고 아마 마지막도 아닐 거다. 하지만 호그와트에서는 학생을 퇴학시킬 수 있다. 그리고 마법 정부는…… 그래, 정부가 있단다. 정부는 범법자들을 더욱 엄중하게 처벌한다는 걸 잊지 말거라. 새로운 마법사들은 모두 우리 세계에 들어오면 우리 법을 준수해야 한다는 사실을 받아들여야 해."

"네, 교수님." 리들이 다시 말했다.

그가 무슨 생각을 하는지 알아내기란 불가능했다. 숨겨두었던 훔친 물건들을 다시 종이 상자에 집어넣는 그의 얼굴에는 여전히 아무런 표정이 없었다. 물건 정리를 마치자마자 그는 덤블도어를 돌아보며 노골적으로 말했다. "저는 돈이 한 푼도 없는데요."

"그건 쉽게 해결할 수 있다." 덤블도어가 가죽 돈주머니를 꺼내며 말했다. "호그와트에는 책과 로브를 사는 데 도움이 필요한 학생들을 위한 기금이 있단다. 마법책 몇 권은 중고로 사야 할지도 모르겠구나. 하지만……."

"마법책은 어디서 사죠?" 리들이 끼어들었다. 그는 덤블도어에게 고맙다는 인사도 하지 않고 두둑한 돈 자루를 가

저가 두툼한 갈레온 금화를 자세히 살펴보고 있었다.

"다이애건 앨리에서." 덤블도어가 말했다. "교과서와 학교 준비물이 적힌 목록을 가져왔다. 네가 준비물을 다 구할 수 있도록 내가 도와줄······."

"같이 가 준다고요?" 리들이 고개를 들고 물었다.

"물론이다. 만약 네가······."

"전 교수님이 필요 없는데요." 리들이 말했다. "저는 혼자서 하는 데 익숙해요. 런던도 항상 혼자 돌아다니거든요. 이 다이애건 앨리라는 데는 어떻게 가요? ······교수님?" 그는 덤블도어와 눈을 마주치고 덧붙였다.

덤블도어가 리들에게 함께 가야 한다고 말할 줄 알았던 해리는 이번에도 놀랐다. 덤블도어는 리들에게 준비물 목록이 담긴 봉투를 건네고 고아원에서 리키 콜드런까지 가는 방법을 정확히 알려 준 다음 다시 말했다. "주변의 머글들······ 그러니까, 마법사가 아닌 사람들은 볼 수 없겠지만 너는 그곳을 볼 수 있을 거야. 술집 주인인 톰에게 물어보려무나. 너와 이름이 같으니 기억하기 쉽겠구나."

리들은 성가신 날벌레라도 쫓는 것처럼 짜증스럽게 진저리를 쳤다.

"'톰'이라는 이름이 싫으냐?"

"톰은 흔하잖아요." 리들이 중얼거렸다. 그는 의지와는 다르게 마음속에서 솟구쳐 올라오는 질문을 참을 수 없다는 듯 물었다. "우리 아버지도 마법사였어요? 아버지 이름도 톰 리들이었다고 하던데."

"유감이지만 난 모르겠구나." 덤블도어가 부드러운 목소리로 말했다.

"어머니는 마법사였을 리가 없고. 그랬다면 죽지 않았을 테니까." 리들은 덤블도어에게 건네는 말이 아니라 혼잣말을 하듯 중얼거렸다. "아버지였던 게 틀림없어. 그럼, 준비물을 다 사고 나면 그 호그와트라는 데로는 언제 가죠?"

"자세한 내용은 네가 받은 봉투 속 양피지 두 번째 장에다 적혀 있다." 덤블도어가 말했다. "9월 1일에 킹스크로스역에서 출발할 거란다. 기차표도 그 안에 들어 있다."

리들은 고개를 끄덕였다. 덤블도어는 자리에서 일어나다시 손을 내밀었다. 그 손을 잡으며 리들이 말했다. "전 뱀하고 말할 수 있어요. 시골로 소풍 갔다가 알게 됐죠. 뱀들이 저를 찾아와서 속삭이던데요. 마법사한테는 그것도 평범한 일인가요?"

해리는 그가 깊은 인상을 남기려고 가장 신기한 능력에 대한 언급을 지금까지 참고 있었다는 것을 알았다.

"그건 평범하지 않은 일이다." 덤블도어가 잠시 머뭇거리다가 말했다. "하지만 전혀 없는 일은 아니지."

목소리는 태연했지만 덤블도어는 두 눈에 흥미를 담고 리들의 얼굴을 바라보았다. 그들, 성인 남자와 소년은 서로를 보며 잠시 서 있었다. 맞잡은 손이 떨어졌다. 덤블도어가 문 앞에 서서 말했다.

"잘 있거라, 톰. 호그와트에서 만나자."

"이만하면 됐다." 해리의 옆에 있는 백발의 덤블도어가 말했다. 잠시 후 그들은 무중력상태로 둥둥 떠서 다시 한 번 어둠 속을 날아올랐다가 지금의 연구실에 똑바로 내려섰다.

"앉거라." 덤블도어가 해리 옆에 내려서며 말했다.

해리는 그 말에 따랐다. 머릿속은 아직도 방금 본 광경들로 가득했다.

"저보다 훨씬 빨리 믿던데요. 그러니까, 교수님이 그 애가 마법사라고 얘기하셨을 때 말이에요." 해리가 말했다. "저는 처음에 해그리드가 한 말을 믿지 않았거든요."

"그래, 리들은 자기가…… 그의 말을 빌리자면, '특별하다'는 믿음을 받아들일 완벽한 준비가 되어 있었단다." 덤블도어가 말했다.

"그때…… 아신 건가요?" 해리가 물었다.

"지금 막 역사상 가장 위험한 어둠의 마법사를 만났다는 사실을 알았느냐고?" 덤블도어가 말했다. "아니, 나는 그 애가 지금처럼 되리라고는 전혀 생각하지 못했다. 하지만 확실히 흥미를 느끼기는 했지. 나는 그 아이를 잘 지켜봐 야겠다고 생각하면서 호그와트로 돌아왔단다. 그 애는 혈 혈단신에 친구도 없었으니 마땅히 그래야 했지. 하지만 그 당시에 이미 나는 리들보다는 다른 사람들을 위해서 그래 야겠다고 느꼈다. 너도 들었겠지만 리들의 힘은 그렇게 어 린 마법사치고 놀라울 만큼 잘 발달된 상태였어. 무엇보다 흥미로우면서도 불길한 것은 그 아이가 이미 그런 힘을 다 스릴 수단들을 발견해서 의식적으로 사용하기 시작했다는 점이었지. 너도 봤듯이, 그 수단들은 어린 마법사들이 별 생각 없이 해 보는 실험 같은 게 아니었어. 그 아이는 이미 다른 사람들을 위협하거나 벌을 주거나 통제하는 방식으 로 마법을 쓰고 있었다. 목매달려 죽은 토끼, 그가 동굴로 유인해 갔다는 소년과 소녀에 대한 작은 일화들은 암시하 는 바가 대단히 많단다……. '마음만 먹으면 다치게 할 수 도 있고'라고 하지 않았더냐."

"그리고 뱀의 말을 할 줄 알았어요." 해리가 거들었다.

"그래, 사실이다. 드문 재능이지. 어둠의 마법과 관계있을 거라고 짐작되는 파셀마우스였다. 우리 둘 다 알고 있듯이 위대하고 선량한 사람들 중에도 파셀마우스는 있지만 말이다. 사실 나는 뱀과 이야기할 수 있는 리들의 능력보다는 그 아이에게서 드러난 잔인함과 음흉함, 지배를 향한 두드러진 본능이 더 우려스러웠다. ……벌써 시간이 이렇게 됐구나." 덤블도어가 창밖의 어두운 하늘을 가리키며 말했다. "하지만 헤어지기 전에 한마디 해 주마. 나는 네가 우리가 방금 목격한 장면 속 몇 가지 특별한 점에 주의를 기울이기를 바란다. 우리가 앞으로 만나서 이야기할 문제들과 아주 밀접하게 관련되어 있으니 말이야. 우선, 내가 '톰'이라는 똑같은 이름을 가진 사람에 대해 말했을 때 리들이 보인 반응을 눈여겨봤니?"

해리는 고개를 끄덕였다.

"리들은 다른 사람과 자신을 연결해 주는 모든 것, 그 자신을 평범하게 만드는 모든 것에 경멸을 드러냈지. 그때부터도 그자는 남다르고 독보적인 존재가 되기를 바랐고, 악명을 떨치고 싶어 했다. 너도 알다시피 리들은 그 대화가 있고 몇 년 지나지 않아 자기 이름을 버리고 '볼드모트 경'이라는 가면을 만들어 그토록 오랜 세월 그 뒤에 숨어 있었다. 톰 리들이 애초부터 굉장히 자만심 강하고 음흉하며 확실히 친구 하나 없었다는 사실도 눈치챘으리라 믿는다. 그 아이는 다이애건 앨리에 갈 때 누가 도와주거나 함께 가 주는 것도 원하지 않았어. 혼자 행동하는 쪽을 좋아했다. 어른이 된 볼드모트도 마찬가지야. 수많은 죽음을 먹는 자들이 그자가 자기들을 믿는다고, 자기들은 그와 가까운 존재이고 심지어 그의 마음속까지 다 이해한다고 주장하는 것을 들어 봤을 게다. 망상이지. 볼드모트 경에게는 친구가 있었던 적이 단 한 번도 없고, 나는 그가 친구를 바랐던 적도 없을 거라 믿는다. 그리고 마지막으로…… 너무 졸린 탓에 이 말을 흘려듣는 일은 없었으면 좋겠구나, 해리. 어린 톰 리들은 전리품 모으는 것을 좋아했단다. 너도 그 아이가 훔친 물건을 담은 상자를 자기 방에 숨겨 놓은 걸 봤지? 그건 리들이 괴롭힌 피해자들에게서 빼앗은 물건이었다. 말하자면, 유달리 불쾌한 마법을 쓴 것을 기념하는 물건이지. 그자에게 이런 까치 같은 습성이 있다는 것을 기억해 두거라. 나중에는 이 사실이 특히 중요한 의미를 갖게 될 거다. 자, 이제 정말 자러 갈 시간이구나."

해리는 일어섰다. 그는 방을 가로지르면서 마볼로 곤트의 반지가 놓여 있던 작은 탁자 쪽으로 시선을 주었지만 반지는 더 이상 그 자리에 없었다.

"왜 그러느냐, 해리?" 해리가 멈춰 서자 덤블도어가 물었다.

"반지가 없어져서요." 해리가 주위를 둘러보며 말했다. "전 교수님이 하모니카나 뭐 그런 걸 모아 놓으셨을지도 모른다고 생각했어요."

덤블도어는 반달 안경 너머로 그를 바라보며 활짝 웃었다.

"꽤 영리하구나, 해리. 하지만 하모니카는 그저 하모니카일 뿐이었단다."

수수께끼 같은 말을 남기고 그는 해리에게 손을 흔들었다. 해리는 떠나야 한다는 것을 알아차렸다.

14장
펠릭스 펠리시스

    다음 날 아침, 해리의 첫 일정은 약초학 수업을 듣는 것이었다. 아침 식사 시간에는 누가 엿들을 것을 염려해서 론과 헤르미온느에게 덤블도어와의 수업에서 본 것을 이야기할 수 없었지만 온실을 향해 채소밭을 지나가는 동안 모든 것을 말해 주었다. 주말 내내 불던 혹독한 바람이 마침내 잦아들었지만 꺼림칙한 안개가 다시 자욱해지는 바람에 온실을 찾기까지 평소보다 시간이 조금 더 걸렸다.

    "와, 생각만 해도 무섭네. 어린 시절의 '그 사람'이라니." 론이 조용히 말했다. 세 사람은 이번 학기의 과제인 옹이투성이 올가미나무 앞에 앉아 보호용 장갑을 끼었다. "근데 난 아직도 덤블도어가 너한테 이 모든 걸 보여 주는 이

유를 모르겠어. 내 말은, 정말 흥미롭고 다 좋긴 한데, 그
게 무슨 의미냐는 거지."

"나도 몰라." 해리가 마우스피스를 끼며 말했다. "하지만
교수님은 이게 전부 중요한 일이래. 내가 살아남는 데 도
움이 될 거라고 하셨어."

"난 아주 멋진 일이라고 생각해." 헤르미온느가 진심을 담
아 말했다. "볼드모트에 대해서 가능한 한 많이 알아 놓는
건 당연한 일이야. 아니면 그자의 약점을 어떻게 찾겠어?"

"그건 그렇고, 슬러그혼의 지난 파티는 어땠어?" 해리가
마우스피스를 입에 문 채 웅얼대는 소리로 그녀에게 물었다.

"아, 솔직히 꽤 재미있었어." 헤르미온느가 보호안경을
쓰며 말했다. "뭐랄까, 유명한 예전 제자들에 대해 한참 떠
들어 대시긴 하더라. 매클래건이 연줄이 좋다고 그 애한테
꽤 알랑거리시기도 했고. 하지만 음식이 정말 근사한 데다
우리한테 그웨녹 존스를 소개시켜 줬어."

"그웨녹 존스?" 보호안경을 쓴 론의 눈이 휘둥그레졌다.
"그 그웨녹 존스? 홀리헤드 하피스의 주장 말이야?"

"응." 헤르미온느가 말했다. "나는 개인적으로 그 사람이
약간 자기밖에 모른다는 생각이 들었지만……."

"수다는 그 정도로 충분하다!" 스프라우트 교수가 빠르

게 다가와 엄한 표정을 지으면서도 활기차게 말했다. "너희는 뭘 그렇게 꾸물거리는 거냐? 다른 애들은 모두 시작했는데. 네빌은 벌써 첫 번째 꼬투리를 땄다!"

그들은 주위를 둘러보았다. 과연, 입술에는 피가 흐르고 얼굴 한쪽이 심하게 긁힌 네빌이 기분 나쁘게 팔딱거리는 자몽만 한 녹색 물체를 꽉 움켜쥐고 앉아 있었다.

"네, 교수님. 지금 시작해요!" 론이 말하더니, 스프라우트 교수가 다시 돌아서자 조용히 덧붙였다. "머플리아토를 썼어야지, 해리."

"아니, 그건 안 돼!" 헤르미온느가 대번에 소리쳤다. 혼혈 왕자와 그의 주문을 생각할 때면 늘 그렇듯 극도로 거슬린다는 표정이었다. "자, 어서…… 시작하자……."

그녀는 걱정스러운 눈으로 두 사람을 쳐다보았다. 그들은 심호흡을 한 다음 아까부터 그들 사이에 놓여 있었던 옹이투성이 나무둥치로 달려들었다.

순식간에 나무가 갑자기 살아났다. 꼭대기에서 길고 가시로 뒤덮인 딸기나무 비슷한 덩굴들이 뻗어 나와 허공을 향해 채찍질을 해 댔다. 덩굴 한 줄기가 헤르미온느의 머리카락에 엉키자 론이 전정가위로 쳐 냈다. 해리는 덩굴 두 개를 이리저리 유인해 서로 엉키게 만들었다. 헤르미온

느가 촉수 같은 덩굴들 한가운데 열린 구멍으로 과감하게
팔을 집어넣자 구멍은 마치 덫처럼 그녀의 팔꿈치를 조였
다. 해리와 론은 덩굴을 잡아당기고 비틀어 억지로 구멍을
벌렸고, 헤르미온느는 네빌이 쥐고 있는 것과 똑같은 꼬투
리를 쥔 채 팔을 홱 잡아 뺐다. 가시투성이 덩굴들이 일제히
안으로 쑥 들어갔고 울퉁불퉁한 나무둥치는 그저 죽은 나무
그루터기 같은 모습으로 그 자리에 놓여 있을 뿐이었다.

 "나중에 집이 생기더라도 말이야, 이런 나무는 정원에
한 그루도 두고 싶지 않아." 론이 보호안경을 이마로 밀어
올리고 얼굴의 땀을 닦으며 말했다.

 "그릇 좀 줘." 헤르미온느가 팔딱거리는 꼬투리를 쥔 손
을 쭉 뻗으며 말했다. 해리가 그릇을 건네주자 그녀는 메
스껍다는 표정을 지으며 그 안에 꼬투리를 떨어뜨렸다.

 "역겨워들 하지 말고 즙을 짜렴. 신선할 때 하는 게 가장
좋단다!" 스프라우트 교수가 소리쳤다.

 "아무튼……." 헤르미온느가 방금 나무한테 공격당한 일
따위는 없었다는 듯, 중단됐던 대화를 이어 나갔다. "슬러
그혼 교수님은 크리스마스 파티를 열 거래, 해리. 이번에
는 너도 빠져나갈 방법이 없을걸. 나한테 네가 저녁에 아
무 일도 없는 날이 언젠지 확인해 달라고 부탁하셨거든.

네가 꼭 올 수 있는 날 밤에 파티를 여시겠대."

해리가 신음했다. 반면 론은 그릇 안에 있는 꼬투리를 터뜨리려고 일어서서 양손으로 그것을 힘껏 누르며 화난 목소리로 물었다. "그것도 슬러그혼이 편애하는 애들만 부르는 파티지?"

"응, 민달팽이 클럽만을 위한 파티야." 헤르미온느가 말했다.

론의 손에서 날아간 꼬투리가 온실 유리창에 부딪혔다가 스프라우트 교수의 뒤통수에 맞고 튕겨 나오면서 여기 저기 기운 그녀의 낡은 모자를 떨어뜨렸다. 해리가 꼬투리를 주워 가지고 돌아왔을 때 헤르미온느는 이렇게 말하고 있었다. "잘 들어, '민달팽이 클럽'이란 이름은 내가 지은 게 아니……."

"'민달팽이 클럽'이래." 론이 말포이 못지않은 비웃음을 지으며 따라 말했다. "한심하다. 뭐, 재밌는 파티가 됐으면 좋겠네. 매클래건하고 잘해 보지 그러냐? 그럼 슬러그혼이 너희 둘을 민달팽이 왕과 민달팽이 왕비로 만들어 줄 수 있을 텐데……."

"손님을 데려와도 된다고 하더라." 헤르미온느가 말했다. 어째서인지 그녀의 얼굴은 선명한 진홍색으로 달아올라 있었다. "그래서 난 너한테 같이 가자고 할 생각이었어. 하지만 네가 그 파티를 그렇게 한심하게 여기고 있다면 굳이 그러지는 않을게!"

해리는 문득 꼬투리가 좀 더 멀리 날아갔으면 좋았겠다고 생각했다. 그랬다면 두 사람과 함께 여기 앉아 있지 않아도 됐을 테니까. 둘 다 눈치채지는 못했지만 해리는 꼬투리가 담긴 그릇을 붙잡고 되도록 요란하고 힘차게 꼬투리를 열어 보려고 했다. 하지만 불행하게도 론과 헤르미온느가 주고받는 대화 한 마디 한 마디가 계속 귀에 들려왔다.

"나한테 같이 가자고 할 생각이었다고?" 론이 완전히 달라진 말투로 물었다.

"그래." 헤르미온느가 화가 나서 말했다. "하지만 너는 내가 매클래건이랑 사귀었으면 하는 것 같으니…….."

잠시 침묵이 흐르는 동안 해리는 탱글탱글한 꼬투리를 모종삽으로 끊임없이 후려쳤다.

"아냐, 그런 거." 론이 기어들어 가는 목소리로 말했다.

해리는 꼬투리를 친다는 걸 그만 그릇을 쳐 버렸고 그릇은 박살이 났다.

"레파로." 해리가 얼른 마법 지팡이로 그릇 파편들을 겨누며 주문을 외우자 그릇은 빠르게 원래대로 돌아갔다. 하지만 그릇 깨지는 소리 덕분에 론과 헤르미온느는 해리가 옆에 있다는 사실을 알아차린 것 같았다. 헤르미온느는 당황한 얼굴로 당장 《세계의 육식 나무들》에서 올가미나무 꼬투리 즙을 알맞게 짜는 방법을 찾겠다고 부산을 떨었다. 반면 론은 쑥스러워하면서도 뿌듯한 표정을 지었다.

"그것 좀 줘, 해리." 헤르미온느가 허둥지둥 말했다. "책에 뭔가 날카로운 걸로 구멍을 내야 한다고 쓰여 있는데…….."

해리는 그녀에게 꼬투리가 담긴 그릇을 건네주었다. 그와 론은 다시 한 번 보호안경을 쓰고 나무둥치로 달려들었다.

해리는 그의 목을 조르려고 안간힘을 쓰는 가시투성이 덩굴과 몸싸움을 하면서 그다지 놀랄 일도 아니라고 생각했다. 얼마 전부터 조만간 이런 일이 생길지도 모른다는 느낌이 들었다. 하지만 자신이 이 상황을 어떻게 느끼는지는 확실하지 않았다……. 그와 초는 이제 너무 어색해서 대화를 나누기는커녕 서로를 쳐다볼 수도 없는 사이가 되었다. 론과 헤르미온느가 사귀다가 헤어진다면? 그래도 그들의 우정이 유지될 수 있을까? 3학년 때, 두 사람이 몇 주 동안이나 서로 말을 하지 않고 지냈던 일이 떠올랐다. 둘을 화해시키려고 애쓰는 건 별로 즐거운 일이 아니었다.

그렇다고 둘이 헤어지지 않으면 어떻게 될까? 두 사람 사이가 빌과 플뢰르처럼 되고, 그들과 함께 있기가 몹시 어색해져서 해리가 영원히 소외되고 만다면?

"잡았다!" 론이 나무둥치에서 두 개째 꼬투리를 꺼내며 소리쳤다. 바로 그때 헤르미온느가 간신히 첫 번째 꼬투리를 터뜨려 열었다. 덕분에 그릇은 옅은 녹색을 띤 애벌레처럼 꿈틀거리는 덩이줄기들로 가득해졌다.

남은 수업 시간 동안에는 더 이상 슬러그혼의 파티 이야기를 하지 않았다. 해리는 이후 며칠 동안 두 친구를 더욱 자세히 지켜봤지만 론과 헤르미온느는 평소보다 서로에게 좀 더 예의를 갖췄다는 것만 빼면 전혀 달라 보이지 않았다. 해리는 파티가 열리는 날 밤, 슬러그혼의 어두스름한 방에서 버터맥주의 취기가 감돌 때 무슨 일이 벌어지는지를 두고 보는 수밖에 없다고 생각했다. 어쨌든 그에게는 그보다 급박한 걱정거리들이 있었다.

케이티 벨은 여전히 퇴원할 기미를 보이지 않고 세인트 멍고 병원에 있었는데, 이 말은 해리가 9월부터 심혈을 기울여 훈련시킨 전도유망한 그리핀도르 팀에서 추격꾼 한 명이 빠졌다는 뜻이었다. 해리는 케이티가 돌아올 것을 기대하며 그녀를 대체할 선수를 찾는 일을 계속 미루어 왔지만, 슬리데린과의 첫 시합이 코앞으로 닥쳐오자 결국 그녀가 경기할 때에 맞춰 돌아오지 못하리라는 사실을 받아들여야 했다.

해리는 또 한 번 기숙사 차원에서 선수 선발전을 치를 엄두가 나지 않았다. 어느 날 변환 마법 수업이 끝난 뒤, 그는 퀴디치와는 또 다른 문제로 가슴이 무겁게 내려앉는 것을 느끼며 딘 토머스를 붙잡았다. 학생들은 대부분 교실을 떠나고 노란 새 몇 마리가 아직 남아 날아다니며 지저귀고 있었다. 그 새들은 헤르미온느가 만들어 낸 것들로, 다른 아이들은 누구도 공중에서 깃털 하나 만들어 내지 못했다.

"아직도 추격꾼 자리에 관심 있어?"

"뭐……? 그럼, 당연하지!" 딘이 흥분해서 말했다. 딘의 어깨 너머로 셰이머스 피니건이 시무룩한 얼굴로 책을 가방에 쑤셔 넣는 모습이 보였다. 해리가 딘에게 선수로 뛰지 않겠느냐고 묻기를 꺼렸던 이유 중 하나는 셰이머스가 좋아하지 않을 게 뻔했기 때문이었다. 하지만 그는 팀을 위해 최선의 선택을 해야만 했다. 그리고 딘은 선발전에서 셰이머스보다 비행을 훨씬 잘 했다.

"그래, 그럼 팀에 들어와." 해리가 말했다. "오늘 밤 7시에 훈련이 있어.”

“알았어.” 딘이 말했다. “고마워, 해리! 우아, 지니한테
말해 주고 싶어서 좀이 쑤시는걸!”

딘은 해리와 셰이머스를 단둘이 남겨 두고 교실을 달려
나갔다. 헤르미온느가 만들어 낸 카나리아 한 마리가 위로
쌩 날아가며 셰이머스의 머리에 똥을 떨어뜨렸지만, 불편
한 분위기는 조금도 누그러지지 않았다.

케이티의 대체 선수 선정에 기분이 상한 건 셰이머스만
이 아니었다. 해리가 동급생 친구를 둘이나 뽑은 걸 두고
휴게실 여기저기서 수군대는 소리가 들렸다. 학교생활을
하면서 이보다 더한 쑥덕공론도 견뎌 온 터라 딱히 신경이
쓰이는 건 아니었지만 다가오는 슬리데린과의 시합에서
승리해야 한다는 압박감은 커져만 갔다. 그리핀도르가 이
기면 기숙사 전체가 해리를 비난했던 것을 잊고 진작부터
훌륭한 팀이라는 걸 알고 있었다느니 뭐니 떠들 게 분명했
다. 하지만 만일 진다면…… 글쎄, 해리는 이보다 심한 수
군거림만 견디면 되겠지 하고 씁쓸하게 생각했다.

그날 저녁, 딘이 비행하는 모습을 지켜본 해리는 자신의
선택을 후회하지 않게 되었다. 딘은 지니, 드멜자와도 호
흡이 잘 맞았다. 몰이꾼인 피크스와 쿠트도 점점 나아지고

있었다. 문제는 오직 하나, 론이었다.

해리는 론이 긴장과 자신감 부족에 시달리는 기복이 심한 선수라는 사실을 줄곧 알고 있었다. 불행하게도, 시즌 첫 경기가 다가오자 론은 예전의 불안감이 모두 되살아난 것처럼 보였다. 대여섯 골을 허용하고 나자(대부분 지니가 넣은 골이었다) 론은 움직임이 점점 거칠어지더니 마침내 그에게 다가오던 드멜자 로빈스의 입을 주먹으로 후려갈기고 말았다.

"실수였어. 미안해, 드멜자. 진짜 미안!" 사방에 피를 뚝뚝 흘리며 땅을 향해 지그재그로 내려가는 드멜자의 등 뒤에 대고 론이 소리쳤다. "난 그냥⋯⋯."

"겁먹은 거지." 지니가 드멜자 옆에 내려서서 그녀의 부어오른 입술을 살펴보며 성난 목소리로 말했다. "론, 이 멍청아! 애 상태 좀 봐!"

"내가 치료해 줄게." 해리가 두 소녀의 옆에 내려와 드멜자의 입을 마법 지팡이로 가리키며 "에피스키"라고 외쳤다. "그리고 지니, 론을 멍청이라고 부르지 마. 네가 이 팀 주장도 아니고⋯⋯."

"넌 론을 멍청이라고 부를 틈도 없을 만큼 바빠 보이던데? 난 누군가는 그 말을 해야 한다고 생각했을 뿐이야."

해리는 웃지 않으려고 애를 썼다.

"다들 위로 올라가자."

이번 훈련은 전반적으로 학기 중에 했던 것 가운데 최악이었지만, 시합을 코앞에 둔 상황에서 해리는 정직한 것만이 꼭 최선의 방책은 아닐 수도 있다는 생각이 들었다.

"다들 잘했어. 슬리데린을 박살 낼 수 있겠는걸." 그가 사기를 북돋우려고 그렇게 말하자 추격꾼들과 몰이꾼들은 꽤 만족한 얼굴로 탈의실을 나갔다.

"내 꼴이 꼭 용의 똥자루 같았어." 지니가 나가고 문이 확 닫히자 론이 공허한 목소리로 말했다.

"아니야." 해리가 단호하게 말했다. "너는 내가 선발전에서 본 애들 중 최고의 파수꾼이야. 네 유일한 문제는 너무 긴장한다는 것뿐이야."

해리는 성으로 돌아가는 내내 격려를 쏟아부었고, 3층에 도착할 때쯤에는 론의 표정도 조금이나마 밝아졌다. 하지만 평소 그리핀도르 탑으로 갈 때 이용하는 지름길로 가려고 태피스트리를 젖혔을 때, 그들은 꽉 껴안고 풀칠이라도 한 것처럼 열렬하게 입을 맞추고 있는 딘과 지니를 발견했다.

해리의 속에서 갑자기 뭔가 크고 비늘 돋친 것이 살아 움직이면서 속을 마구 긁어 대는 듯했다. 뜨거운 피가 머

리로 쏠리면서 모든 생각이 사라지고, 저주를 걸어 딘을
젤리로 만들어 버리고 싶은 야만적인 충동이 그 자리를 채
웠다. 이 갑작스러운 광기와 씨름하던 그때, 아주 멀리서
들려오듯 론의 목소리가 들렸다.

"야!"

딘과 지니는 떨어져서 주위를 둘러보았다.

"뭐?" 지니가 대꾸했다.

"난 내 여동생이 사람들 다 보는 앞에서 쪽쪽대는 꼴은
못 봐!"

"오빠가 궁둥이 들이밀기 전까지만 해도 여기엔 아무도
없었어!" 지니가 말했다.

딘은 겸연쩍은 표정이었다. 그는 해리에게 은밀하게 씩
웃어 보였지만 해리는 마주 웃어 주지 않았다. 해리의 마
음속에서 새로 태어난 괴물이 딘을 당장 팀에서 쫓아내라
고 울부짖고 있었다.

"어…… 가자, 지니." 딘이 말했다. "휴게실로 돌아가자."

"먼저 가!" 지니가 말했다. "난 우리 사랑하는 오라버니
랑 할 얘기가 있으니까!"

딘은 이 자리를 떠나는 게 전혀 아쉽지 않다는 듯 곧바
로 가 버렸다.

"좋아." 지니가 얼굴에서 긴 빨간색 머리카락을 휙 쓸어 내고 론을 노려보았다. "마지막으로 한 번만 더 똑바로 말해 줄게. 내가 누구랑 사귀든, 그 애들이랑 뭘 하든 그건 오빠가 신경 쓸 일이 아냐."

"아니, 신경 쓸 일 맞아!" 론도 마찬가지로 화가 나서 소리쳤다. "난 뭐 좋겠냐? 사람들이 내 여동생더러……."

"여동생더러 뭐?" 지니가 마법 지팡이를 꺼내며 소리쳤다. "정확히 뭐라고 하는데?"

"별 얘기 아니야, 지니." 마음속 괴물이 론의 말에 찬동하며 울부짖고 있었지만 해리는 반사적으로 입을 열었다.

"아냐, 별 얘기 아니기는!" 그녀가 해리에게 열을 내며 말했다. "자기는 평생 아무하고도 키스해 본 적이 없어서 저러는 거야. 자기 평생 최고의 키스는 뮤리엘 고모할머니한테서 받았던 거니까……."

"안 닥칠래!" 론의 얼굴이 빨개지다 못해 흙빛이 되었다.

"음, 안 닥칠 건데!" 지니는 화가 나서 제정신이 아닌 듯 악을 썼다. "내가 보니까 오빠는 가래침을 볼 때마다 걔가 키스라도 해 주길 바라는 것 같더라? 한심해! 직접 누굴 사귀거나 키스도 좀 해 보고 그러면, 남들이 그러는 걸 보고 그렇게 신경 쓰이진 않을 텐데 말이야!"

론이 마법 지팡이를 꺼내 들었다. 해리가 다급히 둘 사이에 끼어들었다.

"알지도 못하면서 지껄이지 마!" 론은 해리를 피해 지니를 더 똑바로 겨누려고 애쓰며 소리쳤다. 이제 해리는 양팔을 벌리고 지니 앞에 서 있었다. "내가 남들 앞에서 대놓고 키스를 하지 않는다고 해서 안 한다고…….."

지니는 해리를 밀어내려 하면서 조롱하듯 웃음을 터뜨렸다.

"피그위전하고 키스했니? 아니면 베개 밑에 뮤리엘 고모할머니 사진이라도 넣어 놨어?"

"너……."

해리의 왼팔 아래로 오렌지색 빛 한 줄기가 날아가 아슬아슬하게 지니를 빗나갔다. 해리가 론을 벽으로 밀쳤다.

"멍청한 짓 하지 마."

"해리는 초 챙이랑 키스했어!" 지니는 이제 울음을 터뜨릴 것 같은 목소리로 소리쳤다. "헤르미온느는 빅토르 크룸이랑 해 봤고. 이게 무슨 역겨운 일인 것처럼 구는 사람은 오빠뿐이야. 그리고 그건 오빠가 열두 살짜리만큼도 경험이 없기 때문이라고!"

그녀는 그 말을 남기고 쿵쿵거리며 멀어져 갔다. 해리는 곧바로 론을 놓아주었다. 론은 살인이라도 저지를 듯한 표정이었다. 둘이 그 자리에 서서 거칠게 숨을 쉬고 있는데, 필치의 고양이인 노리스 부인이 모퉁이에서 나타나 긴장을 깨뜨렸다.

"가자." 필치의 질질 끄는 발소리가 귀에 닿자 해리가 말했다.

그들은 서둘러 계단을 올라 8층 복도를 걸어갔다. "야, 비켜!" 론이 조그마한 여학생에게 소리치자 그 아이는 깜짝 놀라 펄쩍 뛰다가 두꺼비 알이 들어 있는 병을 떨어뜨리고 말았다.

해리는 유리가 깨지는 소리도 듣지 못했다. 방향감각을 잃은 듯 현기증이 났다. 벼락을 맞으면 틀림없이 이런 느낌일 것이다. '그냥 걔가 론의 동생이라서 그런 거야.' 그는 스스로를 타일렀다. '그냥 론의 동생이 딘하고 키스하는 게 보기 싫었던 거야…….'

하지만 해리의 머릿속에는 그 인적 드문 복도에서 딘이 아닌 그 자신이 지니와 키스하는 장면이 불청객처럼 찾아들었다……. 마음속 괴물이 기분 좋게 가르랑거렸다……. 그 순간 론이 태피스트리 커튼을 확 열어젖히고 해리에게 마법 지팡이를 겨누며 '믿음을 저버렸다'느니 뭐니 소리

를 지르는 모습이 보였다……. '난 널 친구라고 생각했는데……!'

"헤르미온느가 정말로 크룸이랑 키스했을까?" 뚱뚱한 귀부인에게 다가가는데 론이 불쑥 입을 열었다. 해리는 죄책감에 움찔하며 론이 쳐들어오지 않는, 그와 지니 단둘뿐인 복도에 대한 상상을 떨쳐 냈다.

"뭐?" 해리가 혼란스러워하면서 우물거렸다. "아…… 어……."

솔직한 대답은 "응"이었지만 그 말은 하고 싶지 않았다. 그러나 론은 해리의 표정에서 최악의 답을 읽은 듯했다.

"딜리그라우트." 론은 뚱뚱한 귀부인에게 험악하게 말했고 그들은 초상화 구멍을 지나 휴게실로 들어갔다.

둘 중 누구도 다시는 지니나 헤르미온느 얘기를 꺼내지 않았다. 사실, 그들은 그날 저녁 서로에게 거의 말을 걸지 않았고, 저마다 생각에 잠긴 채 침묵 속에서 잠자리에 들었다.

해리는 한동안 잠들지 못했다. 사주식 침대의 천장을 올려다보며, 지니에 대한 감정은 순전히 오빠로서의 감정이라고 스스로를 설득시키려 했다. 난 여름 내내 지니랑 오누이처럼 지내면서 퀴디치를 하고 론을 놀리고 빌과 가래침에 대해 우스갯소리를 했잖아? 나랑 지니는 벌써 몇 년째 알고 지낸 사이야……. 지니를 보호하고 싶은 감정이 드는 건 자연스러운 일이야……. 지니를 지켜 주고 싶은 마음이 드는 건 당연해……. 지니에게 키스한 딘의 팔다리를 하나하나 떼어 내고 싶은 마음이 드는 것도…… 아니지……. 오빠로서 그런 감정은 다스릴 필요가 있겠어…….

론이 요란하게 드르렁거리며 코를 골았다.

'걘 론의 동생이야.' 해리는 자기 자신을 단호하게 타일렀다. '론의 여동생. 접근해서는 안 되는 애라고.' 무슨 일이 있어도 론과의 우정을 위험에 빠뜨리진 않을 것이다. 그는 주먹으로 베개를 두들겨서 편안한 모양으로 만든 다음, 정처 없이 헤매는 생각들이 지니 근처로 가는 것을 막으려고 애쓰며 잠이 오기를 기다렸다.

다음 날 아침, 해리는 약간 멍하고 혼란스러운 기분으로 잠에서 깼다. 론이 몰이꾼 방망이를 들고 쫓아오는 꿈을 연속으로 꿨기 때문이었다. 하지만 정오 무렵이 되자 해리는 꿈속의 론과 현실의 론을 기꺼이 바꾸고 싶은 마음이 들었다. 현실의 론은 지니와 딘을 쌀쌀맞게 대했을 뿐만 아니라, 조소 어린 싸늘한 태도로 헤르미온느를 당혹스럽게 하고 속상하게 했다. 거기에 더해 하룻밤 사이 폭발 꼬리 스크루트만큼이나 예민해져서 무엇이든 물어뜯으려 들었다. 해리는 론과 헤르미온느 사이에 평화를 유지하기 위해 하루 종일 애썼지만 아무 소용이 없었다. 헤르미온느는 마침내 화가 머리끝까지 나서 침실로 가 버렸고 론은 겁먹은 듯 그를 쳐다보던 1학년 몇 명에게 욕설을 퍼붓더니 성큼성큼 남학생 기숙사로 향했다.

해리에게는 절망스럽게도, 론의 새로운 공격성은 이후 며칠이 지나도 수그러들지 않았다. 설상가상으로 그 공격성은 우연찮게도 파수꾼 실력의 더 깊은 침체와 때가 맞물리고 말았다. 그 때문에 론은 더욱 사나워져서 토요일 시합을 앞둔 마지막 훈련에서 추격꾼들이 던진 공을 하나도 막지 못했다. 그런 주제에 모두에게 고래고래 소리를 질러 대서 결국 드멜자 로빈스를 울리고 말았다.

"입 닥치고 걔 좀 가만 놔둬!" 피크스가 소리쳤다. 묵직한 방망이를 들고 있긴 했지만 그는 키가 론의 3분의 2밖에 되지 않았다.

"**그만들 해!**" 지니가 론 쪽을 노려보는 것을 보고 그녀가 박쥐 코딱지 마법을 거는 솜씨가 뛰어나다는 사실을 떠올린 해리가 소리쳤다. 그는 일이 손쓸 수 없을 만큼 커지기 전에 사태를 수습하려고 날아올랐다. "피크스, 가서 블러저를 챙겨. 드멜자, 마음 가다듬어. 오늘 정말 잘했어. 론……." 그는 다른 선수들이 들을 수 없을 거리로 멀어져 갈 때까지 기다렸다가 말했다. "넌 내 가장 친한 친구지만 다른 선수들을 계속 이런 식으로 대하면 팀에서 쫓아낼 거야."

한순간 그는 정말로 론이 자신을 때릴지도 모른다고 생각했지만 그보다 훨씬 달갑지 않은 일이 벌어졌다. 론이 빗자루 위에 축 늘어지는가 싶더니 모든 투지가 빠져나간 목소리로 말했다. "그만둘게. 나 진짜 한심하다."

"넌 한심하지 않아. 그리고 못 그만둬!" 해리가 그의 로브 옷깃을 움켜쥐며 사납게 말했다. "컨디션이 좋을 때는 다 막을 수 있잖아. 그냥 정신적인 문제라고!"

"내 정신이 이상하다는 거야?"

"그래, 그런가 보네!"

그들은 잠시 서로를 노려보았다. 론은 지친 듯 고개를 저었다.

"다른 파수꾼을 찾을 시간이 없다는 거 알아. 그러니까 내일 경기에는 나갈게. 그러다가 지면, 뭐 당연히 지겠지만, 내가 알아서 빠져 줄게."

해리가 무슨 말을 해도 상황은 달라지지 않았다. 그는

저녁 식사 시간 내내 론의 자신감을 북돋워 주려고 갖은 노력을 기울였지만, 론은 헤르미온느에게 심술을 부리고 퉁명스럽게 구는 데 온 정신이 팔려 있었다. 해리는 그날 저녁 휴게실에서도 계속 애를 썼지만 론이 그만두면 선수 모두가 실망할 거라는 그의 주장은, 나머지 선수들이 한구석에 모여 앉아 틀림없이 론에 대해 수군거리면서 험악한 눈길을 던져 대는 통에 설득력을 잃었다. 마침내 론을 도발해서 반항적으로라도, 좀 더 바란다면 골을 막겠다는 자세로 만들려는 마음에 다시 화를 내는 방법도 써 봤지만 이 전략도 격려하는 방법만큼이나 효과가 없었다. 론은 어느 때보다도 낙담하고 절망한 채 잠자리에 들었다.

해리는 깨어 있는 상태로 어둠 속에서 아주 오랫동안 누워 있었다. 그는 곧 벌어질 시합에서 지고 싶지 않았다. 주장이 되어 맞게 된 첫 시합이기 때문만은 아니었다. 드레이코 말포이에 대한 의심을 아직 증명하지는 못했지만, 적어도 퀴디치 시합에서 그를 밟아 주고 싶은 마음은 굴뚝같았다. 하지만 론이 최근 몇 번의 훈련에서와 같은 경기력을 보인다면 그들이 이길 확률은 매우 낮았다.

뭔가 론이 정신 차리도록 만들 방법만 있다면…… 최고의 컨디션으로 시합에 나서게 할 방법이 있다면…… 론에게 정말로 좋은 하루를 보내게 되리란 확신을 심어 줄 수 있는 뭔가가 있다면…….

갑자기 눈부신 영감과도 같이 해답이 번쩍 떠올랐다.

다음 날 아침 식사 시간은 늘 그랬듯 흥분이 넘쳤다. 슬리데린 학생들은 그리핀도르 선수들이 한 명 한 명 대연회장에 들어올 때마다 휘파람을 불며 큰 소리로 야유했다. 천장을 힐끗 올려다보니 하늘은 맑고 밝은 파란빛을 띠고 있었다. 좋은 징조였다.

해리와 론이 다가오자 붉은색과 황금색으로 한 덩어리를 이루고 있던 그리핀도르 학생들이 환호했다. 해리는 씩 웃으며 손을 흔들었지만, 론은 얼굴을 살짝 찌푸리고 고개를 저었다.

"기운 내, 론!" 라벤더가 소리쳤다. "넌 끝내주게 잘할 거야! 확실해!"

론은 그녀의 말을 못 들은 척했다.

"차 마실래?" 해리가 그에게 물었다. "커피? 호박 주스?"

"아무거나." 론이 토스트를 한 입 베어 물며 침울하게 말했다.

잠시 후, 헤르미온느가 식탁을 따라 걸어오다가 걸음을 멈췄다. 그녀는 요즘 들어 론이 보이는 불쾌한 행동에 지친 나머지 그들과 함께 아침 식사를 하지 않았다.

"둘 다 기분 좀 어때?" 그녀가 론의 뒤통수에 시선을 둔 채 머뭇거리며 말했다.

"좋아." 해리가 대답했다. 그는 론에게 호박 주스를 건네 주는 일에 정신이 팔려 있었다. "자, 여기 있어, 론. 마셔."

론이 유리잔을 입술로 들어 올린 순간 헤르미온느가 날 카롭게 소리쳤다.

"그거 마시지 마, 론!"

해리와 론 둘 다 그녀를 올려다보았다.

"왜 그래?" 론이 물었다.

헤르미온느는 자기 눈을 믿을 수 없다는 듯 해리를 노려보았다.

"너 방금 그 주스에 뭐 넣었지?"

"뭐라고?" 해리가 되물었다.

"내 말 들었잖아. 내가 봤어. 방금 론의 주스에 뭔가를 슬쩍 넣었잖아. 지금도 손에 병을 쥐고 있네!"

"무슨 소린지 모르겠는데." 해리는 조그만 병을 재빨리 주머니에 넣으며 말했다.

"론, 경고하는데, 그거 마시지 마!" 헤르미온느가 불안해 하며 다시 한 번 말했지만 론은 잔을 들더니 단숨에 비우고 말했다. "나한테 이래라저래라 하지 마, 헤르미온느."

그녀는 충격을 받은 얼굴로 몸을 바짝 기울이고 해리에게만 들리는 소리로 식식거렸다. "이런 짓을 하다니 퇴학당해도 할 말 없을 거야. 네가 이럴 줄은 정말 몰랐다, 해리!"

"누가 할 소리." 해리가 작게 쏘아붙였다. "얼마 전에 혼돈 마법을 건 게 누구더라?"

그녀는 화가 나서 쿵쿵거리며 식탁 저쪽으로 멀어져 갔다. 해리는 그 모습을 지켜보면서 조금의 미안함도 느끼지 못했다. 헤르미온느는 퀴디치가 얼마나 중요한지 제대로 이해한 적이 한 번도 없었다. 잠시 후 그는 입맛을 다시는 론에게로 시선을 돌렸다.

"시간 다 됐어." 해리가 쾌활하게 말했다.

경기장으로 성큼성큼 향하는 그들의 발밑에서 서리 맞은 풀들이 서걱거렸다.

"날씨가 이렇게 좋다니 운이 좋네. 안 그래?" 해리가 론에게 물었다.

"그러네." 론이 말했다. 그는 얼굴이 하얗게 질리고 어딘가 아파 보였다.

지니와 드멜자는 벌써 퀴디치 로브로 갈아입고 탈의실에서 기다리고 있었다.

"시합하기에 이상적인 조건이네." 지니가 론을 못 본 척하며 말했다. "그리고 그거 알아? 슬리데린 추격꾼 베이지 있잖아, 걔가 어제 자기네 팀 훈련 도중에 블러저에 머리를 맞았는데 부상이 심해서 경기에 못 나온대! 그것보다 더 좋은 소식은 말포이도 아파서 못 나온다는 거야!"

"뭐?" 해리가 몸을 홱 돌려 지니를 바라보았다. "말포이가 아프다고? 어디가?"

"몰라, 아무튼 우리한텐 아주 잘된 일이지." 지니가 밝은 목소리로 말했다. "대신 하퍼가 나온다나 봐. 나랑 같은 학년인데, 머저리야."

해리는 모호하게 마주 미소 지었지만 진홍색 로브를 걸치는 동안 생각은 퀴디치에서 멀어져 있었다. 말포이는 예전에도 부상을 입어서 경기를 할 수 없다고 주장한 적이 있는데, 그때는 전체 시합 일정을 슬리데린에게 유리하도록 조정하기 위해서였다. 왜 지금은 기꺼이 다른 선수를 내보내는 걸까? 정말로 아픈 걸까? 혹시 꾀병은 아닐까?

"수상하지 않아?" 해리가 목소리를 낮추고 론에게 말했다. "말포이가 경기에 안 나온다니 말이야."

"내 생각엔 우리한텐 행운인 것 같은데." 론이 약간 생기가 도는 얼굴로 말했다. "게다가 베이지도 빠지다니. 걔는 슬리데린에서 골을 가장 잘 넣는 선수잖아. 정말 이런 일이 벌어질 줄은 상상도…… 잠깐만!" 론은 파수꾼 장갑을 끼다 말고 문득 해리를 빤히 바라보았다.

"왜 그래?"

"나…… 너……." 론이 목소리를 낮췄다. 그는 두려우면서도 흥분된다는 표정을 짓고 있었다. "내 음료수에 말이야…… 내 호박 주스…… 너 혹시……?"

해리는 눈썹을 치켜올리기만 할 뿐 별말을 하지 않았다. "5분 있으면 시합이 시작될 거야. 빨리 부츠로 갈아 신어."

그들은 떠들썩한 함성과 야유가 가득한 경기장으로 걸어 나갔다. 경기장 한쪽 끝은 붉은색과 황금색으로 빈틈이 없었고 반대편은 초록색과 은색의 바다를 이루고 있었다. 후플푸프와 래번클로의 학생들 상당수도 한쪽 편을 들었다. 그 온갖 고함 소리와 박수 소리가 쏟아지는 가운데서도 꼭대기에 사자가 얹힌 루나 러브굿의 유명한 모자가 포효하는 소리는 똑똑하게 들을 수 있었다.

해리는 심판인 후치 선생에게로 걸어갔다. 그녀는 경기장에 서서 상자에서 공을 풀어 놓을 준비를 하고 있었다.

"주장들, 악수." 그녀의 말에 해리는 슬리데린의 새 주장 어커트에게 손을 내밀었다. 어커트는 해리의 손을 으스러뜨리려고 했다. "빗자루에 오르도록. 호루라기를 불겠다……. 셋…… 둘…… 하나……."

호루라기 소리가 울려 퍼지자 해리와 선수들은 얼어붙은 땅을 박차고 날아올랐다.

해리는 스니치를 찾아 경기장을 날아다니면서도 한쪽 눈으로 하퍼를 지켜보았다. 하퍼는 해리보다 한참 밑에서 지그재그로 날아다니고 있었다. 그때, 예전에 들었던 것과는 달리 귀에 거슬리는 중계자의 목소리가 들려오기 시작했다.

"자, 시작합니다. 제 생각에는 포터가 올해 구성한 팀을 보고 모두 놀라셨을 것 같은데요. 작년에 파수꾼 로널드 위즐리 선수가 들쭉날쭉한 실력을 보여 많은 사람이 그가 팀에서 빠질지도 모른다고 생각했습니다만, 아니나 다를까 주장과 개인적으로 친하게 지내는 게 실제로 도움이 되나 보네요……."

경기장 끝에 자리 잡은 슬리데린 관중이 야유와 갈채를 쏟으며 이 말을 반겼다. 해리는 빗자루에서 목을 길게 빼고 중계석 쪽을 돌아보았다. 들창코에 키가 크고 깡마른 금발 소년이 거기에 서서, 한때 리 조던의 것이었던 마법 확성기에 대고 떠들어 대고 있었다. 해리가 지긋지긋하게 싫어하는 후플푸프 퀴디치 선수, 재커라이어스 스미스였다.

"아, 그리고 슬리데린이 처음으로 슛을 시도합니다. 경기장을 쏜살같이 날아가는 어커트……."

해리의 가슴이 철렁 내려앉았다.

"……위즐리가 막아 냅니다. 뭐, 가끔은 운이 따라 줄 때도 있죠."

"맞아, 스미스. 바로 그거야." 해리는 씩 웃으며 혼자 중얼거리고 추격꾼들 사이로 급강하하면서 좀처럼 포착되지 않는 스니치의 흔적을 찾아 사방을 둘러보았다.

30분이 지날 즈음 그리핀도르는 60 대 0으로 앞서고 있었다. 론이 정말로 끝내주는 선방을 펼치고 있었는데, 몇 번은 장갑 끝으로 아슬아슬하게 막아 낸 것도 있었다. 지니는 그리핀도르가 넣은 여섯 골 중 네 골을 득점했다. 덕분에 위즐리 남매가 해리와 친하기 때문에 그 자리를 차지했을지도 모른다고 큰 소리로 떠들어 대던 재커라이어스의 의문은 효과적으로 저지되었다. 대신 그는 피크스와 쿠트에게 화살을 돌렸다.

"사실 쿠트는 일반적인 몰이꾼의 체형과는 거리가 멀죠." 재커라이어스가 건방진 말투로 말했다. "몰이꾼은 보통 근육이 좀 더 많습니다."

"저 자식한테 블러저를 날려 버려!" 해리가 옆을 붕 날아 가는 쿠트에게 소리쳤지만 그는 씩 웃기만 하더니 다음에 는 막 해리를 지나쳐 반대 방향으로 날아가던 하퍼를 겨냥 해 블러저를 날렸다. 블러저가 '퍽' 하고 표적을 맞히는 소 리가 들리자 해리는 기분이 좋아졌다.

그리핀도르는 그 어떤 실수도 저지르지 않는 것처럼 보 였다. 그들은 계속해서 득점했고, 맞은편에서는 론이 분명 쉽게 골들을 막아 냈다. 특별히 멋진 선방에 관중이 가장 좋아하는 곡인 '위즐리는 우리의 왕'을 목청껏 부르자 이제 론은 실제로 미소를 머금고 높은 곳에서 지휘하는 시늉까 지 했다.

"저 자식 오늘 뭔가 특별한 것 같은데?" 헐뜯는 목소리가 들려오더니, 다음 순간 하퍼가 일부러 세게 부딪치는 바람 에 해리는 하마터면 빗자루에서 떨어질 뻔했다. "네 혈통 배신자 친구 말이야."

화가 난 그리핀도르 학생들이 고함을 쳤지만 후치 선생 은 그 순간 등을 돌리고 있었다. 그녀가 돌아봤을 때 하퍼 는 이미 속도를 높여 날아간 뒤였다. 해리는 어깨가 욱신 거렸지만, 그를 들이받아 앙갚음해 줄 작정으로 쏜살같이 쫓아갔다…….

"슬리데린의 하퍼가 스니치를 본 것 같습니다!" 재커라이어스가 확성기에 대고 말했다. "네, 포터가 발견하지 못한 뭔가를 확실히 봤습니다!"

저런 멍청한 녀석을 봤나. 해리는 생각했다. 두 사람이 서로 부딪치는 걸 못 봤단 말인가? 하지만 다음 순간, 해리는 가슴이 저 밑으로 덜컹 내려앉는 것을 느꼈다. 스미스가 맞고 해리가 틀렸다. 하퍼는 괜히 위쪽으로 빠르게 날아간 것이 아니었다. 그는 해리가 발견하지 못한 뭔가를 봤다. 맑고 푸른 하늘을 배경으로 저 위 높은 곳에서 스니치가 눈부시게 반짝이며 빠르게 날아가고 있었다.

해리는 속도를 올렸다. 바람이 귓가에 윙윙거려서 스미스가 중계하는 소리나 관중의 함성도 들리지 않았다. 하지만 하퍼는 여전히 그보다 앞서 있었고, 그리핀도르는 겨우 100점 앞서 있을 뿐이었다. 하퍼가 스니치를 먼저 잡으면 그리핀도르는 지고 만다……. 그리고 이제 하퍼는 스니치를 바로 코앞에 둔 채 손을 뻗고 있었다…….

"야, 하퍼!" 해리가 필사적으로 소리쳤다. "말포이가 시합에 대신 나가 주면 얼마 주겠다고 했냐?"

왜 이런 말이 튀어나왔는지 해리 자신도 알 수 없었지만 하퍼는 실제로 움찔하더니 멈칫거렸다. 그는 스니치를 잡지 못했다. 스니치는 그의 손가락 사이로 **빠져나갔고**, 그는 그 옆으로 지나가 버렸다. 해리는 팔을 크게 휘둘러 파닥거리는 작디작은 공을 잡았다.

"좋았어!" 해리가 소리쳤다. 그는 빙그르르 돌아서서 손에 쥔 스니치를 높이 들고 땅을 향해 돌진했다. 관중이 무슨 일이 벌어졌는지 알아차리자마자 터져 나온 엄청난 함성이 경기 종료를 알리는 호루라기 소리마저 삼켜 버렸다.

"지니, 너 어디 가?" 선수들과 함께 공중에서 부둥켜안느라 꼼짝달싹할 수 없게 된 해리가 불렀지만, 속도를 높여 동료들을 지나친 지니는 온 힘을 다해 중계석에 부딪쳤다. 엄청난 꽝음이 들렸다. 관중이 비명을 지르고 웃어 대는 사이 그리핀도르 팀은 재커라이어스가 밑에 깔려서 버둥거리고 있는 부서진 나무 더미 옆에 내려섰다. 지니가 성난 맥고나걸 교수에게 "제동 거는 걸 깜빡했습니다, 교수님. 죄송해요" 하고 태평하게 말하는 소리가 들렸다.

해리는 선수들에게서 풀려나 웃음을 터뜨리며 지니를 끌어안았다가 곧바로 손을 놓았다. 그는 그녀의 시선을 피하고 대신 환호하는 론의 등을 철썩 때렸다. 그리핀도르 선수들은 그동안의 불화를 모두 잊고 서로 팔짱을 낀 채 경기장을 떠나면서, 응원하는 사람들에게 주먹을 불끈 쥐어 보이거나 손을 흔들어 주었다.

탈의실 분위기는 기쁨에 넘쳤다.

"셰이머스가 그러는데, 휴게실에서 파티를 할 거래!" 딘이 생기 넘치는 목소리로 말했다. "가자, 지니, 드멜자!"

해리와 론 둘만이 탈의실에 남아 있다가 막 떠나려는데 헤르미온느가 들어왔다. 그녀는 두 손으로 쥔 그리핀도르 목도리를 배배 꼬며 심란하면서도 단호한 표정을 짓고 있었다.

"얘기 좀 해, 해리." 그녀가 심호흡을 했다. "그런 짓을 하면 안 되잖아. 슬러그혼 교수님이 불법이라고 말씀하신 거 못 들었어?"

"그래서 뭘 어쩔 건데? 고자질이라도 하려고?" 론이 물었다.

"너희 둘 다 무슨 소리 하는 거야?" 해리는 두 사람에게 씩 웃는 얼굴을 들키지 않도록 몸을 돌려 로브를 걸어 놓으면서 물었다.

"무슨 얘긴지 잘 알잖아!" 헤르미온느가 날카롭게 소리쳤다. "넌 아침 식사 시간에 론의 주스에 행운의 마법약을 넣었어! 펠릭스 펠리시스 말이야!"

"안 그랬는데." 해리가 몸을 돌려 두 사람을 마주 보며 말했다.

"아니. 맞아, 해리. 그래서 모든 게 잘된 거야. 슬리데린 애들이 시합에 못 나오고 론이 골을 다 막아 내고!"

"안 넣었다니까!" 해리는 활짝 웃으며 재킷 주머니에 손을 넣어 헤르미온느가 아침에 그의 손에 들려 있는 것을 본 조그마한 병을 꺼냈다. 병은 황금색 마법약으로 가득 차 있었고 코르크 마개는 여전히 밀랍으로 꽁꽁 봉해져 있었다. "난 론이 내가 약을 넣었다고 생각했으면 해서 네가 보고 있을 때 넣는 척한 거야." 그는 론을 바라보았다. "넌 운이 따른다는 생각에 그 골들을 다 막은 거야. 사실은 너 스스로 다 해낸 거라고."

그는 마법약을 다시 주머니에 넣었다.

"내 호박 주스에 진짜 아무것도 안 넣었다고?" 론이 깜짝 놀라 물었다. "하지만 날씨도 좋고…… 베이지도 못 나오고……. 진짜 나한테 행운의 마법약을 안 준 거 맞아?"

해리는 고개를 끄덕였다. 론은 잠시 입을 쩍 벌리고 그를 바라보다가 헤르미온느에게 돌아서더니 그녀의 목소리를 흉내 냈다.

"넌 오늘 아침에 론의 주스에 펠릭스 펠리시스를 넣었어! 그래서 론이 그 골을 다 막아 낸 거야! 봤지? 나는 내

실력만으로도 골을 막을 수 있다고, 헤르미온느!"

"난 네가 못할 거라고 말한 적 없어. 론, 너도 그 약을 마셨다고 생각했잖아!"

하지만 론은 이미 빗자루를 어깨에 걸친 채 헤르미온느를 지나 성큼성큼 문을 나선 뒤였다.

"어……." 갑작스러운 침묵이 흐르는 가운데 해리가 입을 열었다. 자신의 계획이 이런 역효과를 낳을 줄은 전혀 예상하지 못했던 것이다. "그럼…… 그럼 우리도 파티 하러 갈래?"

"너나 가!" 헤르미온느가 눈물 고인 눈을 깜빡거리며 말했다. "정말 론 때문에 진절머리가 나. 도대체 내가 뭘 어쨌다고 저러는지 모르겠어."

그녀도 화가 나서 쿵쿵거리며 탈의실을 나갔다.

해리는 인파를 헤치고 성을 향해 천천히 교정을 걸어갔다. 마주치는 많은 사람들이 큰 소리로 축하한다는 인사를 건넸지만 그는 몹시 실망스러운 기분에 사로잡혔다. 해리는 론이 시합에서 이기면 론과 헤르미온느가 곧바로 화해할 거라고 생각했다. 론이 기분 상한 이유는 그녀가 아마도 빅토르 크룸과 키스했기 때문이라는 것을 헤르미온느에게 어떻게 설명해야 할지 알 수가 없었다. 설령 키스했다 한들 그 일은 까마득하게 오래전 일이 아닌가?

해리가 도착했을 때 그리핀도르는 한창 축하 파티 중이었지만 헤르미온느의 모습은 보이지 않았다. 아이들은 다시 한 번 환호하고 박수를 치면서 해리의 등장을 반겼고, 그는 순식간에 축하하는 아이들 무리에 둘러싸였다. 아주 상세하게 경기를 분석하고 싶어 하는 크리비 형제와, 해리를 둘러싼 채 그의 시답잖은 말에도 웃음을 터뜨리고 눈을 깜빡이는 수많은 여학생 무리를 떨치고 론을 찾아나서기까지는 시간이 조금 걸렸다. 마침내 해리는 함께 슬러그혼의 크리스마스 파티에 가고 싶다는 뜻을 노골적으로 드러내는 로밀다 베인에게서 벗어나 고개를 숙이고 음료수 탁자로 가다가 지니에게 부딪쳤다. 그녀의 어깨에는 피그미퍼프인 아널드가 앉아 있었고, 발꿈치에서는 크룩섄스가 뭔가 기대하듯 야옹야옹 울고 있었다.

"론 찾는 거야?" 그녀가 능글맞게 웃으며 물었다. "저쪽에 있어. 저 더러운 위선자 같으니."

해리는 그녀가 가리키는 구석을 바라보았다. 론은 훤히 보이는 곳에서 어느 손이 누구 손인지 모를 만큼 라벤더 브라운과 딱 붙어 있었다.

"론이 라벤더 얼굴을 먹어 버릴 것 같지 않아?" 지니가 싸늘하게 말했다. "어떻게든 기술을 단련해야 할 것 같긴 한데. 좋은 경기였어, 해리."

지니가 팔을 토닥이자 해리는 가슴이 푹 꺼지는 기분을 느꼈지만 그녀는 버터맥주를 좀 더 마시러 가 버렸다. 크룩섕스가 시선을 아닐드에게 고정한 채 종종걸음으로 그녀의 뒤를 따랐다.

해리는 금방 헤어 나올 기미를 보이지 않는 론에게서 등을 돌렸다. 마침 그때 초상화 구멍이 닫히면서 풍성하고 북슬북슬한 갈색 머리카락이 시야를 휙 빠져나가는 것을 본 듯했다. 해리는 가슴이 철렁했다.

그는 다시 한 번 로밀다 베인을 피해 앞으로 쏜살같이 달려 나가 뚱뚱한 귀부인 초상화를 밀어젖혔다. 바깥의 복도는 텅 빈 것처럼 보였다.

"헤르미온느?"

그는 교실 문을 이곳저곳 열어 보다가 잠겨 있지 않은 첫 번째 교실에서 그녀를 찾았다. 헤르미온느는 교탁 위에 혼자 앉아 있었다. 지저귀는 노란 새들이 그녀의 머리 주위를 빙글빙글 돌고 있었다. 방금 그녀가 허공에서 만들어 낸 새들이 분명했다. 해리는 이런 상황에서도 발휘된 그녀의 마법 솜씨에 감탄하지 않을 수 없었다.

"아, 안녕, 해리." 그녀가 불안정한 목소리로 말했다. "그냥 연습 좀 하느라고."

"아…… 그거, 어…… 너 진짜 잘한다." 해리가 말했다.

그는 무슨 말을 해야 할지 알 수 없었다. 그녀가 론을 못 보고 그냥 파티가 너무 시끄러워서 휴게실을 나온 건 아닐까 생각하고 있는데, 그녀가 어색할 만큼 높은 목소리로 말했다. "론은 파티를 즐기고 있는 것 같더라."

"아…… 그래?" 해리가 말했다.

"못 본 척하지 마." 헤르미온느가 말했다. "대놓고 그러고 있었는데. 걘……."

등 뒤에서 문이 벌컥 열렸다. 이 상황에서는 끔찍하게도, 론이 웃으면서 라벤더의 손을 잡아끌고 교실로 들어왔다.

"아." 론은 해리와 헤르미온느를 보고 우뚝 멈춰 섰다.

"이런!" 라벤더가 말하더니 키득거리며 뒷걸음질 쳐 교실에서 나갔다. 그녀가 나가고 문이 홱 닫혔다.

어색한 침묵이 점점 부풀어 올라 교실 안을 가득 채웠다. 헤르미온느는 론을 뚫어지게 바라봤고, 론은 그녀의 시선을 외면하면서 허세와 어색함이 뒤섞인 묘한 목소리로 말했다. "여어, 해리! 어디 갔나 했다!"

헤르미온느는 교탁에서 미끄러져 내려왔다. 황금색 새

들이 아직도 그녀의 머리 주위를 돌며 지저귀고 있어서 그
녀는 깃털 달린 괴상한 태양계 모형처럼 보였다.

"라벤더를 밖에서 기다리게 하면 안 되지." 그녀가 조용
히 말했다. "네가 왜 안 나오는지 궁금해할 거야."

그녀는 몸을 꼿꼿이 세우고 문을 향해 천천히 걸어갔다.
해리는 론을 힐끔 바라보았다. 그는 그 이상 험한 일이 벌
어지지 않은 것에 안도하는 표정이었다.

"오푸그노!" 문 쪽에서 날카로운 외침이 들렸다.

해리가 얼른 돌아보니 헤르미온느가 사나운 표정을 지
은 채 론에게 마법 지팡이를 겨누고 있었다. 작은 새 떼가
황금 총알이 퍼부어지는 것처럼 론을 향해 빠르게 날아갔
다. 론은 비명을 지르며 손으로 얼굴을 가렸지만, 새들은
있는 힘을 다해 론을 쪼아 대고 발톱으로 할퀴며 공격했다.

"이것 좀 치워!" 그가 소리쳤지만, 헤르미온느는 앙심 가
득한 눈으로 그를 한번 쏘아보고는 문을 홱 열고 사라졌다.
해리는 문이 닫히기 전 흐느끼는 소리를 들은 것 같았다.

15장
깨뜨릴 수 없는 맹세

얼어붙은 창문에 다시 한 번 눈보라가 휘몰아쳤다. 크리스마스가 빠르게 다가왔다. 해그리드는 늘 그랬듯이 혼자서 열두 그루나 되는 크리스마스트리를 대연회장에 가져다 놓았고, 계단 난간에는 호랑가시나무와 반짝이는 장식용 줄로 꾸민 화환이 휘감겨 있었다. 갑옷투구 안에서는 꺼지지 않는 촛불들이 빛났고, 복도를 따라 어마어마한 크기의 겨우살이 뭉치들이 일정한 간격을 두고 걸려 있었다. 해리가 지나갈 때마다 여학생들이 무리를 지어 겨우살이 아래 모여드는 듯했고(크리스마스에 겨우살이 아래에서 키스하는 풍습 때문이다—옮긴이) 그 바람에 복도가 막히곤 했다. 하지만 다행히 밤마다 헤매고 다닌 경험 덕에 성안의 비밀 통로를 훤히 꿰뚫고 있었던 해리는 쉬는 시간마다 겨우살이가 없는 길로 돌아다닐 수 있었다.

예전 같으면 질투를 했을 론은 이 모든 일에 그저 웃음을 터뜨릴 뿐이었다. 해리는 웃으면서 농담을 늘어놓는 새로운 론이 지난 몇 주 동안 견뎌야 했던 심술궂고 공격적인 론보다 훨씬 좋긴 했지만, 상태가 나아진 론을 만나기까지 무거운 대가를 치러야 했다. 먼저, 해리는 론과 키스하지 않는 모든 순간을 시간 낭비라고 생각하는 것처럼 보이는 라벤더 브라운의 잦은 출현을 견뎌야 했다. 그리고 그에게 가장 각별한 두 친구가 두 번 다시 서로 말을 하지 않을 것 같은 상황에 또다시 직면하게 되었다.

헤르미온느가 만들어 낸 새 떼의 공격으로 긁히고 베인 상처가 아직도 양손과 양 팔뚝에 남아 있던 론은 변명하는 태도를 보이면서도 분노에 차 있었다.

"걔가 불평하면 안 되지." 론이 해리에게 말했다. "걔는 크룸하고 키스했잖아. 나한테 키스하고 싶어 하는 사람도 있다는 걸 알게 됐을 뿐인데, 뭐, 여긴 자유국가잖아. 난 잘못한 거 하나도 없어."

해리는 아무런 대꾸도 하지 않고 다음 날 아침 일반 마법 수업 시간 전까지 읽기로 되어 있는 책(《제5원소: 어떤

탐구》)에 정신이 팔린 척했다. 그는 론과 헤르미온느 모두
와 친구로 남을 작정이었기에 대부분의 시간을 입을 꾹 다
문 채 보내고 있었다.

"난 헤르미온느한테 아무것도 약속한 적 없어." 론이 웅
얼거렸다. "내 말은, 그래, 걔랑 같이 슬러그혼의 크리스마
스 파티에 갈 생각이었지만 걔가 구체적으로 말한 건 아니
잖아⋯⋯. 그냥 친구로 같이 가자는 걸 수도 있고⋯⋯. 난
자유로운 몸이라고⋯⋯."

해리는 론이 자기를 지켜보고 있다는 것을 의식하면서
《제5원소》의 페이지를 넘겼다. 론의 목소리가 중얼거리다
잦아들더니 불길이 타닥거리는 소리에 거의 묻혀 버렸지
만, 해리의 귀에는 '크룸'이니 '불평하면 안 되지' 같은 말
이 다시 들려온 것 같았다.

헤르미온느는 수업 시간표가 워낙 꽉 차 있는 탓에 대화
다운 대화는 저녁에나 할 수 있었다. 어쨌든 론은 그때마
다 라벤더와 찰싹 달라붙어 있는 바람에 해리가 뭘 하고
있는지 눈치채지 못했다. 론이 휴게실에 있으면 헤르미온
느가 그곳에 앉아 있지도 않으려고 했기 때문에 해리는 주
로 도서관에서 그녀와 만났다. 그 말은, 그들의 대화가 귓
속말로 이루어졌다는 뜻이었다.

"걔는 누구든 원하는 사람하고 키스할 수 있어." 헤르미온느가 말했다. 그들 뒤에서 사서인 핀스 선생이 책꽂이들 사이를 돌아다니고 있었다. "정말 하나도 신경 안 쓰여."

헤르미온느가 깃펜을 들어 'i'에 점을 찍었다. 어찌나 세게 찍었는지 양피지에 구멍이 나고 말았다. 해리는 아무 말도 하지 않았다. 이렇게 말을 안 하고 지내다가는 목소리가 사라질지도 모른다는 생각이 들었다. 그는 《고급 마법약 제조》 쪽으로 고개를 숙이고 영원의 영약에 관한 필기를 이어 가다가 이따금 손을 멈추고 혼혈 왕자가 리바티우스 보리지의 글에 덧붙인 유용한 주석을 해독했다.

헤르미온느가 잠시 후 입을 열었다. "그건 그렇고, 너 조심해야 돼."

"마지막으로 말하는 건데" 하고, 45분 동안 입을 다물고 있던 해리가 살짝 쉰 목소리로 말했다. "난 이 책을 돌려주지 않을 거야. 나는 스네이프나 슬러그혼이 가르쳐 준 것보다 혼혈 왕자한테서 더 많은 걸 배웠……."

"그 왕자인지 뭔지 하는 작자 얘기가 아냐." 헤르미온느는 해리의 책이 무례하게 굴기라도 했다는 듯 험악한 눈빛으로 쏘아보며 말했다. "방금 전 있었던 일을 말하는 거야. 여기 오기 전에 여자 화장실에 들렀는데 거기에 로밀다 베인이랑 여자애들 열 몇 명이 모여서 너한테 사랑의 묘약을 몰래 먹일 방법을 궁리하고 있더라. 다들 네가 자기를 슬러그혼의 파티에 데려가 주기를 바라고 있는데, 보아하니 프레드와 조지의 사랑의 묘약을 구입한 것 같아. 유감이지만 아마 효과가 있을⋯⋯."

"그럼 그 자리에서 압수하지 그랬어?" 해리가 물었다. 규칙을 지키겠다는 헤르미온느의 광적인 집착이 그 결정적인 상황에서 발휘되지 않았다니 이상한 일이었다.

"걔들이 화장실에 마법약을 가져오지 않았더라고." 헤르미온느가 코웃음을 치며 말했다. "그냥 작전만 짜고 있었을 뿐이야. 제아무리 혼혈 왕자님이라 해도⋯⋯." 그녀는 다시 한 번 책에 험악한 시선을 던졌다. "서로 다른 열두 가지 사랑의 묘약을 한 번에 해독할 수 있는 약을 만들어 내는 건 꿈도 꾸지 못할걸. 나라면 빨리 같이 갈 사람을 정하겠어. 그래야 다른 애들이 자기한테도 아직 기회가 있다는 생각을 접을 테니까. 파티가 내일 밤이라 그런지 애들이 점점 안달이 나는가 봐."

"난 같이 가고 싶은 사람이 없어." 해리가 웅얼거렸다. 그는 여전히 가능한 한 지니에 대해 생각하지 않으려 애쓰고 있었다. 지니가 그의 꿈에 불쑥불쑥 나타나고 있어서,

해리는 론이 레질리먼시를 할 줄 모른다는 사실이 얼마나 고마웠는지 모른다.

"아무튼 뭘 마시든 간에 조심해. 로밀다 베인이 제대로 마음먹은 것 같으니까." 헤르미온느가 으스스하게 말했다.

그녀는 숫자점 작문 숙제를 하던 긴 양피지 두루마리를 끌어 올리고는 계속해서 깃펜을 사각거렸다. 해리는 그녀를 지켜보면서도 정신은 다른 데 팔려 있었다.

"잠깐만." 그가 천천히 말했다. "난 필치가 위즐리 형제의 위대하고 위험한 장난감 가게에서 산 물건은 전부 금지한 줄 알았는데?"

"애들이 언제 필치가 뭘 금지하는지 신경이나 썼니?" 헤르미온느는 여전히 작문 숙제에 집중하며 되물었다.

"하지만 난 모든 부엉이가 검사를 받는 줄 알았단 말이야. 그 여자애들은 대체 어떻게 사랑의 묘약을 학교로 들여올 수 있는 거지?"

"프레드랑 조지가 향수랑 기침약으로 위장해서 보내 주거든." 헤르미온느가 말했다. "부엉이 주문 서비스에 포함된 거래."

"너 아주 잘 아는구나."

헤르미온느는 조금 전《고급 마법약 제조》를 바라봤을

때와 같은 험악한 시선을 던졌다.

"올여름에 프레드랑 조지가 지니하고 나한테 보여 줬던 유리병 뒤에 쓰여 있었어." 그녀가 쌀쌀맞게 말했다. "나는 사람들이 마실 것에 마법약이나 넣고 다니지는 않아. 넣은 척하지도 않고. 그것도 마찬가지로 나쁜 짓이니까……."

"그래, 뭐, 그건 신경 쓰지 마." 해리가 재빨리 말했다. "핵심은, 필치가 속아 넘어가고 있다는 거야. 안 그래? 여자애들이 다른 물건인 양 속여서 학교로 들여오고 있는 거잖아! 그럼 말포이라고 왜 학교에 그 목걸이를 들여오지 못했겠어?"

"아, 해리. 또 그 소리야?"

"생각해 보라니까. 안 될 건 뭐야?" 해리가 물었다.

"잘 들어." 헤르미온느가 한숨을 쉬었다. "거짓말 감지기는 장난 마법이나 저주, 은폐 마법 들을 찾아내. 맞지? 어둠의 마법 그 자체나 그 마법에 걸린 물건들을 찾는 데 쓰인다고. 그 목걸이처럼 강력한 저주가 걸려 있는 물건은 곧바로 발각될 거야. 하지만 사랑의 묘약은 그냥 엉뚱한 유리병에 들어 있다는 이유로 걸리지 않겠지. 아무튼 그건 어둠의 마법도 아니고 위험하지도 않으니까……."

"너야 그렇게 쉽게 말할 수 있겠지." 해리는 로밀다 베인을 떠올리며 투덜거렸다.

"그러니까 그게 기침약이 아니라는 걸 알아보는 건 순전히 필치에게 달린 거야. 그런데 필치는 그렇게 훌륭한 마법사가 아니잖아. 난 필치가 마법약을 제대로 구분할 수나 있을지 의문……."

헤르미온느가 갑자기 입을 다물었다. 해리도 그 소리를 들었다. 누군가가 어두운 책꽂이들 사이에서 그들 뒤로 바짝 다가와 있었다. 잠시 후 핀스 선생의 독수리 같은 얼굴이 모퉁이를 돌아 나왔다. 그녀가 들고 있는 등불 빛에 옴팡한 뺨과 양피지 같은 피부, 길고 구부러진 코가 그대로 드러났다.

"이제 문 닫을 시간이다." 그녀가 말했다. "빌린 책은 전부 제자리에 꽂아…… *책에 무슨 짓을 하는 거냐, 이 못된 녀석!*"

"이건 도서관 책이 아니에요. 제 책이라고요!" 핀스 선생이 책을 향해 새 발톱 같은 손을 뻗자 해리가 책상 위에서 《고급 마법약 제조》를 붙잡으려 하며 재빨리 말했다.

"낙서를 하다니!" 그녀가 식식댔다. "책이 훼손됐어! 더러워졌잖아!"

"애초에 글씨가 쓰여 있었단 말이에요!" 해리가 핀스 선생의 손아귀에서 책을 잡아 빼며 말했다.

그녀는 발작이라도 일으킬 듯한 표정이었다. 헤르미온느가 잽싸게 가방을 챙겨서는 해리의 팔을 잡아끌고 나갔다.

"조심하지 않으면 선생님이 널 도서관에 못 들어오게 할지도 몰라. 그 멍청한 책은 꼭 가져와야만 했니?"

"핀스 선생님이 미쳐 날뛰는 건 내 잘못이 아니야, 헤르미온느. 혹시 네가 필치에 대해 함부로 말하는 걸 들은 건 아닐까? 난 옛날부터 그 둘 사이에 뭔가 있는 건 아닐까 싶었거든……."

"뭐? 하하……."

다시 평소처럼 대화를 나눌 수 있게 되어 기분이 좋아진 두 사람은 필치와 핀스 선생이 남몰래 서로 사랑하는 사이인지를 두고 실랑이를 하면서 등불만 밝혀진 인적 없는 복도를 따라 휴게실로 돌아갔다.

"크리스마스 방울." 해리가 뚱뚱한 귀부인에게 축제 기간 동안의 새 암호를 댔다.

"너도 메리 크리스마스." 뚱뚱한 귀부인이 장난스럽게 씩 웃으며 앞으로 홱 젖혀지더니 그들을 들여보내 주었다.

"안녕, 해리!" 해리가 초상화 구멍을 나오자마자 로밀다 베인이 말을 걸어왔다. "아가미수 한잔할래?"

헤르미온느가 어깨 너머로 돌아보며 해리에게 '내가 뭐 랬어?' 하는 눈길을 보냈다.

"아니, 괜찮아." 해리가 재빨리 말했다. "난 그거 별로 안 좋아해."

"그럼, 이거 받아." 로밀다가 그의 손에 웬 상자를 밀어 넣으며 말했다. "솥단지 초콜릿이야. 안에 파이어위스키가 들어 있어. 우리 할머니가 보내 주신 건데 난 별로 안 좋아 하거든."

"아, 그래…… 고마워." 다른 할 말이 떠오르지 않아서 해리는 그렇게 말했다. "어…… 난 이쪽으로 가던 중이 라……."

그는 말끝을 흐리고 서둘러 헤르미온느를 뒤따라갔다.

"내가 그랬지?" 헤르미온느가 딱 잘라 말했다. "누구한 테든 빨리 가자고 해. 그래야 여자애들이 널 가만히 놔두 지. 그럼 넌……."

그런데 그녀의 얼굴이 갑자기 멍해졌다. 지금 막 안락의 자 하나에 같이 앉아 한데 뒤엉켜 있는 론과 라벤더를 발 견한 것이다.

"그럼 잘 자, 해리." 겨우 저녁 7시밖에 안 됐는데 헤르 미온느는 그렇게 말하더니 여학생 기숙사로 가 버렸다.

해리는 하루만 더 수업을 듣고 슬러그혼의 파티를 치르
고 나면 론과 함께 버로로 떠날 수 있다고 스스로를 다독
이며 잠자리에 들었다. 이제 크리스마스 연휴 전까지 론과
헤르미온느가 화해하는 건 불가능해 보였다. 하지만 아마
도, 어쩌면 떨어져 있는 동안 둘 다 자신들의 행동에 대해
곰곰이 생각해 보게 될지도 몰랐다.

애초에 기대가 높지도 않았지만, 해리는 다음 날 두 사
람과 함께 변환 마법 수업을 견디고 나자 기대가 더욱 낮
아졌다. 그들은 인간 변환이라는 엄청나게 어려운 주제를
막 배우기 시작했는데, 학생들은 거울을 앞에 놓고 자신
의 눈썹 색깔을 바꾸는 연습을 해야 했다. 론이 첫 시도에
서 자전거 핸들만 한 엄청난 콧수염을 만드는 재앙과도 같
은 결과를 내자 헤르미온느는 가차 없이 웃음을 터뜨렸다.
론은 맥고나걸 교수가 질문을 할 때마다 자리에서 벌떡벌
떡 일어났다가 앉는 헤르미온느의 모습을 똑같이 따라 하
는 것으로 잔혹하게 복수했다. 라벤더와 파르바티는 굉장
히 즐거워한 반면 헤르미온느는 다시 울음을 터뜨리기 일
보 직전이 되었다. 그녀는 수업종이 울리자 소지품을 반이
나 남겨 둔 채 교실을 달려 나갔다. 지금은 론보다 헤르미
온느에게 도움이 더 필요할 거라는 생각이 들어서 해리는

그녀의 남은 소지품을 챙겨 들고 쫓아갔다.

해리는 아래층 여자 화장실에서 나오는 헤르미온느를 겨우 찾아냈다. 루나 러브굿이 헤르미온느 곁에서 그녀의 등을 살살 토닥여 주고 있었다.

"어, 안녕, 해리." 루나가 말했다. "네 한쪽 눈썹이 밝은 노란색이라는 거 알고 있니?"

"안녕, 루나. 헤르미온느, 너 뭘 두고 갔더라."

해리는 그녀에게 책을 내밀었다.

"아, 맞다." 헤르미온느가 목멘 소리로 말하며 물건을 받아 들었다. 그녀는 필통으로 눈을 닦고 있었다는 사실을 숨기려고 다급히 돌아섰다. "고마워, 해리. 음, 난 가 볼게……."

그녀는 해리가 위로의 말을 건넬 틈도 주지 않고 서둘러 가 버렸다. 하기야 뭐라고 말해야 할지 딱히 떠오르지도 않았지만.

"좀 속상해하더라." 루나가 말했다. "처음에는 저 안에 울보 머틀이 있는 줄 알았는데 알고 보니까 헤르미온느였어. 론 위즐리 얘기를 하던걸."

"응, 둘이 좀 다퉜어." 해리가 말했다.

"론은 가끔 말을 참 재미있게 하지?" 해리와 함께 복도를 걸으며 루나가 말했다. "하지만 좀 모질게 들리기도 해. 난 작년에 알아챘어."

"좀 그럴 거야." 해리가 말했다. 루나는 불편한 진실을 서슴없이 말하는 특유의 재능을 선보이고 있었다. 해리는 루나 같은 아이는 정말 처음 보았다. "넌 이번 학기 잘 보냈어?"

"아, 괜찮았어." 루나가 말했다. "D.A.가 없어서 조금 외롭더라. 그래도 지니가 잘해 줬어. 한번은 변환 마법 수업 시간에 남자애들 둘이 나를 '루니'('미치광이'라는 뜻─옮긴이)라고 못 부르게 해 주기도 했어……."

"오늘 밤에 나랑 같이 슬러그혼의 파티에 가지 않을래?"

해리의 입에서 자기도 모르게 이 말이 불쑥 튀어나왔다. 해리의 귀에 그것은 꼭 낯선 사람이 하는 말처럼 들렸다.

깜짝 놀란 루나가 툭 튀어나온 눈을 그에게 돌렸다.

"슬러그혼의 파티에? 너랑?"

"응." 해리가 말했다. "파트너를 데려오게 되어 있거든. 어쩌면 네가 좋아할지도 모른다고 생각해서…… 그러니까……." 그는 자신의 의도를 분명하게 전하려고 애를 썼다. "내 말은, 그냥 친구로 말이야. 근데 네가 싫다면……."

이미 그의 속마음은 어느 정도 그녀가 가기 싫어하기를

바라고 있었다.

"아아, 아냐. 친구로서 같이 가는 거 아주 좋아!" 루나는 해리가 전에는 결코 본 적 없는 환한 웃음을 지으며 말했다. "지금까지 나한테 파티에 같이 가자고 했던 사람은 한 명도 없었거든. 친구로서 말이야! 그래서 눈썹을 염색한 거야? 파티 때문에? 나도 염색해야 해?"

"아니." 해리가 단호하게 말했다. "이건 실수였어. 헤르미온느한테 고쳐 달라고 해야겠다. 그럼 8시에 현관홀에서 만나자."

"**아하!**" 머리 위에서 누군가가 소리치는 바람에 둘 다 화들짝 놀랐다. 머리 위 샹들리에에 피브스가 거꾸로 매달려 심술궂게 웃고 있는 것도 모르고 바로 그 아래를 지나갔던 것이다.

"'또라이 포터'가 '루니'한테 파티에 가자고 했대요! 루니를 쏴랑한대요! 또라이 포터는 루우우우니를 쏴아아아랑 해애애애!"

피브스는 낄낄대고 소리를 지르며 쌩 날아갔다. "또라이가 미치광이를 사랑한대요!"

"비밀로 할 수 있어서 참 다행이네." 해리가 비꼬듯 말했다. 아니나 다를까, 순식간에 전교생이 해리 포터가 루나

러브굿을 슬러그혼의 파티에 데려간다는 사실을 알게 된 듯했다.

"넌 누구든 데려갈 수 있었어!" 저녁 식사 시간에 론이 믿기지 않는다는 듯 말했다. "누구라도! 그런데 '루니' 러브 굿을 데려가겠다는 거야?"

"그렇게 부르지 마, 론." 뒤에서 지니가 친구들에게 향하던 걸음을 멈추고 쏘아붙였다. "네가 루나를 데리고 가 줘서 정말 기뻐, 해리. 루나가 얼마나 좋아하는지 몰라."

지니는 식탁으로 곧장 걸어가더니 딘과 함께 앉았다. 그가 루나를 파티에 데려간다는 사실에 지니가 기뻐하는 것을 보고 해리도 기쁨을 느껴 보려 했지만 잘되지 않았다. 식탁 저쪽에서는 헤르미온느가 혼자 앉아 스튜를 깨작거리고 있었다. 해리는 론이 그녀를 힐끔거리고 있는 것을 알아차렸다.

"미안하다고 하면 되잖아." 해리가 직설적으로 충고했다.

"뭐, 사과하고 또 카나리아 떼한테 공격당하라고?" 론이 투덜거렸다.

"꼭 그렇게 흉내 내야 했어?"

"쟤가 내 콧수염을 비웃었잖아!"

"나도 그랬어. 내가 여태껏 본 것 중에 최고로 멍청해 보이더라."

하지만 론은 듣지 못한 듯했다. 라벤더가 방금 파르바티와 함께 도착한 것이다. 라벤더가 해리와 론 사이에 몸을 욱여넣으며 론의 목에 팔을 둘렀다.

"안녕, 해리." 해리와 마찬가지로 두 친구의 행동에 약간 창피스럽기도 하고 질린 듯 보이기도 하는 파르바티가 말했다.

"안녕." 해리가 말했다. "어떻게 지냈어? 호그와트에 있기로 한 거야? 너희 부모님이 너희가 학교를 그만두길 바라신다고 들었는데."

"당분간은 못 그러시게 설득했어." 파르바티가 말했다. "케이티 일로 두 분 다 넋이 나가시긴 했는데, 그 이후로는 아무 일 없었으니까……. 어, 안녕, 헤르미온느!"

파르바티가 유독 환하게 웃어 보였다. 해리는 그녀가 변환 마법 시간에 헤르미온느를 비웃은 일로 죄책감을 느낀다는 것을 알 수 있었다. 그는 고개를 돌려 헤르미온느도 마주 미소 짓는 모습을 보았다. 가능한 일인지는 모르겠지만 파르바티보다 훨씬 환한 미소였다. 여자들은 가끔 정말 이해할 수가 없었다.

"안녕, 파르바티!" 헤르미온느가 론과 라벤더를 아예 못 본 척하며 말했다. "오늘 밤 슬러그혼 교수님 파티에 가니?"

"초대 못 받았어." 파르바티가 우울하게 말했다. "그래도 가면 참 좋을 텐데. 정말 재미있을 것 같더라. 너는 가지?"

"응, 8시에 코맥을 만나서⋯⋯."

막힌 싱크대가 뻥 뚫리는 것 같은 소리가 나더니 론이 얼굴을 쑥 내밀었다. 헤르미온느는 무엇도 보거나 듣지 못한 것처럼 굴었다.

"⋯⋯같이 가기로 했어."

"코맥?" 파르바티가 물었다. "설마 코맥 매클래건 말이야?"

"맞아." 헤르미온느가 나긋나긋하게 말했다. "*거의*⋯⋯." 그녀는 이 낱말을 엄청나게 힘주어 내뱉었다. "그리핀도르 파수꾼이 될 **뻔**했던 애."

"그럼 걔랑 사귀는 거야?" 파르바티가 눈이 휘둥그레져서 물었다.

"음, 맞아. 몰랐어?" 헤르미온느가 그녀답지 않게 키득거리며 말했다.

"지금 알았어!" 파르바티는 이 소식에 몹시 궁금증을 느끼는 듯 말을 이었다. "와, 너 퀴디치 선수를 진짜 좋아하는구나. 맞지? 처음에는 크룸, 그다음에는 매클래건⋯⋯."

"난 실력이 뛰어난 퀴디치 선수만 좋아해." 헤르미온느
가 여전히 미소 지으며 그녀의 말을 정정했다. "그럼, 나중
에 보자. 가서 파티 준비를 해야 하거든."

헤르미온느는 자리를 떠났다. 라벤더와 파르바티는 곧
바로 머리를 맞대고 자기들이 매클래건에 대해 들은 이야
기들과 헤르미온느에 대해 추측했던 것들을 토대로 이 새
로운 전개에 관한 의견을 주고받았다. 론은 이상하게 멍한
표정만 지을 뿐 아무 말도 하지 않았다. 해리는 그저 입을
다문 채 여자들은 복수를 위해서 어디까지 할 수 있는지
깊은 생각에 빠졌다.

그날 밤 8시, 현관홀에 도착했을 때 해리는 이상할 정도
로 수많은 여학생이 그곳에 숨어 있는 것을 알았다. 그들
은 모두 루나에게 다가가는 해리를 분노 어린 눈길로 노려
보는 듯했다. 루나는 보는 사람들을 낄낄대게 만드는 반짝
이 달린 은색 로브를 입고 있었지만 그것만 아니면 꽤 근
사해 보였다. 해리는 어쨌거나 그녀가 순무 귀고리와 버터
맥주 코르크 목걸이, 심령 안경 차림이 아니라 얼마나 다
행스러운지 몰랐다.

"안녕." 그가 말했다. "그럼 갈까?"

"아, 그래." 그녀가 행복한 듯 말했다. "파티는 어디서 해?"

"슬러그혼 교수님의 연구실." 해리는 쳐다보는 눈길과 수군거림을 피해 그녀를 데리고 대리석 계단을 올랐다. "그 얘기 들었어? 뱀파이어가 온대."

"루퍼스 스크림저?" 루나가 물었다.

"난…… 뭐?" 해리가 당황해하며 되물었다. "마법 정부 총리 말이야?"

"응, 그 사람 뱀파이어거든." 루나가 담담하게 말했다. "스크림저가 막 코닐리어스 퍼지의 자리를 이어받았을 때 아빠가 그 사실에 관해서 긴 기사를 쓰셨는데, 정부에 있는 누군가가 기사를 내지 못하게 막았어. 사실이 알려지는 걸 바라지 않는 게 분명해!"

해리는 루퍼스 스크림저가 뱀파이어일 리 없다고 생각했지만, 아버지의 괴상한 관점을 사실이라도 되는 양 말하는 루나에게 이미 익숙해져 있었기에 대꾸하지 않았다. 그들은 슬러그혼의 연구실에 가까워져 있었다. 한 발 한 발 내디딜 때마다 웃음소리와 음악, 대화를 주고받는 시끄러운 목소리들이 점점 커졌다.

애초에 그렇게 지어진 것인지 아니면 슬러그혼이 마법

을 써서 그렇게 만든 것인지 알 수 없었지만, 그의 연구실
은 여느 교수의 연구실보다 훨씬 컸다. 천장과 벽에는 에
메랄드색, 진홍색, 황금색 벽걸이가 걸려 있었다. 모두가
거대한 천막 안에라도 들어와 있는 느낌이었다. 방은 사람
들로 북적거리고 답답했으며, 천장 한가운데 대롱대롱 매
달린 화려한 황금 등불이 드리운 빨간 불빛에 휩싸여 있었
다. 등불 안에서는 진짜 요정들이 파닥거리며 밝은 빛을
흩뿌렸다. 저 멀리 구석에서 만돌린 소리 같은 것이 뒤섞
인 시끄러운 노랫소리가 들려왔다. 깊은 대화에 빠져 있는
나이 든 마법사들 위로 담배 연기가 자욱했고, 수많은 집
요정이 들고 있는 무거운 은제 접시에 가려진 채 사람들의
무릎 사이를 꽥꽥거리며 돌아다니는 모습이 꼭 작은 식탁
들이 움직이는 것처럼 보였다.

"해리, 우리 해리로구나!" 해리와 루나가 문을 비집고 들
어오자마자 슬러그혼이 우렁찬 목소리로 외쳤다. "들어오너
라, 들어와. 네가 만나 봤으면 하는 사람들이 아주 많단다!"

슬러그혼은 스모킹 재킷(과거 남성들이 입었던 실내용 재
킷으로, 사교 모임에서 담배를 피울 때 입었던 옷이라 이런 이름
이 붙었다—옮긴이)을 걸치고 그에 어울리는 술 장식이 달
린 벨벳 모자를 쓰고 있었다. 슬러그혼은 함께 순간이동이

라도 할 것처럼 해리의 팔을 꽉 움켜잡고 파티 한복판으로 데려갔다. 해리는 루나의 손을 잡고 그녀를 끌고 갔다.

"해리, 엘드리드 워플을 소개하마. 내 옛 제자로 《피를 나눈 형제들: 뱀파이어들과 함께한 나의 삶》의 저자지. 그리고 이쪽은 워플의 친구 상귀니란다."

작고 안경을 쓴 남자, 워플이 해리의 손을 잡고 열정적으로 흔들었다. 키가 크고 눈 밑에 어두운 그림자가 드리워져 수척해 보이는 뱀파이어 상귀니는 그저 고개만 끄덕였다. 그는 약간 지루한 표정이었다. 그의 근처에는 시끌벅적한 여학생 무리가 호기심과 흥분이 가득한 표정을 짓고 서 있었다.

"해리 포터, 만나서 반갑다!" 워플은 눈이 나쁜지 해리의 얼굴을 가까이서 올려다보며 말했다. "지난번 슬러그혼 교수님께 '우리 모두 기다리는 해리 포터 위인전은 어디 있는 거죠?'라고 말했었거든."

"어……." 해리가 말했다. "그러셨어요?"

"호러스 교수님 말씀대로 겸손하네!" 워플이 말했다. "하지만 이건 진심인데……." 그의 태도가 갑자기 사무적으로 바뀌었다. "그 위인전을 내가 직접 쓸 수 있다면 정말 기쁠 거야. 사람들은 너를 조금이라도 더 알고 싶어서 안달이란

다, 애야. 난리도 아니라니까! 몇 차례…… 어디 보자, 한
번에 네다섯 시간쯤 인터뷰에 응해 주기만 한다면, 몇 달
안에 책을 완성할 수 있을 거야. 내가 장담하는데, 네가 할
일은 별로 없어. 진짠지 아닌지 여기 상귀니한테 물어봐
라. *상귀니, 여기 있어!*" 워플이 갑자기 단호하게 외쳤다.
뱀파이어가 상당히 굶주린 눈빛으로 주위에 있는 여학생
들에게 슬금슬금 다가가고 있었던 것이다. "자, 고기 파이
나 먹어." 워플은 지나가는 집요정이 들고 있는 쟁반에서
파이 하나를 집어 상귀니의 손에 쥐여 주더니 다시 해리에
게 관심을 돌렸다.

"애야, 얼마나 많은 돈을 벌 수 있을지 넌 상상도……."

"전혀 관심 없습니다." 해리가 딱 잘라 말했다. "그리고
방금 제 친구를 봐서요. 죄송해요."

그는 루나를 이끌고 사람들 사이로 들어갔다. 친구를 봤
다는 말은 사실이었다. 방금 '운명의 세 여신' 멤버로 보이
는 두 사람 사이로 길고 풍성한 갈색 머리가 사라지는 모
습이 보였던 것이다.

"헤르미온느! *헤르미온느!*"

"해리! 너 여기 있었구나. 세상에! 안녕, 루나!"

"무슨 일 있었어?" 해리가 물었다. 헤르미온느의 머리는

방금 악마의 덫 덤불을 간신히 헤치고 나오기라도 한 것처럼 마구 헝클어져 있었다.

"아, 방금 탈출했어. 내 말은, 방금 코맥한테서 빠져나왔다고." 헤르미온느는 그렇게 말했지만 해리가 여전히 영문을 모르겠다는 듯 바라보자 설명을 덧붙였다. "겨우살이 아래에서 말이야."

"그런 녀석이랑 같이 오니까 그런 일을 당하지." 해리가 매정하게 말했다.

"걔랑 오는 게 론을 가장 화나게 하는 일이라고 생각했거든." 헤르미온느가 차분하게 말했다. "재커라이어스 스미스랑 올까도 잠깐 고민했지만, 전반적으로 보기에……."

"스미스를 고려했었다고?" 해리가 경멸스럽다는 듯 소리쳤다.

"그래, 맞아. 차라리 걔를 고를 걸 그랬어. 매클래건에 비하면 그롭도 신사일걸? 이쪽으로 가자, 걔가 오면 보일 거야. 키가 아주 크니까……."

세 사람은 벌꿀술 잔을 집어 들고 연구실 저편으로 자리를 옮겼다가 그곳에 홀로 서 있는 트릴로니 교수를 뒤늦게 발견했다.

"안녕하세요." 루나가 트릴로니 교수에게 공손하게 인사했다.

"잘 지냈니, 애야." 트릴로니 교수가 조금 힘겹게 루나에게 눈의 초점을 맞추며 말했다. 이번에도 요리용 셰리주 냄새가 풀풀 풍겼다. "요즘 수업 시간에 널 못 본 것 같구나……."

"네, 이번 학기에는 피렌지 교수님 수업을 들어요." 루나가 말했다.

"아, 그렇겠지." 트릴로니 교수가 술에 취해 킥킥거리더니 화난 듯 말했다. "그 교수, 아니 내 생각엔 짐말이라고 하는 편이 더 낫겠구나. 이젠 내가 학교로 돌아왔으니까 덤블도어 교수님이 그 말을 쫓아낼지도 모른다고 생각했지. 안 그렇겠니? 그런데 아니더구나……. 수업을 나눠서 가르치래……. 솔직히 이건 모욕이야. 모욕이라고. 혹시 아는지 모르겠는데……."

트릴로니 교수는 너무 취해 해리를 알아보지 못하는 듯했다. 그녀가 피렌지를 사납게 비난하는 틈을 타 해리는 헤르미온느에게 바짝 다가가서는 말했다. "이건 분명히 해두자. 너, 론한테 파수꾼 선발전에서 네가 손썼다는 얘길 할 생각이야?"

헤르미온느가 눈썹을 치켜떴다.

"넌 정말 내가 그렇게 치사한 짓을 할 거라고 생각해?"

해리는 날카롭게 그녀를 바라보았다.

"헤르미온느, 매클래건한테 데이트 신청을 할 정도라면…….."

"그건 전혀 다른 문제야." 헤르미온느가 도도하게 말했다. "파수꾼 선발전에서 무슨 일이 일어났든 안 일어났든 론한테 말해 줄 생각은 전혀 없네요."

"좋아." 해리가 열렬하게 호응하며 말했다. "혹시라도 네가 이야기하면 론은 다시 흔들릴 거고, 그럼 우린 다음 시합에서 질지도…….."

"또 퀴디치!" 헤르미온느가 발끈했다. "남자들이 신경 쓰는 건 그것밖에 없니? 코맥도 나에 관한 질문은 한 마디도 하지 않더라, 한 마디도. 나는 조금 전까지 코맥 매클래건이 고안한 놀라운 수비 100가지를 들으며 시달렸어. 끊임없이…… 안 돼, 이쪽으로 온다!"

헤르미온느는 어찌나 빠르게 움직였는지 마치 순간이동이라도 한 것 같았다. 그녀는 한순간 그 자리에 있는가 싶더니 다음 순간에는 시끄럽게 시시덕거리는 두 여자 마법사 사이를 비집고 들어가 사라졌다.

"헤르미온느 봤어?" 잠시 후 매클래건이 사람들 사이를 헤치고 다가와 물었다.

"못 봤어. 미안." 해리는 그렇게 말하고 재빨리 고개를 돌려 루나의 대화에 끼어들었다. 루나가 누구와 이야기하고 있는지 깜빡 잊었던 것이다.

"해리 포터!" 트릴로니 교수가 그제야 그를 알아보고 나직이 떨리는 목소리로 말했다.

"어, 안녕하세요." 해리가 시큰둥하게 말했다.

"이런 세상에, 얘야!" 그녀는 매우 잘 들리는 목소리로 속삭였다. "그 소문들이며! 이야기하며! 선택받은 자라니! 나는 당연히 아주 오래전부터 알고 있었어……. 징조가 좋았던 적은 한 번도 없었단다, 해리……. 그런데 왜 점술 수업을 다시 듣지 않는 거니? 누구보다도 너한테는 그 과목이 굉장히 중요한데!"

"아, 시빌. 우리 모두 자기 과목이 가장 중요하다고 생각하지 않나!" 커다란 목소리가 들리더니 트릴로니 교수의 맞은편에서 슬러그혼이 나타났다. 그는 붉게 달아오른 얼굴로 벨벳 모자를 삐뚜름하게 쓴 채 한 손에는 벌꿀술 잔을, 다른 손에는 커다란 민스 파이(말린 과일, 향신료 등을 넣어 만든 영국의 크리스마스 파이―옮긴이)를 들고 있었다. "하지만 마법약에 이토록 천부적인 재능을 보인 아이는 한 번도 본 적이 없는 것 같아!" 슬러그혼이 충혈되긴 했지만 애정이 가득한 눈으로 해리를 바라보며 말했다. "타고났달까, 자기 어머니랑 똑같더군! 이 정도 소질이 있는 학생은 몇 명밖에 가르쳐 본 적이 없어. 그건 장담하네, 시빌. 글쎄, 세베루스라도……."

끔찍하게도, 마치 슬러그혼이 팔을 뻗어 허공에서 스네이프를 끄집어낸 것 같았다.

"살금살금 돌아다니지 말고 이리 와서 함께하지, 세베루스!" 슬러그혼이 기분 좋게 딸꾹질을 했다. "방금 해리의 비범한 마법약 제조 실력에 대해 얘기하고 있었어! 물론 어느 정도의 공은 자네에게도 돌려야겠지. 자네가 5년 동안 가르쳤으니!"

스네이프는 슬러그혼이 어깨에 두른 팔 때문에 꼼짝할 수 없는 상태에서 검은 두 눈을 가늘게 뜨고 해리를 바라보았다.

"이상하군요, 저는 포터에게 뭘 가르쳤다고 느낀 적이 단 한 번도 없는데."

"뭐, 그렇다면 타고난 재능이로군!" 슬러그혼이 소리쳤다. "이 녀석이 나한테 뭘 제출했는지 자네도 봤어야 해. 첫 수업에서 살아 있는 죽음의 물약을 만들었는데, 첫 시도에 그 약을 해리보다 완벽하게 만들어 낸 학생은 없었어. 세베루스 자네라도 그렇게 못 했을걸……."

"정말입니까?" 스네이프가 여전히 해리를 꿰뚫을 듯 바라보며 나지막이 물었다. 해리는 조금 불안해졌다. 해리가 세상에서 가장 바라지 않는 일이 있다면, 그가 마법약에서 새롭게 발휘하게 된 재능의 근원을 스네이프가 조사하는 것이었다.

"다른 과목은 또 뭘 듣고 있다고 했지, 해리?" 슬러그혼이 물었다.

"어둠의 마법 방어법을 듣고 있습니다. 또 일반 마법이랑 변환 마법이랑 약초학……."

"한 마디로, 모두 오러가 되기 위한 과목들이로군." 스네이프가 보일 듯 말 듯 비웃음을 머금고 말했다.

"네, 뭐, 그게 제가 되고 싶은 거거든요." 해리가 반항하듯 내뱉었다.

"너는 아주 훌륭한 오러가 될 게다!" 슬러그혼이 우렁찬 목소리로 화답했다.

"난 네가 오러가 되면 안 될 것 같아, 해리." 루나가 예상치 못한 말을 내뱉었다. 모두가 그녀를 바라보았다. "오러들은 로트팽 음모와 관련이 있어. 그건 다들 알고 있을걸.

오러들은 어둠의 마법과 잇몸병을 결합시켜서 마법 정부
를 안에서부터 무너뜨리려 하고 있어."

해리는 웃음이 터지는 바람에 벌꿀술을 절반이나 코로
들이켜고 말았다. 정말이지, 이 한 마디만으로도 루나를
이곳으로 데려온 보람이 있었다. 해리는 옷이 푹 젖은 채
콜록콜록 기침을 해 대면서도 씩 웃으며 잔에서 얼굴을 들
었다. 그를 더욱 기분 좋게 만들어 줄 광경이 눈에 들어왔
다. 드레이코 말포이가 아거스 필치에게 귀를 붙잡힌 채
끌려오고 있었다.

"슬러그혼 교수님." 필치가 쌕쌕거렸다. 턱살이 덜덜 떨
렸고 튀어나온 두 눈은 말썽거리를 찾아내려는 광기로 번득
였다. "이 녀석이 위층 복도에 숨어 있는 걸 발견했는데, 자
기가 교수님 파티에 초대받았다는 겁니다. 출발이 좀 늦었
을 뿐이라면서요. 이 녀석한테 초대장을 보내신 게 맞나요?"

말포이는 잔뜩 화가 난 표정을 지으며 필치의 손아귀에
서 벗어났다.

"그래요, 초대 못 받았어요!" 그가 성난 목소리로 외쳤
다. "초대도 못 받은 주제에 그냥 들어가려고 한 거예요.
이제 만족해요?"

"아니, 그럴 리가!" 필치가 말했다. 그 말과는 달리 그의

얼굴에는 만족한 기색이 역력했다. "너 이제 큰일 났다, 큰일 났어! 교장 선생님께서 허락 없이는 밤에 어슬렁거리지 말라고 하시지 않았나? 응?"

"괜찮네, 아거스. 괜찮아." 슬러그혼이 손을 내저으며 말했다. "오늘은 크리스마스 아닌가. 파티에 오고 싶어 하는 게 잘못은 아니지. 이번 한 번만 눈감아 주도록 하지. 여기 있어도 된다, 드레이코."

예상한 그대로 필치는 화가 머리끝까지 나고 실망한 얼굴이었다. 하지만 왜 말포이도 똑같이 불쾌한 표정을 짓고 있는 건지 해리는 의아했다. 그리고 왜 스네이프는 화가 난 동시에 약간 두려워하는 표정으로 말포이를 바라보고 있는 걸까? ……그게 가능한 일일까?

하지만 해리가 방금 본 광경을 머릿속으로 정리하기도 전에, 필치는 돌아서더니 숨죽여 뭔가를 중얼거리면서 발을 질질 끌며 가 버렸다. 말포이는 표정을 가다듬고 미소를 지으며 슬러그혼의 너그러운 결정에 감사 인사를 하고 있었고, 스네이프의 얼굴은 그 특유의 가늠할 수 없는 얼굴로 되돌아와 있었다.

"아무것도 아니다, 아무것도 아니야." 슬러그혼이 말포이의 감사 인사에 손을 내저으며 말했다. "어쨌든 난 네 할

아버지와 아는 사이였단다."

"할아버지께서는 항상 교수님을 아주 훌륭한 분이라고 말씀하셨어요." 말포이가 재빨리 덧붙였다. "교수님이야말로 할아버지가 알고 있는 최고의 마법약 제조가라고 하셨죠."

해리는 말포이를 빤히 바라보았다. 해리의 관심을 자극한 건 그의 아첨이 아니었다(말포이가 스네이프에게 알랑거리는 걸 오랫동안 지켜봐 왔으니까). 말포이는 실제로 약간 아파 보였다. 말포이를 이렇게 가까이서 본 건 아주 오랜만이었다. 이제 보니 눈 밑에 어두운 그림자가 드리워져 있고 얼굴빛은 눈에 띄게 어두웠다.

"잠깐 얘기 좀 하자, 드레이코." 스네이프가 불쑥 말했다.

"아, 왜 그러나, 세베루스." 슬러그혼이 다시 딸꾹질을 하며 말했다. "크리스마스잖아. 너무 엄하게 다루지 말게나."

"저는 이 아이의 기숙사 담임 교수입니다. 엄하게 다룰지 말지는 제가 판단할 문제입니다." 스네이프가 딱 잘라 말했다. "따라와라, 드레이코."

스네이프가 앞장서자 말포이는 분하다는 표정을 지으며 그 뒤를 따랐다. 해리는 확신이 서지 않아 그 자리에 잠시 서 있다가 말했다. "금방 돌아올게, 루나. 어…… 화장실

갔다가."

"알았어." 루나가 명랑하게 말했다. 재빨리 사람들 사이를 비집고 들어가는 해리의 귀에 루나가 로트팽 음모에 대해 진심으로 관심을 보이는 듯한 트릴로니 교수와 다시 이야기를 나누는 소리가 언뜻 들려왔다.

일단 파티장을 빠져나오자 복도에 오가는 사람이 없었기에 주머니에서 투명 망토를 꺼내 뒤집어쓰는 일은 간단했다. 스네이프와 말포이를 찾는 일은 그보다 어려웠다. 해리는 복도를 따라 달렸다. 등 뒤 슬러그혼의 연구실에서 흘러나오는 음악 소리와 시끄러운 말소리에 그의 발소리가 묻혔다. 아마도 스네이프는 말포이를 지하 감옥에 있는 자기 연구실로 데려갔을 것이다……. 아니면 슬리데린 휴게실로 돌려보냈을지도……. 해리는 복도를 달려가면서 보이는 문마다 귀를 대 보았고, 마침내 엄청난 흥분을 느끼며 복도 맨 끝에 있는 교실의 열쇠 구멍 앞에 웅크리고 안에서 들려오는 말소리를 들었다.

"……실수를 저지를 여유는 없다, 드레이코. 네가 퇴학당한다면……."

"전 그 일과 아무 상관 없다니까요! 네?"

"네 말이 사실이기를 바란다. 왜냐면 그건 서툴면서도

멍청한 행동이었으니까. 넌 이미 이 일에 관여했다는 의심을 받고 있어."

"누가 절 의심한다는 거죠?" 말포이가 화를 냈다. "마지막으로 말하는데 제가 한 일이 아니라고요. 아시겠어요? 그 벨이라는 여자애한테 아무도 모르는 적이 있었던 게 틀림없어요. ……그런 식으로 보지 마세요! 교수님이 뭘 하고 있는지 알아요. 전 바보가 아니라고요. 하지만 통하지 않을 거예요. 전 막을 수 있어요!"

잠시 침묵이 흐른 뒤 스네이프가 조용히 입을 열었다. "아…… 벨라트릭스 이모가 너에게 오클루먼시를 가르치고 있나 보구나. 알겠다. 네 주인에게까지 감추려는 생각이 뭐지, 드레이코?"

"저는 그분한테 감추는 거 아무것도 없어요. 그냥 교수님이 끼어드는 게 싫은 거라고요!"

해리는 열쇠 구멍에 귀를 더욱 가까이 갖다 댔다. 무슨 일이 있었기에 말포이가 스네이프에게 저런 태도로 말하게 된 걸까? 말포이는 항상 스네이프에게 존경심을 보이고 심지어 좋아하지 않았던가?

"그래서 이번 학기 내내 날 피한 거냐? 내 간섭이 두려워서? 이것만 알아 둬라. 드레이코, 내가 연구실로 여러

번 불렀는데도 오지 않은 게 네가 아니라 다른 아이였다
면……."

"그럼 방과 후 징계나 주시죠! 덤블도어한테 보고하든
지!" 말포이가 피식 비웃었다.

또 한 번 짧은 침묵이 흘렀다. 잠시 후 스네이프가 말했
다. "너는 내가 둘 중 어느 것도 하고 싶어 하지 않는다는
걸 확실히 알고 있다."

"그럼 저더러 교수님 연구실로 오라는 말은 그만하시는
게 좋겠네요!"

"잘 들어라." 스네이프가 말했다. 그의 목소리가 굉장히
나직해져서 해리는 열쇠 구멍에 귀를 더욱 바짝 갖다 대야
했다. "나는 널 도와주려는 거다. 네 어머니에게 널 보호하
겠다고 맹세했다. 깨뜨릴 수 없는 맹세를 했단 말이다, 드
레이코."

"그럼 그 맹세를 깨셔야 할 것 같은데요. 전 교수님 보호
따위 필요 없거든요! 이건 제 일이에요. 그분이 저한테 일
을 맡기셨고 전 그 일을 해낼 거라고요. 계획도 세워 났고,
그 계획은 통할 거예요. 그저 생각했던 것보다 시간이 좀
더 걸리는 것뿐이에요!"

"네 계획이란 게 뭐지?"

"그건 교수님이 알 바 아니죠!"

"네가 뭘 하려는 건지 말해 준다면 내가 도와줄 수……."

"감사하지만, 필요한 도움은 다 받고 있어요. 전 혼자가 아니거든요!"

"오늘 밤에 넌 분명 혼자였다. 정말 어리석은 짓을 벌였지. 망을 보거나 도와줄 사람도 없이 혼자서 복도를 돌아다니다니, 그건 아주 초보적인 실수……."

"교수님이 크래브랑 고일한테 방과 후 징계를 주지 않았다면 걔들하고 같이 있었겠죠!"

"목소리 낮춰라!" 흥분한 말포이가 목소리를 높이자 스네이프가 쏘아붙였다. "네 친구인 크래브와 고일은 지금보다 더 열심히 공부하지 않으면 이번 어둠의 방어법 O.W.L.을 통과하기가……."

"그게 무슨 소용이에요?" 말포이가 말했다. "어둠의 마법 방어법이라니, 다 장난질일 뿐이잖아요? 쇼 아니냐고요. 우리 중에 어둠의 마법을 방어해야 하는 사람이 있기나 해요?"

"이 쇼는 우리의 성공에 매우 중요한 일이다, 드레이코!" 스네이프가 말했다. "내가 쇼를 할 줄 몰랐다면 그 모든 세월 동안 어디에 있었을 거라고 생각하는 거냐? 지금부터

내 말 잘 들어라! 밤에 쏘다니다가 붙잡히는 건 경솔한 짓이다. 그리고 크래브나 고일 같은 친구들에게 기대고 있다면……."

"걔들이 전부가 아니에요. 제 편에는 다른 사람들도 있어요. 더 나은 사람들요!"

"그렇다면 나한테 털어놓는 건 어떠냐? 그럼 내가……."

"전 교수님이 뭘 꾸미고 있는지 알아요! 제가 얻은 영예를 훔쳐 가려는 거죠!"

또 한 번 침묵이 흐른 뒤 스네이프가 차갑게 말했다. "어린애처럼 말하는구나. 네 아버지가 체포당해 갇혀 있으니 화가 난 것도 이해하지만……."

해리는 아슬아슬하게 들키지 않을 수 있었다. 문 맞은편에서 말포이의 발소리가 들리나 싶더니 문이 벌컥 열리는 순간에야 비켜섰던 것이다. 말포이는 복도를 성큼성큼 걸어가다가 문이 열려 있는 슬러그혼의 연구실을 그대로 지나쳐 저 멀리 모퉁이를 돌아 보이지 않는 곳으로 사라졌다.

해리는 감히 숨도 쉬지 못한 채 스네이프가 교실에서 천천히 나올 때까지 한껏 웅크리고 있었다. 스네이프는 의미를 읽을 수 없는 표정을 지으며 파티 장소로 돌아갔다. 해리는 머릿속이 바쁘게 돌아가는 가운데 투명 망토를 뒤집어쓰고 바닥에 주저앉아 있었다.

16장
몹시 추운 크리스마스

"그러니까 스네이프가 걜 도와주겠다고 했단 말이야? 확실히 걔를 도와주겠다고 제안했다고?"

"한 번만 더 물어보면……." 해리가 말했다. "이 방울양배추를 쑤셔 넣을……."

"그냥 확인하는 거야!" 론이 말했다. 그들은 버로의 싱크대 앞에 서서 위즐리 부인을 도와 산더미처럼 쌓인 방울양배추를 다듬고 있었다. 창밖에는 눈발이 휘날리고 있었다.

"그래, 스네이프가 걔를 도와주겠다고 했어!" 해리가 말했다. "말포이의 어머니한테 걜 지켜 주겠다고 약속했대. 깨뜨릴 수 없는 서약인지 뭔지를 했다면서……."

"깨뜨릴 수 없는 맹세?" 론이 충격받은 표정으로 말했다. "아니, 그럴 리가…… 확실해?"

"응, 확실해." 해리가 말했다. "왜? 그게 무슨 뜻인데?"

"뭐, 깨뜨릴 수 없는 맹세는 말 그대로 깨뜨릴 수가 없어……."

"거 참 이상하네, 그 정도는 나 혼자서도 알아냈거든? 그래서 맹세를 깨뜨리면 어떻게 되는데?"

"죽어." 론이 간단하게 대답했다. "내가 다섯 살 때 프레드랑 조지가 나한테 그 맹세를 시키려고 한 적이 있어. 하마터면 성공할 뻔했지. 내가 프레드랑 손도 잡고 할 거 다 하고 있는데 아빠가 우릴 발견했어. 미치고 팔짝 뛰시더라." 론이 추억에 잠긴 듯 몽롱한 눈으로 말했다. "아빠가 엄마처럼 화를 내는 걸 본 건 그때뿐이었어. 프레드는 그때 이후로 자기 왼쪽 엉덩이가 예전 같지 않다고 하더라."

"뭐, 그래. 프레드의 왼쪽 엉덩이 얘기는 건너뛰고……."

"뭐라고 했냐?" 프레드의 목소리가 들리면서 쌍둥이가 부엌으로 들어왔다.

"아아, 조지. 이것 좀 봐. 얘들은 칼을 쓰네. 불쌍해라."

"두 달하고 조금만 더 있으면 나도 열일곱 살이 돼." 론이 부루퉁하게 말했다. "그때는 나도 마법으로 할 수 있어!"

"하지만 그때까지는……." 조지가 의자에 앉아 부엌 식탁에 두 발을 올려놓으며 말했다. "우린 네가 칼을 올바르게 사용하는 모습을 즐겁게 지켜볼…… 어이쿠, 저런."

"형 때문에 베었잖아!" 론이 칼에 베인 엄지손가락을 빨면서 화난 목소리로 말했다. "두고 봐, 내가 열일곱 살만 되면……."

"전혀 예상치 못한 마법 솜씨로 우리를 깜짝 놀라게 해 줄 거라 믿는다." 프레드가 쩍 하품을 했다.

"그리고 지금껏 예상하지 못한 솜씨 얘기가 나와서 말인데, 로널드." 조지가 말했다. "우리가 지니한테 들은 얘기가 있어서 말이지. 이름이 뭐더라…… 우리가 들은 정보에 따르면, 라벤더 브라운? 그 아가씨랑은 무슨 일이야?"

론은 얼굴을 약간 붉혔지만 방울양배추 쪽으로 돌아섰을 때는 그다지 기분 나쁜 표정이 아니었다.

"무슨 일은, 내 일이지."

"와, 진짜 웃기다." 프레드가 말했다. "도대체 저런 말장난은 어떻게 생각해 내는지 모르겠네. 아니, 내 말은…… 어쩌다 그렇게 된 거야?"

"무슨 뜻이야?"

"걔, 사고라도 당한 거냐?"

"뭐라고?"

"그렇잖아, 뇌에 그런 심각한 손상을 입고 어떻게 살아 있을 수 있냐고. 야, 조심해!"

위즐리 부인은 마침 부엌으로 들어오다가 론이 방울양배추를 다듬던 칼을 프레드에게 던지는 모습을 보았다. 프레드는 느긋하게 마법 지팡이를 한 번 탁 튕겨 칼을 종이비행기로 바꿔 버렸다.

"론!" 그녀가 화를 내며 소리쳤다. "또 한 번 칼을 던지다 걸렸다간 봐라!"

"안 그럴게요." 론이 말했다. "안 걸리겠다는 말이야." 그는 산처럼 쌓인 방울양배추를 향해 돌아서서 숨죽여 덧붙였다.

"프레드, 조지, 얘들아. 미안하지만 오늘 밤에 리머스가 오기로 했단다. 그러니 너희는 빌하고 같이 끼어서 자야 할 것 같아!"

"나쁠 거 없죠." 조지가 말했다.

"찰리는 안 오니까 해리랑 론은 다락방에 있으면 되고, 플뢰르가 지니랑 방을 같이 쓰면⋯⋯."

"⋯⋯지니가 크리스마스 기분을 제대로 내겠는데요." 프레드가 중얼거렸다.

"……모두 편안하게 지낼 수 있을 거야. 뭐, 어쨌든 다들 침대는 있잖니." 위즐리 부인이 약간 지친 목소리로 말했다.

"그럼 퍼시는 그 못생긴 얼굴을 확실히 안 보여 주는 거죠?" 프레드가 물었다.

위즐리 부인은 등을 돌리고 대답했다.

"그래, 걘 바쁘잖니. 정부 일 때문에."

"아니면 이 세상 제일가는 머저리거나." 위즐리 부인이 부엌을 나가자 프레드가 중얼거렸다. "두 명의 최고 머저리 중 하나라고 해야 하나? 뭐, 그럼 가자, 조지."

"형들은 이제 뭐 할 거야?" 론이 물었다. "이 방울양배추 다듬는 것 좀 도와주면 안 돼? 지팡이 한 번만 휘두르면 되잖아. 그럼 우리도 자유로워질 텐데!"

"아니, 그럴 수는 없을 것 같아." 프레드가 진지하게 말했다. "인격 수양에 아주 도움이 되는 일이거든. 마법을 쓰지 않고 방울양배추 다듬는 방법을 배우는 것 말이야. 머글들과 스큅들이 얼마나 어렵게 사는지 제대로 깨닫게 해주지."

"……그리고 누군가의 도움을 받고 싶다면, 론." 조지가 종이비행기를 그에게 날려 보내며 덧붙였다. "나 같으면 그 사람한테 칼을 던지지는 않을 거야. 너에게 해 주는 작은 조언이다. 우리는 마을에 갈 생각이야. 신문 가판대에서 일하는 아주 예쁜 여자애가 있는데, 내 카드 묘기를 정말 신기해하더라고……. 진짜 마법 같다고 생각하더라니까…….”

“재수 없는 인간들.” 론은 프레드와 조지가 눈 내리는 마당을 가로질러 가는 모습을 지켜보며 험악하게 말했다. “도와주면 10초밖에 안 걸렸을 거고, 그럼 우리도 갈 수 있었을 텐데.”

“난 못 가.” 해리가 말했다. “여기 머무는 동안 딴 데 돌아다니지 않겠다고 덤블도어 교수님한테 약속했거든.”

“아, 그래.” 론이 말했다. 그는 방울양배추 몇 개를 더 다듬고 난 다음 물었다. “스네이프랑 말포이가 한 얘기를 덤블도어한테 말할 거야?”

“응.” 해리가 말했다. “그걸 막을 수 있는 사람이라면 누구한테든 말할 거야. 덤블도어 교수님은 후보 명단 맨 위에 있지. 너희 아빠한테도 말씀드려 볼까 해.”

“근데 말포이가 정말로 뭘 꾸미고 있는지 못 들은 게 안타깝다.”

“들을 수가 없었잖아? 그게 중요한 거야. 걔가 스네이프한테도 말하지 않으려 했다는 것.”

잠깐 침묵이 흐른 뒤 론이 말했다. "물론, 다들 뭐라고 할지는 알고 있지? 아빠랑 덤블도어랑 다들 말이야. 스네이프는 정말로 말포이를 도우려는 게 아니라 말포이가 무슨 일을 꾸미는지 알아내려 한 거라고 말할걸?"

"스네이프가 뭐라고 했는지 못 들어서 그래." 해리가 딱 잘라 말했다. "누구도 그렇게까지 연기를 잘할 수는 없어. 아무리 스네이프라도."

"그래…… 그냥 그렇다고." 론이 말했다.

해리는 얼굴을 찡그리며 론을 똑바로 쳐다보았다.

"너는 내가 맞다고 생각하는 거지?"

"아, 당연하지!" 론이 서둘러 말했다. "진짜야, 맞다고 생각해! 하지만 다들 스네이프가 기사단의 일원이라고 믿고 있잖아?"

해리는 아무 말도 하지 않았다. 론이 한 말이야말로 해리가 발견한 새로운 증거에 대한 가장 강력한 반박이 될 거라는 건 이미 예상하고 있었다. 지금 이 순간에도 헤르미온느의 목소리가 귀에 들리는 것 같았다.

'당연히 스네이프는 말포이를 속여서 무슨 속셈인지 알아내려고 도움을 주는 척한 거야, 해리.'

하지만 그건 순전히 해리의 상상일 뿐, 그는 엿들은 내

용을 헤르미온느에게 말해 줄 기회조차 없었다. 헤르미온
느는 그가 돌아오기 전에 슬러그혼의 파티에서 사라졌다.
적어도, 잔뜩 화가 난 매클래건은 그렇게 말했다. 그리고
해리가 휴게실로 돌아왔을 때쯤 그녀는 이미 잠자리에 든
뒤였다. 그와 론은 다음 날 일찍 버스로 떠나야 했기 때문
에, 헤르미온느에게 크리스마스 인사를 한 다음 연휴가 끝
나고 돌아오면 아주 중요한 소식을 알려 주겠다는 말밖에
할 수 없었다. 하지만 그녀가 그의 말을 들었는지는 확신
할 수 없었다. 그 순간 론과 라벤더가 해리의 등 뒤에서 말
이 전혀 필요 없는 작별 인사를 나누고 있었기 때문이다.

　어쨌든 헤르미온느조차 부정하지 못할 한 가지 사실은,
말포이가 분명 무슨 일인가 꾸미고 있으며 스네이프가 그
사실을 알고 있다는 것이었다. 해리는 이미 론에게도 몇
차례 말했듯이 "내가 뭐랬어?"라고 말하는 게 아주 정당하
다는 기분이 들었다.

　위즐리 씨가 정부에서 아주 늦게까지 일했기에 해리는
그와 이야기를 나눌 시간이 없었다. 그렇게 크리스마스이
브 밤이 되었다. 위즐리 가족과 손님들은 거실에 앉아 있
었다. 지니가 거실을 어찌나 요란하게 장식해 놨는지 꼭
색종이 사슬이 폭발하는 한복판에 앉아 있는 것 같았다.

오직 프레드와 조지, 해리와 론만이 나무 꼭대기에 얹힌
천사가 실은 정원에서 잡아 온 땅요정이라는 것을 알고 있
었다. 크리스마스 저녁 식사에 쓸 당근을 뽑던 프레드의
발목을 물었다가 기절 마법에 맞은 땅요정이었다. 온몸에
금칠을 한 채 등에 조그만 날개를 붙이고 작디작은 발레복
을 억지로 껴입은 땅요정이 모두에게 빛을 비춰 주었다.
감자처럼 울퉁불퉁한 커다란 대머리에 발에는 털이 북슬
북슬한 이 녀석은 해리가 여태껏 본 천사 가운데 가장 징
그러운 천사였다.

　그들은 모두 위즐리 부인이 가장 좋아하는 가수인 셀레
스티나 워벡의 크리스마스 방송을 들어야 했다. 커다란 목
재 라디오에서 그녀의 목소리가 흘러나오고 있었다. 플뢰
르는 셀레스티나를 아주 따분하게 생각했는지 한쪽 구석
에서 큰 소리로 떠들어 댔고, 그 때문에 위즐리 부인이 도
끼눈을 뜨고 마법 지팡이로 볼륨을 높이는 바람에 셀레스
티나의 목소리 또한 점점 커졌다. '뜨겁고 강렬한 사랑으
로 가득 찬 솥단지'라는 유난히 요란한 곡이 흘러나오는
틈을 타 프레드와 조지와 지니는 폭발하는 카드 게임을 시
작했다. 론은 한 수 배우고 싶은 듯 끊임없이 빌과 플뢰르
에게 은밀한 눈길을 보냈다. 한편, 어느 때보다도 야위고

몹시 지쳐 보이는 리머스 루핀은 셀레스티나의 목소리가 들리지 않는 듯 벽난로 앞에 앉아 불 속을 골똘히 들여다 보고 있었다.

"아, 이리로 와서 내 솥을 저어 주세요.
제대로 저어 준다면
내가 뜨겁고 강렬한 사랑을 끓여 드릴게요,
오늘 밤 당신의 온기를 지켜 줄 사랑을."

"우린 열여덟 살 때 이 곡에 맞춰서 춤을 췄단다!" 위즐리 부인이 뜨개질감으로 눈가를 훔치며 말했다. "기억나, 아서?"

"으음?" 귤을 까다가 꾸벅꾸벅 졸고 있던 위즐리 씨가 말했다. "아, 맞아……. 기막히게 좋은 곡이지."

그는 앉은 채로 힘겹게 몸을 약간 펴고 옆에 있는 해리를 돌아보았다.

"미안하다." 셀레스티나가 후렴구를 부르기 시작하자 그는 라디오 쪽을 고개로 휙 가리키며 말했다. "곧 끝날 거야."

"괜찮아요." 해리가 씩 웃으며 말했다. "정부 일 때문에 바쁘셨죠?"

"굉장히 바빴지." 위즐리 씨가 말했다. "조금이라도 진척이 있으면 상관없다만, 지난 두 달 동안 셋을 체포했는데 그중에 진짜 죽음을 먹는 자가 한 사람이라도 있는지 잘 모르겠어. ······딴 데 가서는 이런 얘기 하면 안 된다, 해리." 그는 정신이 번쩍 든 듯 재빨리 덧붙였다.

"정부가 스탠 션파이크를 아직까지 붙잡아 둔 건 아니죠?" 해리가 물었다.

"유감이지만 그렇단다." 위즐리 씨가 말했다. "덤블도어 교수님이 스크림저 총리에게 스탠에 대해서 직접 호소하신 걸로 아는데······. 내 말은, 누구든 실제로 스탠을 취조해 본 사람이라면 그 녀석이 죽음을 먹는 자일 가능성은 이 귤이 죽음을 먹는 자일 가능성과 같다는 걸 알 텐데 말이지. 하지만 최고위급들은 뭔가 진척이 있는 것처럼 보이고 싶어 하고, '세 건의 체포'는 '세 건의 잘못된 체포와 석방'보다 그럴듯하게 들리니까. 아무튼, 이건 전부 일급비밀이다."

"한 마디도 안 할게요." 해리가 말했다. 그는 하고 싶은 말을 어떻게 꺼내야 할지 몰라 잠시 망설였다. 해리가 생각을 정리하고 있는데 셀레스티나 워벡이 '당신이 내 심장을 마법으로 빼앗았어'라는 발라드를 부르기 시작했다.

"위즐리 아저씨, 학교로 출발할 때 제가 기차역에서 드렸던 말씀 기억하세요?"

"확인해 봤다, 해리." 위즐리 씨가 곧바로 말했다. "내가 직접 말포이네 집을 수색했어. 망가진 것이든 성한 것이든, 거기 있어서는 안 될 물건이라고는 하나도 없었다."

"네, 알아요. 아저씨가 찾아보셨다는 얘기는 《예언자일보》에서 봤어요……. 근데 이건 좀 다른 일이에요……. 뭐랄까, 좀 더……."

그는 말포이와 스네이프 사이에 오간 대화를 위즐리 씨에게 모두 들려주었다. 해리는 그 이야기를 하면서 루핀이 고개를 살짝 돌려 그의 말 한 마디 한 마디에 귀 기울이는 모습을 보았다. 해리가 말을 마치자 셀레스티나의 사랑 노래만 들렸다.

"아, 내 불쌍한 심장아, 어디로 갔니?
주문 한 번에 나를 떠나고 말았구나……."

"혹시 생각해 봤니, 해리?" 위즐리 씨가 물었다. "스네이프 교수가 그런 척……."

"말포이가 무슨 속셈인지 알아보려고 가짜로 도움을 주는 척한 거라고요?" 해리가 재빨리 대꾸했다. "네, 그렇게 말씀하실 줄 알았어요. 하지만 우리가 그걸 어떻게 알겠어요?"

"그걸 알고 말고는 우리 일이 아니다." 뜻밖에도 루핀이 말했다. 이제 그는 벽난로를 등진 채 위즐리 씨를 사이에 두고 해리를 마주 보고 있었다. "그건 덤블도어 교수님의 일이지. 덤블도어 교수님은 세베루스를 믿고 계셔. 우리 모두에게 그거면 충분하다."

"하지만……." 해리가 말했다. "혹시라도…… 혹시라도 덤블도어 교수님이 스네이프를 잘못 알고 계신 거라면……."

"이미 여러 차례 그런 말들이 있었지. 문제는 네가 덤블도어 교수님의 판단을 신뢰하느냐 마느냐로 귀결된다. 나는 덤블도어 교수님을 믿어. 그러니까, 세베루스도 믿는다."

"하지만 덤블도어 교수님도 실수는 할 수 있잖아요." 해리가 반박했다. "덤블도어 교수님이 직접 그렇게 말씀하셨어요. 그런데 교수님은……."

그는 루핀의 눈을 똑바로 쳐다보았다.

"……솔직히 스네이프를 좋아하세요?"

"나는 세베루스를 좋아하지도, 싫어하지도 않는다." 루핀이 말했다. "정말이야, 해리. 난 사실을 말하는 거다." 해리가 못 믿겠다는 표정을 짓자 그가 덧붙였다. "아마 우리 가 진실로 절친한 친구가 되는 일은 절대 없을 거다. 제임 스와 시리우스, 세베루스 사이에 그런 일들이 있었으니 당 연히 쓰라린 상처가 너무 많이 남았겠지. 하지만 호그와트 에서 가르쳤던 한 해 동안 나는 세베루스가 매달 완벽한 투구꽃 마법약을 만들어 준 것을 잊지 않았어. 그 덕분에 보름달이 떴을 때 늘 겪어야 했던 고통을 피할 수 있었다."

"하지만 스네이프는 교수님이 늑대인간이라는 사실을 '실수로' 흘렸잖아요. 그 때문에 교수님은 학교를 떠나야 했고요!" 해리가 화를 내며 말했다.

루핀은 어깨를 으쓱했다.

"그 사실은 어떤 식으로든 새어 나갈 수 있었어. 우리 둘 다 세베루스가 내 자리를 원했다는 걸 알고 있잖니. 세베 루스는 마법약에 손을 대서 나한테 훨씬 심각한 피해를 끼 칠 수도 있었어. 그런데 날 무사히 지켜 줬지. 내 입장에선 고마워하는 게 도리야."

"덤블도어 교수님 코앞에서 감히 마법약에 장난을 칠 수 는 없었겠죠!" 해리가 말했다.

"너는 스네이프를 미워하기로 작정한 모양이구나, 해 리." 루핀이 희미한 미소를 지으며 말했다. "이해한다. 아버지인 제임스와 대부인 시리우스에게서 해묵은 편견을 물려받았겠지. 그래, 아서와 나한테 했던 얘기를 덤블도어 교수님께 말씀드려라. 하지만 그분이 이 문제를 너와 똑같이 바라볼 거라고 기대하진 마. 네가 하는 말에 그분이 놀라실 거라고도 생각하지 말고. 세베루스는 덤블도어 교수님의 명령을 받고 드레이코를 조사하려 한 것일지도 모르니까."

"……그런데 이제 당신이 그 심장을 찢어 놓았으니 부디 돌려주세요!"

셀레스티나가 아주 긴 고음으로 노래를 마치자 라디오에서 큰 박수 소리가 터져 나왔다. 위즐리 부인도 그 갈채에 열정적으로 동참했다.

"끝났나요?" 플뢰르가 큰 소리로 말했다. "세상에, 저렁 끔찍한……."

"그럼 자기 전에 한잔할까?" 위즐리 씨가 벌떡 일어나며 활기차게 물었다. "에그노그 마실 사람?"

"최근엔 뭘 하셨어요?" 위즐리 씨가 부산스럽게 에그노그를 가지러 가고 다른 사람들은 기지개를 켜면서 대화를 시작하자 해리가 루핀에게 물었다.

"아, 잠복근무를 했다." 루핀이 말했다. "말 그대로 숨어 있었지. 그래서 편지를 못 쓴 거란다, 해리. 너한테 편지를 보내면 티가 났을 거야."

"무슨 뜻이에요?"

"나는 내 동료들, 나와 같은 사람들 사이에서 지냈다." 루핀이 말했다. "늑대인간들 말이야." 이해하지 못하겠다는 해리의 표정을 보고 그가 덧붙였다. "늑대인간들은 대부분 볼드모트 편이야. 덤블도어 교수님에겐 스파이가 필요했는데 내가 적임자잖니. 이미 완성품이니까."

약간 씁쓸한 목소리였다. 말을 이으면서 좀 더 따뜻한 미소를 지은 걸 보면 아마 그 사실을 깨달은 듯했다. "불평하는 건 아니야. 꼭 필요한 일이니까. 또 누가 나보다 잘할 수 있겠니? 하지만 그들의 신뢰를 얻는 건 쉬운 일이 아니었어. 내게는 마법사들 사이에서 살아가려고 애쓴 흔적들이 뚜렷하게 남아 있는 반면, 그들은 평범한 사회를 피해 그 주변부에서 살기 위해 도둑질을 하거나…… 때로는 살인까지 저지르니까."

"어째서 늑대인간들이 볼드모트를 좋아하는 거죠?"

"늑대인간들은, 볼드모트의 지배를 받으면 자기들의 생

활이 나아질 거라고 생각해." 루핀이 말했다. "그리고 저 밖에서는 그레이백의 말에 반박하기가 어렵지."

"그레이백이 누군데요?"

"들어 본 적 없니?" 루핀은 갑자기 두 손으로 양 무릎을 꽉 쥐었다. "펜리르 그레이백은 아마 지금 살아 있는 늑대인간 중 가장 사나운 자일 거다. 그자는 가능한 한 많은 사람을 물고 감염시키는 걸 평생의 사명처럼 여기고 있어. 마법사들을 정복할 수 있을 만큼 많은 늑대인간을 만들어 내고 싶어 하지. 볼드모트는 그자에게 충성의 대가로 먹이를 주겠다고 약속했어. 그레이백은 주로 어린아이들을 노린다……. 어릴 때 물어서 부모들과 떼어 놓고 보통의 마법사들을 싫어하도록 기르는 거지. 볼드모트는 그레이백을 시켜서 자식들을 물게 하겠다고 사람들을 위협해 왔는데 보통은 효과가 좋았어."

루핀은 잠시 말을 멈췄다가 입을 열었다. "날 문 것도 그레이백이었어."

"뭐라고요?" 해리는 충격을 받았다. "교, 교수님이 어렸을 때 말이에요?"

"그래. 우리 아버지가 그레이백의 기분을 상하게 했거든. 나는 아주 오랫동안 나를 공격한 늑대인간의 정체를 모른 채 심지어 그자를 불쌍하게 여기기도 했어. 스스로를 통제할 수도 없었을 거라 생각했고, 변신한다는 게 어떤 기분인지도 알았으니까. 하지만 그레이백은 그런 게 아니었어. 보름달이 뜨면 놈은 쉽고 빠르게 공격할 수 있도록 목표물 가까이 다가갔어. 모든 걸 계획해 놓지. 볼드모트가 늑대인간들을 모을 때 이용하는 자가 바로 그놈이야. 우리 늑대인간들은 피를 맛볼 자격이 있고 정상적인 사람들에게 복수해야 한다는 그레이백의 주장에 맞서 내 이성적인 주장이 먹혀들었다고는 말할 수 없구나."

"하지만 교수님은 정상적인 사람이에요!" 해리가 열띤 목소리로 말했다. "교수님은 그저…… 그저 골칫거리가 있을 뿐……."

루핀은 웃음을 터뜨렸다.

"가끔 널 보면 제임스 생각이 많이 나. 제임스는 사람들 앞에서 그 일을 두고 '털 문제'라고 불렀단다. 내가 버릇 나쁜 토끼라도 키우는 줄 아는 사람이 많았지."

루핀은 고맙다는 인사와 함께 위즐리 씨에게서 에그노그 잔을 받아 들었다. 기분이 조금 나아진 듯했다. 반면 해리는 가슴속에서 흥분이 치솟는 것을 느꼈다. 아버지 얘기를 듣자 루핀에게 묻고 싶었던 게 떠오른 것이다.

"혼혈 왕자라는 사람에 대해 들어 보신 적 있으세요?"

"혼혈 뭐?"

"왕자요." 해리는 루핀이 알아들은 기색을 보이지 않을까 싶어 그를 유심히 지켜보며 말했다.

"마법사 세계에는 왕자가 없어." 루핀이 이제는 미소를 지으며 말했다. "네가 쓰려는 호칭이니? '선택받은 자'만으로도 충분할 거라 생각했다만."

"저랑은 아무 상관 없어요!" 해리가 성난 목소리로 말했다. "혼혈 왕자는 호그와트에 다니던 학생인데, 그 사람이 쓰던 옛 마법약 책을 제가 갖고 있거든요. 그 사람이 그 책에다 온통 자기가 발명한 주문들을 써 놨어요. 그중 하나가 '레비코르푸스' 주문인데……."

"아, 그건 내가 호그와트에 다닐 때 엄청나게 유행했던 주문이다." 루핀이 추억에 잠겨서 말했다. "5학년 때 몇 달 동안은 시시때때로 공중에 거꾸로 매달리느라 나다닐 수가 없을 지경이었어."

"아빠도 그 주문을 썼죠." 해리가 말했다. "펜시브에서 봤어요. 아빠가 스네이프한테 그 주문을 걸었잖아요."

그는 대수롭지 않게, 전혀 중요하지 않은 이야기라는 양 툭 던지는 것처럼 말하려 했지만 효과를 제대로 거뒀는지는 확신할 수 없었다. 루핀이 너무나도 이해한다는 미소를 짓고 있었던 것이다.

"그래." 그가 말했다. "하지만 제임스만 그 주문을 쓴 건 아니다. 이미 말했지만 그 주문은 아주 인기가 좋았거든. 그런 주문들이 어떤 식으로 유행을 타고 사라지는지는 너도 알 거야."

"하지만 교수님이 학교에 다니실 때 만들어진 것 같던데요." 해리가 미련을 버리지 않고 말했다.

"꼭 그렇지는 않아." 루핀이 말했다. "저주 마법은 다른 모든 것들이 그렇듯 유행했다가 지나가곤 하거든." 그는 해리의 얼굴을 들여다보더니 조용히 말했다. "제임스는 순수 혈통이었어, 해리. 그리고 분명히 말하는데, 자기를 '왕자'라고 불러 달라고 한 적은 한 번도 없다."

해리는 에둘러 말하는 걸 그만두고 물었다. "그럼 시리우스인가요? 아니면 교수님이신가요?"

"절대 아니야."

"아." 해리는 벽난로를 들여다보았다. "저는 그냥 그런 줄…… 어쨌든 마법약 수업에서 많은 도움을 받았거든요, 그 왕자한테서요."

"언젯적 책이냐, 해리?"

"몰라요, 확인 안 해 봤어요."

"흠, 그걸 확인해 보면 혼혈 왕자가 언제 호그와트에 다녔는지 알 수 있는 단서가 될지도 모른다." 루핀이 말했다.

잠시 후 플뢰르는 셀레스티나의 '뜨겁고 강렬한 사랑으로 가득 찬 솥단지'를 흉내 내어 부르기로 결심한 듯했다. 위즐리 부인의 표정을 힐끗 본 모두는 그것을 잠자리에 들 시간이 됐다는 신호로 받아들였다. 해리와 론은 론의 다락방 침실까지 한참을 올라갔다. 그 방에는 해리를 위한 야영용 침대가 하나 더 마련되어 있었다.

론은 자리에 눕자마자 곯아떨어졌지만 해리는 침대에 들어가기 전에 짐 가방을 뒤져 《고급 마법약 제조》를 꺼내 들었다. 그는 페이지를 이리저리 넘기다가 마침내 책 맨 앞 페이지에서 출간 연도를 발견했다. 50년 가까이 된 책이었다. 그의 아버지도, 아버지의 친구들도 50년 전에는 호그와트에 다니지 않았다. 실망스러운 기분이 든 해리는 책을 다시 짐 가방에 던져 넣은 뒤 불을 끄고 돌아누워서 늑대인간과 스네이프, 스탠 션파이크와 혼혈 왕자에 대해 생각하다가 마침내 살금살금 움직이는 그림자들과 늑대인간에게 물린 아이들의 울음소리로 가득한 불편한 꿈속으로 빠져들었다.

"진심은 아니겠지……."

그 말소리에 해리는 깜짝 놀라 잠에서 깼다. 침대 끝에 불룩한 크리스마스 양말이 놓여 있는 것이 보였다. 그는 안경을 쓰고 주위를 둘러보았다. 작은 창문은 흩날리는 눈으로 거의 가려져 있었고, 그 앞에서 론이 침대에 꼿꼿이 앉아 두꺼운 황금 사슬처럼 보이는 것을 살펴보고 있었다.

"그게 뭐야?" 해리가 물었다.

"라벤더가 보낸 거야." 론은 끔찍하다는 듯 말했다. "정말로 내가 이런 걸 하고 다닐 거라고 생각한 건 아니겠지……."

자세히 살펴본 해리는 웃음을 터뜨리고 말았다. 다음과 같은 큼직한 황금색 글자가 목걸이 사슬에 대롱대롱 매달려 있었다. '내 사랑.'

"멋진데." 해리가 말했다. "고급스러워 보여. 프레드랑 조지 앞에서 꼭 걸어야겠는걸."

"너 형들한테 얘기하기만 해 봐." 론은 베개 밑 보이지 않는 곳으로 목걸이를 밀어 넣으며 말했다. "그, 그땐…… 내가……."

"말을 더듬겠다고?" 해리가 씩 웃으며 말했다. "왜 이래, 내가 말하겠냐?"

"그건 그렇고, 걘 어떻게 내가 이런 걸 좋아할 거라고 생각할 수 있지?" 론이 조금 충격받은 표정을 지으며 불쑥 물었다.

"글쎄, 잘 생각해 봐." 해리가 말했다. "너 혹시 '내 사랑'이라는 글자를 목에 걸고 사람들 앞에 나서고 싶다는 말을 은근슬쩍 흘린 적 없어?"

"뭐…… 사실 우리가 그렇게 얘기를 많이 하진 않아." 론이 말했다. "그게, 주로……."

"키스를 하지." 해리가 말했다.

"뭐, 그래." 론이 말했다. 그는 잠시 망설이다가 입을 열었다. "헤르미온느는 진짜로 매클래건하고 사귀는 거야?"

"몰라." 해리가 말했다. "슬러그혼의 파티에는 같이 왔는데 그렇게 잘된 것 같진 않더라."

론은 약간 밝아진 얼굴로 손을 양말 더 깊은 곳으로 집어넣었다.

해리가 받은 선물은 앞에 커다란 골든 스니치가 수놓인, 위즐리 부인이 직접 뜬 스웨터와 쌍둥이가 보낸 위즐리 형제의 위대하고 위험한 장난감 가게의 장난감 큰 상자, '주인님께, 크리처 올림'이라고 적힌 쪽지가 붙어 있는 약간 축축하고 곰팡이 냄새가 나는 꾸러미였다.

해리가 그 꾸러미를 바라보며 물었다. "이거 열어 봐도 괜찮을까?"

"위험한 것일 리는 없어, 우리 우편물은 아직 정부의 검사를 받고 있으니까." 그렇게 대답하면서도 론은 의심스러운 눈초리로 꾸러미를 바라보고 있었다.

"크리처한테 뭘 줘야겠다는 생각은 전혀 못 했는데! 보통은 집요정한테 크리스마스 선물을 주나?" 해리는 조심스럽게 꾸러미를 쿡 찔러 보며 물었다.

"헤르미온느라면 줬겠지." 론이 말했다. "하지만 죄책감은 그게 뭔지 보고 나서 느껴도 될 것 같아."

잠시 후 해리는 큰 소리로 비명을 지르며 야영용 침대에서 뛰쳐나왔다. 꾸러미에는 엄청난 수의 구더기가 우글거리고 있었다.

"멋진걸." 론이 웃음을 터뜨리며 말했다. "신경 많이 썼네."

"그래, 그 목걸이보다는 이게 낫지." 해리가 말하자 론은 정신이 번쩍 든 것 같았다.

모두가 새 스웨터를 입고 크리스마스 점심 식사를 하러 식탁에 둘러앉았다. 플뢰르와(위즐리 부인은 플뢰르에게 스웨터 재료를 낭비하고 싶지 않은 모양이었다), 별빛 같은 아주 작은 다이아몬드들로 반짝이는 파란색 마법사 모자에 멋진 황금 목걸이를 자랑스럽게 내보이고 있는 위즐리 부인만이 예외였다.

"프레드랑 조지가 준 거란다. 아름답지 않니?"

"뭐, 직접 양말을 빨다 보니 점점 엄마한테 고마움을 느끼게 돼서요." 조지가 대수롭지 않다는 듯 손을 내저으며 말했다. "파스닙(배추 뿌리같이 생긴 채소―옮긴이) 드려요, 리머스?"

"해리, 네 머리카락에 구더기가 붙어 있어." 지니가 활기찬 목소리로 말하며 식탁 너머로 몸을 기울여 구더기를 떼어 주었다. 해리는 구더기와는 아무 상관 없는 닭살이 목덜미에 오스스 돋는 것을 느꼈다.

"어뭐, 끔찍해라." 플뢰르가 과장되게 몸을 떨며 말했다.

"그러게." 론이 말했다. "그레이비 소스 줄까, 플뢰르?"

어떻게든 그녀를 도와주고 싶었던 론은 그레이비 소스가 담겨 있던 배 모양 그릇을 쳐서 날려 버리고 말았다. 빌이 마법 지팡이를 휘두르자 그레이비 소스는 공중으로 날아올라 얌전하게 그릇으로 돌아갔다.

"넌 그 통스망큼 심하구나." 플뢰르는 빌에게 고마움의 키스를 마친 뒤에야 론에게 말했다. "통스능 항상 뭘 넘어뜨리덩데."

"안 그래도 내가 오늘 그 사랑스러운 통스를 초대했단
다." 위즐리 부인이 당근을 일부러 소리 나게 내려놓으며
플뢰르를 노려보았다. "하지만 오지 않겠다더구나. 최근에
통스와 얘기해 봤나요, 리머스?"

"아뇨, 전 누구하고도 거의 연락을 하지 않았습니다." 루
핀이 말했다. "하지만 통스한테도 보러 갈 가족이 있지 않
을까요?"

"흠." 위즐리 부인이 말했다. "그럴지도요. 사실 통스가
크리스마스를 혼자 보낼 것 같은 느낌을 받았거든요."

그녀는 통스가 아닌 플뢰르를 며느리로 맞이하게 된 것
이 모두 루핀 탓이라는 양 짜증스러운 눈빛으로 그를 바라
보았다. 하지만 해리는 자신의 포크로 빌에게 칠면조 고기
를 먹여 주는 플뢰르를 보며 위즐리 부인이 승산 없는 싸
움을 하고 있다는 생각이 들었다. 문득 통스에 대해 궁금
했던 것이 다시 떠올랐다. 더구나 패트로누스에 대해서 모
르는 게 없는 사람, 루핀이 아니면 그걸 누구에게 물어보
겠는가?

"통스의 패트로누스 모양이 바뀌었더라고요." 그가 루핀
에게 말했다. "스네이프가 그렇게 말했어요. 그런 일이 벌

어질 수 있나요? 패트로누스가 왜 바뀌죠?"

루핀은 시간을 들여 칠면조 고기를 씹고 삼킨 뒤에야 천천히 입을 열었다. "가끔은…… 엄청난 충격이나…… 감정적인 동요로……."

"덩치가 크고, 다리가 네 개였어요." 갑자기 떠오른 생각에 충격을 받은 해리가 목소리를 낮추며 말했다. "혹시 그게……?"

"아서!" 위즐리 부인이 별안간 소리를 질렀다. 그녀는 의자에서 일어나 손을 가슴에 올린 채 부엌 창밖을 내다보고 있었다. "아서……. 퍼시야!"

"뭐라고?"

위즐리 씨가 창문을 돌아보았다. 모두 재빨리 창문 쪽을 바라보았다. 지니는 더 잘 보려고 자리에서 일어났다. 그 말대로, 퍼시 위즐리가 눈 내리는 마당을 가로질러 성큼성큼 걸어오고 있었다. 뿔테 안경이 햇빛을 받아 반짝였다. 그런데 그는 혼자가 아니었다.

"아서, 퍼시가…… 퍼시가 총리랑 같이 오고 있어!"

그 말은 사실이었다. 해리가 《예언자일보》에서 봤던 남자가 다리를 약간 절뚝이며 퍼시의 뒤를 따라오고 있었다. 그의 풍성한 잿빛 머리카락과 검은색 망토 자락에는 눈이 점점이 박혀 있었다. 위즐리 부부가 그저 넋 나간 표정만 주고받고 있는데, 누구 하나 입을 열 틈도 없이 뒷문이 열렸다. 퍼시가 거기에 서 있었다.

잠시 고통스러운 침묵이 흘렀다. 잠시 후 퍼시가 딱딱하게 입을 열었다. "메리 크리스마스, 어머니."

"아, 퍼시!" 위즐리 부인은 그렇게 말하며 퍼시의 품에 뛰어들었다.

루퍼스 스크림저는 지팡이를 짚은 채 문 앞에 멈춰 서서 이 감동적인 장면을 지켜보며 미소 짓고 있었다.

"이렇게 갑자기 들이닥친 걸 용서해 주시길." 위즐리 부인이 활짝 웃는 얼굴로 눈가를 훔치며 스크림저를 돌아보자 그가 말했다. "퍼시랑 이 근처를 지나가다가…… 그러니까, 일 때문에 말입니다. 그런데 퍼시가 잠깐 들러서 여러분 모두를 무척 만나고 싶다고 사정사정하지 뭡니까."

하지만 퍼시는 어머니 외에 다른 가족과는 인사를 나누고 싶어 하는 기색을 보이지 않았다. 그는 무표정하고 어색한 모습으로 서서 다른 가족들의 머리 위만 쳐다보았다. 위즐리 씨, 프레드와 조지 모두 돌처럼 굳은 얼굴로 그를 지켜보고 있었다.

"어서 들어와서 앉으세요, 총리님!" 위즐리 부인이 모자를 매만지며 허둥댔다. "필면조나, 아니면 추딩이라도……
아니, 제 말은……."

"아뇨, 아닙니다, 몰리." 스크림저가 말했다. 해리는 그
들이 집에 들어오기 전 그가 퍼시에게 위즐리 부인의 이름
을 물어봤을 거라는 생각이 들었다. "방해하고 싶지는 않
습니다. 퍼시가 여러분을 그토록 보고 싶어 하지 않았더라
면 여기 안 왔을 테니까요."

"아, 퍼스!" 위즐리 부인이 퍼시에게 입을 맞추려고 팔을
뻗으며 눈물을 글썽였다.

"……우리는 5분 정도밖에 시간이 없습니다. 여러분이
퍼시와 안부를 주고받는 동안 나는 정원이나 산책하지요.
아니, 아닙니다, 난 정말 방해하고 싶지 않아요! 흐음, 혹
시 누군가가 댁의 멋진 정원을 구경시켜 주겠다면야……
아, 저 젊은 친구는 식사를 마친 것 같으니 저 친구가 나와
함께 산책을 하면 어떻겠습니까?"

식탁의 분위기가 눈에 띄게 바뀌었다. 모두의 시선이 스
크림저에게서 해리에게로 쏠렸다. 해리의 이름을 모르는
척하는 스크림저의 태도나, 지니와 플뢰르, 조지의 접시도
깨끗이 비어 있는데 총리와 함께 정원을 둘러볼 사람으로
해리가 선택된 것이 자연스럽다고 생각하는 사람은 아무

도 없었다.

"네, 그럴게요." 아무도 입을 열지 않는 가운데 해리가
말했다.

그는 속지 않았다. 스크림저는 마침 근처를 지나다 들렀
다느니 퍼시가 가족을 보고 싶어 했다느니 하는 얘기를 늘
어놨지만, 그들이 찾아온 진짜 이유는 따로 있는 게 틀림
없었다. 바로 스크림저가 해리와 단둘이 이야기를 나누기
위해서였다.

"괜찮아요." 해리가 의자에서 반쯤 일어난 루핀 옆을 지
나가며 조용히 말했다. "괜찮다니까요." 위즐리 씨가 입을
열어 뭔가 말하려 하자 그가 덧붙였다.

"좋구나." 스크림저는 해리가 문으로 나가도록 뒤로 물
러서며 말했다. "우린 정원이나 한 바퀴 돌고 오겠습니다.
그런 다음 퍼시와 나는 떠나도록 하지요. 계속 이야기 나
누시죠, 여러분!"

해리는 눈으로 뒤덮인 위즐리 가족의 무성한 정원을 향
해 마당을 가로질러 갔다. 옆에서는 스크림저가 다리를 약
간 절뚝거리며 걷고 있었다. 해리는 그가 오러 본부의 수
장이었다는 사실을 알고 있었다. 전쟁터에서 잔뼈가 굵고
거칠어 보이는 그는 중산모를 쓴 통통한 퍼지와는 완전히

달랐다.

"아름답군." 스크림저가 정원 울타리 앞에 멈춰 서서 눈 덮인 잔디밭과 형태를 알아볼 수 없는 식물들을 바라다보며 말했다. "아름다워."

해리는 아무 말도 하지 않았다. 그는 스크림저가 자기를 지켜보고 있음을 알았다.

"나는 아주 오래전부터 너를 만나고 싶었다." 잠시 후 스크림저가 말했다. "알고 있었나?"

"아뇨." 해리는 솔직하게 대답했다.

"아, 그래. 아주 오래전부터 그랬지. 하지만 덤블도어가 어찌나 널 보호하려 들던지." 스크림저가 말했다. "물론 당연한 일이지. 당연해. 네가 겪은 일들이 있으니…… 그것도 마법 정부에서 그런 일을 겪었으니까……."

스크림저는 해리가 무슨 말을 하길 기다렸지만 아무런 반응이 없자 다시 말을 이었다. "총리직을 맡고 나서 줄곧 너와 이야기 나눌 기회가 있었으면 했다. 한데 덤블도어가…… 분명 이해할 만한 일이긴 하지만, 못 하게 막았지."

해리는 여전히 아무 말도 하지 않고 듣기만 했다.

"온 사방에 소문이 퍼졌어!" 스크림저가 말했다. "물론, 이런 이야기가 어떤 식으로 왜곡되는지는 우리 둘 다 알고 있지……. 예언과 관련된 온갖 수군거림이며…… 네가 '선택받은 자'라느니 하는 말들……."

해리는 이제 조금만 있으면 스크림저가 이곳에 찾아온 이유를 말할 거라고 짐작했다.

"……이 일에 대해서 덤블도어와는 이야기해 봤겠지?"

해리는 거짓말을 해야 할지 말아야 할지 고민했다. 그는 꽃밭 여기저기에 찍혀 있는 땅요정의 작은 발자국과 지금은 발레복을 입고 크리스마스트리 꼭대기에 매달려 있는 땅요정이 프레드에게 잡힌 자리를 표시하기 위해 눈을 쓸어 놓은 곳을 바라보았다. 마침내 그는 진실, 또는 진실의 일부나마 말하기로 결정을 내렸다.

"네, 얘기했어요."

"그럼, 그럼 혹시……." 스크림저가 말했다. 스크림저가 눈을 가늘게 뜨고 자기를 바라보는 것이 곁눈으로 보이자, 해리는 얼어붙은 진달래나무 아래에서 방금 머리를 내민 땅요정에 관심을 온통 집중하는 척했다. "덤블도어가 너한테 뭐라고 했지, 해리?"

"죄송하지만 그건 교수님과 저 사이의 일입니다." 해리가 말했다.

그는 할 수 있는 한 예의 바른 말투를 유지했다. 대꾸하는 스크림저의 말투도 가볍고 친근했다. "아, 물론이지. 신뢰의 문제라면, 나도 네가 비밀을 누설하길 바라지 않는다⋯⋯. 그럼, 당연하지⋯⋯. 아무튼, 네가 '선택받은 자'인지 아닌지가 뭐 그렇게 중요한가?"

해리는 잠시 그 물음을 곰곰이 생각한 끝에 대답했다.

"무슨 말씀이신지 잘 모르겠는데요, 총리님."

"아, 그야, 너한테는 엄청나게 중요한 일이겠지." 스크림저가 웃으며 말했다. "하지만 마법사 사회 전체를 놓고 봤을 때⋯⋯ 모두 생각하기 나름 아니겠니? 중요한 건 사람들이 뭘 믿느냐는 거지."

해리는 아무 말도 하지 않았다. 그는 어렴풋이나마 이 대화가 어디를 향하는지 알 것 같았지만, 스크림저의 의도대로 흘러가도록 거들어 주지는 않을 생각이었다. 진달래나무 밑의 땅요정이 이제는 뿌리를 파헤치며 벌레들을 찾고 있었다. 해리는 여전히 땅요정에게서 시선을 돌리지 않았다.

"그게 말이지, 사람들은 네가 정말로 '선택받은 자'라고 믿는다." 스크림저가 말했다. "널 영웅으로 생각하지. 물론 그건 맞는 말이다, 해리. 선택받은 자든 아니든 간에! 지금까지 네가 이름을 말해서는 안 되는 그 사람과 얼마나 많이 맞서 싸웠는데! 뭐, 아무튼……." 그는 대답을 기다리지 않고 밀어붙였다. "중요한 건 네가 많은 사람들에게 희망의 상징이라는 거다, 해리. 이름을 말해서는 안 되는 그 사람을 무찌를 수도 있는, 심지어 그럴 운명을 갖고 태어났을지도 모르는 누군가가 있다는 생각은…… 뭐, 당연히 사람들의 기분을 나아지게 해 주지. 그러니 내 입장에서는 어쩔 수 없이 네가 이 사실을 깨닫는 대로 마법 정부 편에 서서 모두의 사기를 북돋워 주는 일을 너의 의무처럼 생각해야 한다는 생각이 드는구나."

지금 막 땅요정이 간신히 벌레 한 마리를 잡았다. 땅요정은 이제 그 벌레를 힘껏 잡아당기며 얼어붙은 땅에서 끄집어내려 안간힘을 쓰고 있었다. 해리가 너무 오랫동안 입을 다물고 있자 스크림저가 해리에게서 땅요정에게로 눈을 돌리며 말했다. "재미있는 녀석들이지. 안 그러냐? 그런데 네 생각은 어떠냐, 해리?"

"저는 총리님이 정확히 뭘 바라시는 건지 모르겠어요." 해리가 천천히 말했다. "'마법 정부 편에 선다'…… 그게 무슨 뜻이죠?"

"아, 귀찮은 일은 전혀 없을 거다. 그건 내가 장담하마." 스크림저가 말했다. "이를테면 네가 이따금씩 정부를 들락

날락하는 모습만 보여 줘도 사람들은 정부에 대해 좋은 인상을 가질 거다. 그리고 물론 정부에 와 있는 동안에는 내 후임으로 온 오러 본부장인 가웨인 로바즈와 이야기할 기회도 많이 생길 거고. 덜로리스 엄브리지에게서 네가 오러가 되고 싶은 꿈을 마음 깊이 간직하고 있다는 이야기를 들었다. 뭐, 그런 일쯤이야 쉽게 주선할 수 있지."

해리는 마음속 깊은 곳에서 분노가 끓어오르는 것을 느꼈다. 그러니까 덜로리스 엄브리지가 아직도 정부에 있단 말인가?

"그러니까 기본적으로……." 해리는 몇 가지 요점을 분명히 하고 싶은 듯 말했다. "제가 정부 편이라는 인상을 주고 싶으시다는 거죠?"

"네가 좀 더 관여하고 있다는 생각을 심어 주면 모두에게 힘이 될 거다, 해리." 스크림저는 해리가 이렇게 빨리 알아들어서 마음이 놓이는 눈치였다. "'선택받은 자'니까…… 모든 사람에게 희망은 물론, 뭔가 흥미로운 일이 벌어지고 있다는 느낌을 주자는 거지."

"하지만 제가 마법 정부를 계속 들락거리면……." 해리는 나긋나긋하게 말하려고 계속 애쓰고 있었다. "제가 정부에서 하는 일에 찬성하는 것처럼 보이지 않을까요?"

"글쎄." 스크림저가 얼굴을 살짝 찡그리며 말했다. "뭐, 그래. 부분적으로는 그게 우리가 원하는…….."

"아뇨, 그건 안 될 것 같아요." 해리가 시원스럽게 말했다. "정부가 하고 있는 일 중에 마음에 안 드는 것도 몇 개 있거든요. 예를 들면 스탠 션파이크를 가둬 놓는 것이라든가."

스크림저는 잠깐 동안 아무 말도 하지 않았지만 그의 얼굴은 대번에 굳어졌다.

"네가 이해할 거라고 기대하진 않는다." 그는 해리가 한 것만큼 목소리에서 분노를 감추지는 못했다. "요즘은 위험한 시기고 필요에 따라 취해져야 하는 조치들이 있다. 너는 열여섯 살이니…….."

"열여섯 살보다 훨씬 나이가 많은 덤블도어 교수님도 스탠이 아즈카반에 갇혀 있어야 한다고 생각하지는 않으세요." 해리가 말했다. "총리님은 스탠을 희생양으로 만들고 계세요. 저를 마스코트로 만들고 싶어 하시는 것처럼 말이죠."

그들은 한동안 딱딱한 눈빛으로 서로를 바라보았다. 마침내 스크림저가 다정한 척하는 기색도 없이 입을 열었다. "알겠다. 너는…… 네 영웅인 덤블도어처럼 마법 정부와 거리를 두는 걸 원한다는 거지?"

"저는 이용당하고 싶지 않아요." 해리가 말했다.

"어떤 사람들은 정부를 돕는 것이 네 의무라고 말할 거다!"

"네. 그리고 어떤 사람들은 누군가를 감옥에 처넣기 전에 그 사람이 정말로 죽음을 먹는 자인지 확인하는 게 총리님의 의무라고 말할지도 모르죠." 해리는 슬슬 화가 치밀어 올라서 그렇게 말했다. "총리님은 지금 바티 크라우치와 똑같은 짓을 하시는 거예요. 총리님 같은 사람들은 뭔가를 이해하려 하지 않잖아요. 안 그런가요? 자기 코앞에서 사람들이 죽어 나가는데도 모든 게 잘 돌아가는 척하던 퍼지나, 엉뚱한 사람을 감옥에 집어넣고 '선택받은 자'가 자기편인 척하려는 총리님이나 똑같아요!"

"그러니까 너는 '선택받은 자'가 아니라는 거냐?" 스크림저가 물었다.

"그건 상관없다고 말씀하신 줄 알았는데요?" 해리는 씁쓸하게 웃으며 말했다. "어쨌든 총리님한테는요."

"그런 말은 하지 말았어야 했는데." 스크림저가 재빨리 말했다. "눈치가 없었다……."

"아뇨, 솔직하셨던 거죠." 해리가 말했다. "총리님이 저한테 하신 말씀 중에서 유일하게 솔직한 말이었어요. 총리님은 제가 죽고 사는 문제보다는 볼드모트와의 전쟁에서

이기고 있다고 모두를 납득시키는 데 도움을 줄 수 있는지
에 관심이 있으시죠. 제가 아직도 잊지 않은 게 하나 있는
데요, 총리님."

그는 오른손 주먹을 들어 올렸다. 그의 차가워진 손등에
서 덜로리스 엄브리지가 억지로 새겨 넣게 했던 상처가 하
얗게 빛나고 있었다. '거짓말을 하지 않겠습니다.'

"제가 모두에게 볼드모트가 돌아왔다는 사실을 알리려
고 애쓸 때 총리님이 달려와서 저를 지켜 주셨던 기억은
나지 않네요. 작년에는 정부가 저와 굳이 친구가 되려고
애쓰지 않더라고요."

그들은 발밑의 땅처럼 차디찬 침묵 속에 서 있었다. 땅
요정은 마침내 벌레를 뽑는 데 성공해서, 지금은 진달래나
무 가장 아래쪽 가지에 기댄 채 행복한 얼굴로 그것을 빨
아먹고 있었다.

"덤블도어는 뭘 꾸미고 있는 거냐?" 스크림저가 퉁명스
럽게 물었다. "호그와트에 없을 때는 어디에 가는 거지?"

"저도 전혀 모르겠어요." 해리가 말했다.

"안다고 해도 나한테 말해 주지 않겠지." 스크림저가 말
했다. "안 그러냐?"

"네, 말 안 할 거예요." 해리가 말했다.

"뭐, 그럼 다른 방법으로 알아낼 수 있는지 살펴봐야겠군."

"시도야 하실 수 있겠죠." 해리가 냉담하게 말했다. "하지만 제가 보기에 총리님은 퍼지보다 머리가 좋으실 것 같아요. 그러니까 퍼지가 저지른 실수에서 얻은 교훈이 있으시겠죠. 퍼지도 호그와트에 간섭하려고 했어요. 퍼지는 더 이상 총리가 아니지만 덤블도어 교수님은 여전히 교장 선생님이란 사실을 눈치채셨는지 모르겠네요. 제가 총리님이라면 덤블도어 교수님을 건드리지 않을 거예요."

오랫동안 침묵이 이어졌다.

"그래, 덤블도어가 널 아주 제대로 홀려 놨다는 건 분명하구나." 스크림저가 금속테 안경 너머 차갑고 단단한 눈으로 해리를 바라보며 말했다. "넌 머리끝부터 발끝까지 덤블도어의 사람이야. 안 그러냐, 포터?"

"네, 맞아요." 해리가 말했다. "그 점을 확실히 해 둘 수 있어서 기쁘네요."

해리는 마법 정부 총리에게서 등을 돌리고 집 쪽으로 성큼성큼 걸어갔다.

(제6권 《해리 포터와 혼혈 왕자 3》에서 계속됩니다.)

강동혁은 서울대학교 영문학과와 사회학과를 졸업하고 같은 학교 대학원에서 영문학 석사학위를 받았다. 옮긴 책으로는 《신비한 동물사전 원작 시나리오》, 《일곱 건의 살인에 대한 간략한 역사》, 《레스》, 《이 소년의 삶》 등이 있다.

해리 포터와 혼혈 왕자 2(래번클로 기숙사 에디션)

초판 1쇄 인쇄 2022년 9월 21일
초판 1쇄 발행 2022년 10월 18일

지은이 | J.K. 롤링
옮긴이 | 강동혁
발행인 | 강봉자, 김은경

펴낸곳 | (주)문학수첩
주소 | 경기도 파주시 회동길 503-1(문발동 633-4) 출판문화단지
전화 | 031-955-9088(마케팅부), 9532(편집부)
팩스 | 031-955-9066
등록 | 1991년 11월 27일 제16-482호

홈페이지 | www.moonhak.co.kr
블로그 | blog.naver.com/moonhak91
이메일 | moonhak@moonhak.co.kr

ISBN 978-89-8392-972-3 04840
        978-89-8392-901-3 (세트)